ELKE WEIGEL

Tod und Irrtum

Unter Verdacht Stuttgart im Mai des Jahres 1910. Als Henriette Haag nach einer längeren Reise wieder zu Hause ankommt, wird gerade ihre junge Haushälterin Magdale blutüberströmt in die Klinik abtransportiert. Der Arzt spricht von einem Suizidversuch, doch die Blutspuren, die Henriette in Magdales Bett findet, deuten auf eine Abtreibung oder Fehlgeburt hin. Als auch noch ein Toter entdeckt wird und Magdale unter Mordverdacht gerät, glaubt nur Henriette an die Unschuld ihrer Angestellten. Sie sucht die Unterstützung ihrer Freundinnen, die wissen müssten, was während ihrer Abwesenheit vorgefallen ist. Doch die schöne Felise ist damit beschäftigt, sich vom berühmtesten Maler Stuttgarts porträtieren zu lassen, und Josefine, die Frau des Arztes, plagt sich mit Eifersuchtsgefühlen. Seit dem Tod ihres Mannes hat sich Henriette intensiv mit den Geheimnissen der Psychoanalyse beschäftigt und mit ihrem neu erworbenen Wissen um die Macht des Unbewussten, von freudschen Versprechern und anderen Irrtümern, beschließt sie, den Mörder ausfindig zu machen.

Elke Weigel ist Diplom-Psychologin und Tanztherapeutin und lebt in Stuttgart. Neben ihrer psychotherapeutischen Tätigkeit verfasst sie Fach- und Sachbücher. Seit einigen Jahren schreibt sie historische Romane und Krimis. Zur Zeit ihres historischen Krimis ist die Psychoanalyse noch eine junge Wissenschaft und spannende Irrtümer tragen zur Mordaufklärung bei.

Bisherige Veröffentlichungen im Gmeiner-Verlag:
Der Traum der Dichterin –
Die Sehnsucht der Annette von Droste-Hülshoff (2015)
Eissommer (E-Book Only, 2015)

ELKE WEIGEL

Tod und Irrtum

Historischer Roman

GMEINER SPANNUNG

Besuchen Sie uns im Internet:
www.gmeiner-verlag.de

Im Ehnried 5, 88605 Meßkirch
Telefon 07575/2095-0
info@gmeiner-verlag.de

1. Auflage 2016

Lektorat: Claudia Senghaas, Kirchardt
Herstellung: Mirjam Hecht
Umschlaggestaltung: U.O.R.G. Lutz Eberle, Stuttgart
unter Verwendung des Bildes Stuttgart – Hoftheater 1912 © ullstein bild
Druck: CPI books GmbH, Leck
Printed in Germany
ISBN 978-3-8392-1905-8

1. TAG:
MITTWOCH, 25.5.1910

HEIMKEHR

Werter Doktor Freud,

in weniger als einer Stunde erreiche ich meine Heimatstadt, und Sie wären erfreut zu sehen, wie zuversichtlich und voller guter Vorsätze ich meiner Zukunft entgegen gehe. Da ich keine Antwort auf meine Schreiben an Sie erhalten habe, muss ich annehmen, dass meine Post aus Madras nicht zugestellt wurde, dennoch erspare ich Ihnen einen ausführlichen Bericht meines Aufenthalts in Indien, um nicht Gefahr zu laufen, Sie mit Wiederholungen zu ermüden. Nur so viel, und das ist mir äußerst wichtig zu betonen, Ihr Rat, mich auf Reisen zu begeben, hat sich als überaus wertvoll erwiesen. Die exotischen Eindrücke haben mit dazu beigetragen, dass ich den Schmerz über das Ableben meines Gatten überwunden habe. Natürlich wäre dies alles ohne den vorangegangenen Aufenthalt in Wien nicht möglich gewesen. Ihre Redekur und die intensive Lektüre Ihrer Schriften, die ich auf meinen Schiffsreisen genießen durfte, haben mir neue Horizonte eröffnet. Schon von Hamburg aus, gleich nachdem ich das Schiff verlassen hatte, habe ich einen Handwerker beauftragt, ein modernes Badezimmer in meinem Haus zu installieren. Komfort, das habe ich bei Ihnen erkannt, steht einer umsichtigen Haushaltsführung nicht im Wege. Sie haben das natürlich niemals so benannt, sondern von den sexuellen Trieben und dem Unbewussten gesprochen, aber ich sehe dies als ersten Schritt, meine Bedürfnisse nicht mehr zu unterdrücken, was Sie als äußerst bedeut-

sam für die Erhaltung meines seelischen Gleichgewichts befunden haben.

Immer noch hadere ich jedoch damit, in welcher Form ich mein gesellschaftliches Leben in Stuttgart wieder aufnehmen werde. Aber schon bald kann ich Ihnen mehr darüber berichten.

Grüßen Sie Ihre werte Gattin, die Kinder ebenso wie Ihre Schwägerin.

Hochachtungsvoll

Henriette Haag

Als hätte sie mit Schüttelfrost geschrieben! Henriette zerknüllte den Briefbogen, schraubte ihren Füllfederhalter zu und legte ihn in ein mit Samt ausgeschlagenes Etui. Das gleichmäßige Rattern über die Gleise zerrte an ihrer Stimmung. Sie hatte genug von Zügen. Tagelang hatte sie durch verschmierte Scheiben die Landschaft vorbeirauschen sehen, und dennoch stieg ihre Gereiztheit, als sie die ersten Orte vor Stuttgart erkannte.

Monate war sie fort gewesen. Jeder in Stuttgart würde das erwähnen, vermutlich stand sogar schon in der Zeitung, dass sie heute zurück kam, und die Gesellschaft erwartete einiges von Frau Kommerzienrat – der Witwe. Sie blieb Witwe, daran war nicht zu rütteln, auch wenn sie sich an den Gedanken gewöhnt hatte, dass Richard nicht mehr bei ihr war, auch wenn sie sich nicht alt fühlte – sie war immerhin erst 45 – und auch wenn sie Pläne hatte. Ganz andere, als für eine Witwe vorgesehen waren.

Endlich fuhr der Zug in die Bahnhofshalle ein, und Henriette packte entschlossen den Horngriff ihrer Reisetasche und verließ das Abteil.

Die Droschke erreichte die Uhlandshöhe, wo die Gerokstraße steil anstieg, und Henriette wurde gegen das Rückenpolster gedrückt. Als sie um die Kurve fuhren, sah sie an der Abzweigung zur Wagenburgstraße das Haus, das in den Hang hineingebaut und erhaben über der Straße aufragte.

Mein Haus. Es gehörte jetzt ihr. Alles war seins gewesen, aber Richard war nicht mehr.

Das Haus mit Walmdach war weiß gestrichen, die Fensterlaibungen und Stuckornamente am Giebel cremefarben. Zwei Türen im ersten Stock führten auf einen Balkon mit schmiedeeisernen Jugendstilblüten am Geländer. Darunter das Fenster des Arbeitszimmers und die Eingangstür aus Eichenholz. Ein geschwungener Weg mit einzelnen Stufen dazwischen führte hinab zum Tor, das weit offen stand und vor dem sich einige Leute drängten.

Erst als die Droschke hielt, erkannte sie, dass Nachbarn und einige Unbekannte vor dem Haus standen, und es nicht die Handwerker waren. Ein Empfang? Sie hatte doch ausdrücklich darum gebeten, kein großes Tamtam zu veranstalten.

Ein wirklich hässliches Kreischen drang aus ihrem Haus, und Henriette wurde klar, dass niemand *sie* beachtete, sondern alle zu ihrer Haustür hinaufstarrten, woher dieses infernalische Gebrüll kam. Selbst der Kutscher war vom Bock gesprungen und begann mit einem der Männer zu sprechen, statt ihr beim Aussteigen behilflich zu sein. Einer der Wagen vor dem Haus mit einem kräftigen Schwarzwälder war mit Rohren und einem Badeofen beladen, doch der andere Wagen gehörte sicher nicht dem Klempner. Es war ein Sanitätswagen.

Henriette stieg allein aus, bahnte sich einen Weg zwischen den Leuten hindurch, die nicht aufhören wollten, in ihren Garten zu glotzen.

»Was ist hier los?«, fragte sie mehrmals, doch keiner beachtete sie. Das Geschrei kam näher, und gerade, als sie das Tor erreicht hatte, teilte sich die Menge, ein Korridor aus Menschenleibern entstand, und sie glaubte schon, sie sei endlich erkannt worden, doch da wurde eine Frau heraus getragen. Zwei Männer versuchten, sie zu bändigen, doch es gelang kaum. Ein verzweifelt zappelndes Wesen. Nackte Füße, ein weißes Nachthemd, ganz voller Blut, und da erkannte sie zwischen den wirr herumfliegenden blonden Haaren ihre Haushälterin.

»Magdale!« Henriette ließ die Reisetasche fallen. »Was ist passiert?«

Einen Moment beruhigte sich Magdale, schien sie anzusehen oder doch an ihr vorbei? Schon begann sie wieder zu brüllen. Ein Mann rempelte Henriette an, sodass sie gegen eine andere Person gestoßen wurde. Die Träger hoben Magdale in den Kastenwagen, bevor die Tür zugeschlagen wurde, sah Henriette noch, wie sie von einem der Sanitäter auf einer Liege festgeschnallt wurde.

Henriette packte den anderen am Ärmel.

»Das ist meine Bedienstete! Was ist passiert?«

»Sie sind Frau Kommerzienrat?« Er wischte sich mit einem Taschentuch Stirn und Nacken.

»Jawohl! Was ist passiert?«

»Gnädige Frau, das wissen wir noch nicht, die Handwerker haben sie blutend in ihrem Zimmer gefunden. Sie muss schnell versorgt werden.« Er stieg auf den Kutschbock und schnalzte mit der Zunge. Das Pferd ruckte mit dem Kopf, zog an und trabte davon.

Die Gaffer hatten sich schon teilweise zerstreut, nur ein paar Nachbarn standen noch herum, tuschelten und beäugten sie neugierig. Mit einem Schlag war Henriette entsetzlich heiß und der Boden schien zu schwanken. Sie sah sich nach der Droschke um, doch die war verschwunden. Sie hatte nicht einmal bezahlt.

Es war Felise, ihre Nachbarin und Freundin seit Kindertagen, die zu ihr eilte und sie fürsorglich ins Haus führte. Überall lagen Gerätschaften und Eisenrohre herum. Die Handwerker drängten hinter ihr herein, und ein Dienstmann mit blauer Schildmütze verneigte sich vor ihr.

»Gnädige Frau, wohin soll das Gepäck gebracht werden?«

»Welches Gepäck?«, fragte Henriette, und im gleichen Moment fiel ihr ein, dass es die Koffer und Kisten sein mussten, die sie vom Schiff mit einer Extrapost verschickt hatte. Sie wies den Dienstmann an, ihre Sachen in das Arbeitszimmer ihres Mannes zu stellen, das sich gleich neben dem Eingang befand.

Sie fragte den Klempnermeister darüber aus, was passiert war, doch er antwortete nur sehr unwirsch, dass es ein Glück gewesen sei, dass sie die Kaminklappe gesucht hätten, die sich in der Kammer des Frauenzimmers befand.

»Sonst wär se verblutet, Frau Kommerzienrat.«

Weil er schon genug aufgehalten worden sei, wollte er weitermachen, brauchte den Schlüssel zum Keller, und einer der Handwerker fragte nach Eimer und Kehrwisch, ein anderer bat um die Erlaubnis, einen Karren in den hinteren Garten schieben zu dürfen, damit sie dort den Schutt einfüllen konnten. Noch bevor sie ihren Reisemantel ausgezogen hatte, begann um sie herum ein geschäftiges Hämmern und Schlagen. Eine Wand musste eingeschlagen werden, da der Raum der Toilette für ein Badezimmer zu klein war.

In der Küche setzte sich Henriette auf die Bank und legte die Arme auf den sauber geschrubbten Tisch, an dem Magdale normalerweise Gemüse putzte und Teig knetete. Die graue Schürze, die sie zum Spülen und Putzen umband, hing wie immer am Haken neben der Tür zur Speis.

»Das verrückte Ding hat sich schwer verletzt.« Felise füllte den Kessel mit Wasser und machte Feuer im Herd. »Der Meister hat sofort nach der Ambulanz geschickt, und als sie sie hinaus getragen haben, ist sie wieder zu sich gekommen.«

»Du hast mir doch geschrieben, es steht alles zum Besten. Hier. In meinem Haus.« Solange es Richards Haus gewesen war und sie *unser* Haus gesagt hatte, war alles vorbildlich und geordnet abgelaufen.

»Ich habe immer nach dem Rechten gesehen, da kannst du sicher sein«, entgegnete Felise mit beleidigtem Unterton.

»Ja ist dir denn nichts aufgefallen?«

Felise neigte dazu, aus dem geringsten Anlass heraus gekränkt zu sein. Man sah das an ihrer leicht vorgeschobenen Unterlippe und wie sie den Blick abwandte und geschäftig Tassen und Unterteller aus dem Schrank holte und auf den Tisch stellte. Sie war so alt wie Henriette, wirkte aber durch ihre zierliche Statur wie ein junges Mädchen. Vielleicht lag es auch an den vielen Rüschen, mit denen ihr helles Kleid besetzt war.

»Wann hast du sie das letzte Mal gesehen?«, fragte Henriette.

»Gestern. Gestern Nachmittag. Da habe ich kontrolliert, ob sie dein Bett frisch bezogen hat und auf dem Markt gewesen ist. Ich hab sie daran erinnert, auch ja den Dreck wegzukehren, den die Handwerker gemacht haben. Ich habe …«

»Und wie hat sie ausgesehen?«, fiel ihr Henriette ins Wort.

»Wieso ausgesehen?«

»War sie vergnügt oder bedrückt?«

»Woher soll ich das wissen? Ich habe genug damit zu tun gehabt, ihr Anweisungen zu geben, alles musste ich dreimal sagen.«

»Hat sie nicht zugehört?«

»Sie ist dauernd hin und her gelaufen und hat mich ganz verrückt gemacht.«

»Das ist allerdings seltsam.«

Henriette trank ein paar Schlucke von dem Kaffee, den Felise vor sie hingestellt hatte, doch sofort schoss eine weitere Hitze durch sie hindurch, und sie spürte, wie ihr das Wasser zwischen den Brüsten hinunterlief. Sie stand auf, und während sie in die Speis schaute, öffnete sie den obersten Knopf an ihrer Bluse und fächelte sich ein wenig Luft zu.

Im oberen Stockwerk krachte es mehrfach, und Henriette zuckte zusammen.

»Was meinst du, wo haben sie Magdale hingebracht?«

»Das nächste Krankenhaus ist das Karl-Olga-Krankenhaus.«

Henriette knöpfte ihre Bluse wieder zu und ging zur Tür.

»Wo gehst du hin?«

»Nach Magdale sehen. Ich brauche sie hier.«

KARL-OLGA-HOSPITAL

Sie musste nicht lange warten. Ein paar Minuten, nachdem sie der Olgaschwester ihr Anliegen verkündet hatte, kam Doktor Altmüller den Flur entlang geeilt. Seine Sohlen quietschten auf den Steinfliesen, und die Seitenteile seines offenen weißen Mantels wehten hinter ihm her.

»Beste Freundin, wie schön, Sie wohlbehalten wiederzuhaben! Wie war die Reise? Sie sehen aus wie das blühende Leben.« Er schüttelte ihr beide Hände.

Sie kannten sich, seit er mit Josefine verheiratet war, ihrer Freundin aus dem Konfirmandenunterricht. Mehr als 30 Jahre. Zwei Kinder hatte er ihrer Freundin beschert, und sie bemerkte mit Genugtuung, dass er nun selbst einen dicken Bauch vor sich herschob.

»Danke, danke. Hat sich Magdale beruhigt?«

»Was für ein unerfreulicher Empfang wurde Ihnen bereitet! Das tut mir sehr leid. Brauchen Sie ein Stärkungsmittel?«

»Das ist sehr nett von Ihnen, aber ich brauche nichts, nur Magdale, ich will sie abholen.«

»Das geht leider nicht. Sie hat einen Schock erlitten und wir müssen sie beobachten, bis die Krisis überwunden ist.«

»Was für eine Krisis?«

»Der Selbstverstümmelung könnte eine beginnende Dementia praecox zugrunde liegen, eine Schizophrenie, daher müssen wir sie vorerst verwahren.«

»Selbstverstümmelung? Magdale ist die vernünftigste Person, die ich kenne. Und Sie wissen doch auch, wie tüchtig sie ist.«

Altmüller bekam rote Flecken auf den teigigen Wangen und dem Doppelkinn. »Ich verstehe ja, dass Sie das in Aufregung versetzt, liebe Frau Haag. Ich habe gehört, dass Sie die Handwerker im Haus haben, und da vermissen Sie sicher die gewohnte Bequemlichkeit. Ich würde vorschlagen, Sie besuchen meine Frau, sie wird Ihnen unsere Anna für ein paar Stunden vorbeischicken, damit sie Ihnen zur Hand gehen kann.«

Henriette zählte die Fliesen, links von ihren Füßen lagen fünf, rechts drei. Weiße, sauber geschrubbte Fliesen von Wand zu Wand. Dann hob sie den Kopf.

»Sie haben sicher nichts dagegen, wenn ich Magdale einen kurzen Besuch abstatte.«

Altmüller holte so tief Luft, dass sie sehen konnte, wie sein Bauch sich hob. Seine Pupillen wanderten blitzschnell hin und her, und mit einem pfeifenden Ausatmen nickte er schließlich.

»Hier entlang, bitte sehr.« Sie verließen das Gebäude am Ende des langen Flurs durch eine hohe Doppeltür, überquerten den Innenhof, wo geschäftiges Treiben herrschte. Von einem Karren wurden Kisten mit Gemüse abgeladen, ein Mann in grauem Arbeitskittel zog einen Handwagen mit Schmutzwäsche über den Kies, und zwei andere hievten Kohlesäcke von einem Fuhrwerk auf ihre Rücken und ließen sie ein paar Schritte weiter durch eine Luke in einen Keller rutschen.

Altmüller wies sie auf herumliegende Pferdeäpfel hin, als hätte sie schwache Augen, und Henriette fragte sich, warum er so nervös war.

»Unser Krankenhaus gehört zu den modernsten des Landes, und wir führen die Frauenhilfsorganisationen, die fleißig für uns tätig sind, gerne durch die Krankensäle, diese Station ist allerdings ...«, er zögerte und öffnete eine weitere Doppeltür, »nicht repräsentativ für unsere Einrichtung. Damit Sie mich richtig verstehen.«

»Seien Sie ganz beruhigt, ich will ja keinen Bericht im Frauenjournal veröffentlichen. Nur mit Magdale sprechen.«

Er hielt ihr die Tür auf und sie betraten einen Saal mit etwa zehn Betten. Ein scharfer Geruch nach Desinfektionsmittel schlug ihr entgegen, vermischt mit Uringestank und den ekelhaften Ausdünstungen kranker Menschen. Es herrschte große Unruhe. Eine Schwester mit weißem Häubchen und Schürze flitzte mit einer Bettschüssel an ihnen vorbei. Ein Krankenwärter wischte den Boden um eines der Betten und ein anderer bezog eine Matratze neu, während die Frau, die offensichtlich dort hinein gehörte, nur mit einem Hemd bekleidet auf einem Stuhl saß und zitterte. Die Augäpfel nach oben gerollt, sah man nur das Weiße. Ihre Wangen waren eingefallen, die Lippen nach innen gezogen, als hätte sie keine Zähne mehr im Mund, dabei war sie sicher noch nicht alt.

»Hysterie«, sagte Altmüller. »Hat während ihrer Anfälle nichts mehr unter Kontrolle, Sie verstehen.«

Im nächsten Bett lag stocksteif eine Frau, und irgendetwas war merkwürdig an ihrer Haltung. Als Henriette weiter ging, sah sie, dass ihr Kopf das Kissen nicht berührte.

»Katatonie. Das kann Stunden und Tage anhalten. Endstadium der Schizophrenie, wenn Fieber dazu kommt, ist der Verlauf meistens tödlich.«

Henriette war noch nie im Krankenhaus gelegen. Ihre

Kinder hatte sie zu Hause entbunden, im gleichen Bett, in dem auch ihr Mann verstorben war. Wenn eins ihrer Kinder krank geworden war, hatte sie Doktor Semmler gerufen, den Hausarzt, der sie schon behandelt hatte, als sie selbst noch ein kleines Mädchen gewesen war. Mumps und Scharlach, infektiöses Fieber und Hautausschläge, alles hatte sie überstanden, ihre Kinder gepflegt und zudem alte Hausmittel angewendet. Von den Zuständen in einem Krankensaal hatte sie sich keinen Begriff gemacht. Ihr Schritt wurde immer zäher und langsamer. Die Frauen weinten, stöhnten oder redeten vor sich hin. Kaum eine schlief, die meisten rutschten unruhig unter den weißen Bettdecken herum.

Altmüller nannte noch weitere Diagnosen mit dramatisch leiser Stimme. Zu ihrer Erleichterung öffnete er am Ende des Saals eine weitere Doppeltür, von der aus sie in den nächsten Flur gelangten.

»Magdale habe ich in einem Einzelzimmer untergebracht«, erklärte er mit Freude in der Stimme, während sie eine Steintreppe hinaufstiegen. »Das ist das Mindeste, was ich für Sie tun kann, liebe Freundin.«

Privatstation stand auf der schweren weißen Tür, die er öffnete, sie kamen in einen weiteren langen Flur, aber hier herrschte Stille, es roch nach Zitronen und nur eine Krankenschwester kam ihnen mit ruhigem Schritt entgegen.

»Das ist Schwester Elisabeth, meine tüchtige neue Kraft, sie ist hier in unserer eigenen Schwesternschule ausgebildet worden.«

Vielleicht ein bisschen zu frisch, dachte Henriette, das brünette Mädchen konnte kaum 20 sein. Erstaunlich, dass die jungen Dinger heutzutage alle arbeiten gingen. Sie war in diesem Alter schon verheiratet gewesen.

Dann betrat sie das Krankenzimmer, wo alles weiß schimmerte, sogar das Licht durch die milchigen Scheiben. Henriette umklammerte das eiserne Bettgestell am Fußende und konnte nicht glauben, dass das Magdale sein sollte. Steif lag sie da, die verbundenen Handgelenke auf der Decke abgelegt, und starrte geradeaus. Ihre Augen müssten Henriette erblicken, doch sie zeigte keine Regung des Erkennens, oder ob sie überhaupt etwas wahrnahm.

»Sie spricht nicht und reagiert auch nicht auf Ansprache«, sagte Doktor Altmüller. »Ein sehr schlechtes Zeichen, leider muss ich Ihnen das sagen.«

»Sie reagiert nicht?« Henriette beugte sich ein wenig vor und flüsterte: »Magdale, was machst du für Geschichten? Ich hab mich auf dich verlassen. Du musst zur Vernunft kommen. Zu Hause wartet eine Menge Arbeit auf dich.«

Altmüller zog seine Uhr aus der Westentasche und ließ sie aufschnappen.

»Was werden Sie mit ihr tun?«, fragte Henriette.

»Wir können nur abwarten. Wenn sie bis morgen nichts isst, wird sie mit einem Schlauch zwangsernährt. Die Nahrung wird zu Brei zerkleinert, und damit die Patientin nicht erstickt, wird ihr Hals massiert, das löst dann in der Regel den Schluckreflex aus. Das haben wir häufig, keine Sorge.«

Henriette wollte das alles gar nicht so genau wissen, aber Altmüller hatte sichtlich Freude daran, sie mit diesen Grauslichkeiten zu erschrecken.

»Und wenn wir davon ausgehen, dass sie ruhig bleibt, was geschieht dann?«, fragte sie.

»Dann wird sie auf die Station für Nervenkranke verlegt. Dort herrscht ein geregelter Tagesablauf, mit festen

Zeiten für Essen, Waschen, und so weiter. Patienten, denen es besser geht, können aufstehen und sich im Tagesraum aufhalten. Sollte das nicht ausreichen, bekommt sie Beruhigungsmedikamente. Die meisten können schon nach kürzester Zeit zu leichten Arbeiten angehalten werden.« Er lachte freudlos. »Arbeit ist die beste Medizin, das Sprichwort stimmt auch hier. Aber nun muss ich weiter.«

Er begleitete Henriette bis zum Portal, wo die Droschke auf sie wartete. Ihr fiel auf, dass sie den Krankensaal nicht noch einmal durchqueren mussten.

»Es wird wohl besser sein, Sie schauen nach einer anderen Hilfe. Es dauert womöglich lange, bis sie entlassen werden kann, wenn überhaupt.«

Henriette fand, er sagte das in einem seltsam nervösen Tonfall, die kleinen Äuglein ganz schmal in seinem dicken Gesicht.

MAGDALES GEHEIMNIS

Als Henriette vor ihrem Haus aus der Droschke stieg, wünschte sie sich einen Fächer. Sie schwitzte mehr als in Indien. An den Bäumen in ihrem Vorgarten zeigten sich die ersten hellen Blätter, aber die Blumenpracht, die sonst ihr ganzer Stolz gewesen war, lag zerquetscht unter Putzstaub, Sand und Steinen. Die Haustür stand sperrangelweit offen, und die Mauern schienen vom Gehämmer zu erbeben. Ein Bub in kurzen Hosen schleppte zwei Eimer mit noch mehr Schutt an ihr vorbei und grüßte artig.

»Sag mal, du bist doch noch zu jung, um Lehrling zu sein?«, fragte sie, als er mit den leeren Eimern zurückkam und die Schuhe ordentlich auf der Matte abtrat, was sie als Zeichen des Respekts ihr gegenüber auffasste, denn der Boden des Flurs war so schmutzig, dass dies überflüssig war.

»In zwei Jahren krieg ich die Lehrstelle, gnädige Frau. Aber ich helf meinem Vater jetzt schon nach der Schule und in den Ferien«, erklärte er leise, ohne sie anzusehen.

»Das ist sehr ordentlich, sehr schön.« Sie nickte ihm zu und er eilte weiter. Ein gut erzogener Junge. Sie zupfte die Handschuhe von den Fingern und tastete nach der Hutnadel. Im Garderobenspiegel sah sie, dass ihr Gesicht gar nicht so gerötet war, wie sie befürchtet hatte. Ein Bad, sie wünschte sich ein Bad!

Als sie in die Küche kam, sah sie, dass das Feuer wieder ausgegangen war. Keinesfalls konnte sie jetzt Wasser aufwärmen und sich in die Zinkwanne legen, während überall Männer herumwuselten.

Felise hatte das Geschirr in die Spülwanne gestapelt, die Gute. Und nochmals schaute Henriette in die Speis, irgendwas war ihr vorhin seltsam vorgekommen. Die Kiste für die Kartoffeln war voll, und auch die Dosen für Kaffee, Tee und Zucker hatte Magdale aufgefüllt. Brot, Karotten und Eier fand sie so vor wie immer. Warum hatte sie vorhin gedacht, dass Magdale nichts eingekauft hatte?

Das Fleisch! Es war kein Fleisch da. Nur ein Ring Trockenwurst und ein Stück Schinken hing von der Decke. Das war es, was sie irritiert hatte.

Neben der Küche führte eine Treppe hinab in den Keller, wo sich auch die Waschküche befand. Dort war alles sauber und ordentlich aufgeräumt. Henriette hob den Deckel des Einweichtopfes an, und noch bevor sie mit dem Holz darin herumstocherte, erkannte sie, dass das Wasser blutig war, reichlich blutig. Es waren Monatsbinden und Unterröcke von Magdale. Sie ließ den Deckel zurück auf den Topf fallen.

Sämtliche Wäsche wurde von einer Frau aus Botnang abgeholt. Da Henriette es sich leisten konnte, musste Magdale nicht im zentralen Waschhaus schuften, und ihre Waschküche wurde nur zum Sammeln der Schmutzwäsche verwendet.

Die Kammer ihrer Haushälterin lag im Dachstock, neben dem Hauptkamin. So hatte Magdale es einigermaßen warm, auch im Winter. Die Luke stand noch offen, aber anscheinend hatten die Männer in diesem Raum nun nichts mehr zu tun. Henriette schloss die Zimmertür, was allerdings nicht viel gegen den Lärm der Handwerker half, und sah sich in der Kammer mit der Dachschräge und einer kleinen Gaube um.

Die Bettdecke lag auf dem Boden, das Laken auf dem Bett war blutgetränkt. Aber nur an einer Stelle, in der Mitte, etwa da, wo Flecken entstanden, wenn Frauen unpässlich waren und die Blutung nicht erwartet hatten. Henriette starrte eine Weile auf den Fleck, der am Rand schon eingetrocknet und braun verfärbt war, in der Mitte aber immer noch hellrot. So viel Blut!

Sie sah sich um. Seit 15 Jahren lebte Magdale hier. Mit 14 hatte sie sie eingestellt, weil sie einen wachen Blick hatte, eine schnelle Auffassungsgabe und trotz ihrer Magerkeit so kräftig wirkte, dass man ihr das Putzen, Einkaufen und Kochen auftragen konnte. Henriettes Einschätzung hatte sich als richtig erwiesen. Magdale hatte ein fröhliches Gemüt, sang gerne bei der Arbeit und lachte mit allen, die die Notwendigkeiten des Alltags ins Haus führten. Es war gut mit ihr auszukommen. Vielleicht lachte sie ein bisschen viel und laut mit den Männern, aber das sah Henriette ihr nach. Denn sie war fast 30 und hatte ein bisschen Spaß verdient. Auch rechnete Henriette damit, dass sie eines Tages heiraten könnte, so war das Leben, dann würde sie sich eine neue Haushälterin suchen müssen.

Aber noch stand Magdale in ihren Diensten, sie war für sie verantwortlich, und mit diesem Gedanken begann sie die Schubladen des Nachttischs aufzuziehen. Kamm, Bürste, Haarnadeln, ein billiges Duftwässerchen neben einer Bibel. Darunter ein Handspiegel, den ihr Henriette geschenkt hatte. Im unteren Schrankfach befand sich nur der Nachttopf. Alles so, wie es sein musste.

In der Kommode lagen Magdales Schürzen und Blusen, gebügelt und gefaltet, in den zwei großen Schubladen;

ihre Wäsche und Strümpfe in den oberen kleinen. Nichts Auffälliges. Die Aussteuer, für die Magdale sparte, so wie alle angestellten Mädchen es taten, bestand aus bestickten Taschentüchern und ein paar Handtüchern, die sie mit einem Seidenband zusammengebunden in der untersten Schublade aufbewahrte. Es gab zwar keinen Bräutigam, aber der würde sich schon noch einstellen.

Die Waschschüssel und der Krug auf der Marmorplatte der Kommode stammten aus Henriettes alter Toilettengarnitur, die sie benutzt hatte, bevor sie zur Hochzeit eine neue geschenkt bekommen hatte. Neben dem schweren Porzellan mit Goldrand stand eine Teedose aus Blech, deren unterer Rand Rostspuren zeigte. Auch wenn die Marmorplatte an einer Ecke abgestoßen war, mochte es Henriette gar nicht, wenn man nicht pfleglich mit ihren Sachen umging. Ja, fast alles in dieser Kammer war einmal in ihrem Besitz gewesen und Magdale überlassen worden. Roststreifen auf Marmor ließen sich kaum entfernen. Henriette riss die Teedose hoch, dabei fiel der Deckel ab und ein einzelner Knopf rollte über die Platte. Unwillkürlich griff sie danach und erwischte den geprägten Silberknopf. Sie drehte ihn zwischen den Fingern und betrachtete das eingravierte Wappen.

Heiß schoss es in ihre Wangen.

»Mädle, was hast du gemacht?«

WICHTIGE ZAHLEN

Nachdem Henriette mit dem Klempner noch ein paar Details besprochen hatte, verließen die Handwerker um vier Uhr das Haus. Als sie erleichtert die Haustür schließen wollte, rollte ein Automobil heran, das ihr gut bekannt war. Mit einem Freudenruf winkte Josefine, und Henriette half ihrer Freundin beim Aussteigen und nahm ihr einen schweren Korb ab.

»Du hast sicher noch nichts gegessen, wie ich dich kenne.« Josefine schüttelte ihr die Hand. »Da habe ich gleich mal alles einpacken lassen, was wir an Resten zu Hause hatten.«

Was sie auspackte, während Henriette im Esszimmer den Tisch deckte, sah nach einem Festmahl aus. Der Braten war noch warm, die Kartoffeln butterweich, und Henriette seufzte zufrieden nach dem ersten Bissen auf.

»Ich habe gar nicht gemerkt, wie hungrig ich bin.«

»Entsetzlich dünn bist du geworden, anscheinend hast du in Indien keine gute Köchin gehabt. Lang nur zu. Morgen schicke ich meine Anna vorbei, damit sie dir hilft.«

»Woher weißt du von meiner … misslichen Lage?«

Josefine lächelte. Sie hatte runde Wangen und war überhaupt eine stattliche Frau, groß und dunkelhaarig; sie trug gerne schlichte Kleider, die ein wenig wie Uniformen wirkten. Henriette musterte die Silberknöpfe an den dunkelblau abgesetzten Manschetten.

»Beim Metzger haben sie darüber geredet. Die einen

sagen, dass sie einen Unfall hatte, die anderen reden von Selbstverstümmelung. Was ist denn vorgefallen?«

»Beim Metzger?«

»Ja, der hat sich gewundert, dass Magdale die Bestellung nicht abgeholt hat, und schickte einen Lehrling hierher, der hat dann mitbekommen, wie sie weggebracht wurde. Er ist ein Depp«, sagte Josefine.

»Wer?«

»Der Lehrling. Er hätte ja daran denken können, das Fleisch dazulassen.«

»Stimmt. Aber dann wäre ich nicht misstrauisch geworden«, sagte Henriette zwischen zwei Bissen.

»Und ich wäre heute noch nicht vorbeigekommen«, rief Josefine fröhlich. »Ich habe dich sehr vermisst.« Dann stockte sie. »Was meinst du mit misstrauisch geworden?«

Henriette tunkte die Bratensoße mit dem letzten Stück Kartoffel auf.

»Magdale hat alles genau so gemacht, wie ich es ihr in meinem Brief aufgetragen habe. Bis auf das Fleisch, das hätte sie heute Morgen abholen sollen. Damit es frisch ist.«

»Ja und?«

»Du kennst Magdale doch auch schon lange. Abgesehen davon, dass ich mir beim besten Willen nicht vorstellen kann, warum so ein fröhliches Frauenzimmer nicht mehr leben will, passt es nicht zu ihr, die Arbeit halb zu erledigen.«

Josefine zuckte mit den Schultern. »Weiß man, was den Dingern im Kopf rumgeht?«

Henriette schüttelte nachdrücklich den Kopf. »Wenn, dann hätte sie alles ordentlich erledigt, auch das Fleisch geholt und am ehesten noch zubereitet, damit ich ein fertiges Essen vorfinde, und dann wäre sie in den Neckar gesprungen und hätte mir nicht so eine Sauerei hinterlassen.«

»Na, sie hat es aber getan«, wandte Josefine ein.

»Ich glaube nicht, dass sie sich umbringen wollte. Da ist etwas anderes geschehen. Die Blutflecken in ihrem Bett sind in der Mitte der Matratze, das sieht ganz und gar nach etwas anderem aus.«

Josefine bekam große Augen, starrte Henriette einen Moment an, dann sah sie suchend im Esszimmer umher.

Henriette wies mit dem Kinn zur Anrichte. »Links unten.«

Sofort stand Josefine auf und holte die Kristallflasche mit dem Likör heraus, dazu zwei Gläser. Während sie einschenkte, spielte Henriette mit dem Silberknopf, drehte ihn zwischen den Fingern und legte ihn schließlich auf die Tischdecke. Den leeren Teller schob sie beiseite.

»Von welcher Uniform stammt dieser Knopf, weißt du das? Ist dir auch so heiß?« Sie fächelte sich mit der Leinenserviette Luft zu.

»Das wird die fliegende Hitze sein, die bei dir jetzt auch losgeht, ich hab das schon seit zwei Jahren. Versuch's mal mit Melissengeistabreibungen, manchmal hilft es.« Josefine nippte an ihrem Likör. »Jetzt schieß schon los, was hast du für einen Verdacht? Denkst du, sie hat einen Schatz, der bei den Dragonern ist?«

»Haben die solche Knöpfe?«

»Sieht mir ganz danach aus. Wo hast du ihn gefunden?«

»In einer Teedose in ihrer Kammer.«

Josefine schnalzte mit der Zunge. »Was hast du erwartet? Sie war einen ganzen Monat allein im Haus.«

»Ich hab ihr vertraut! Und Felise kam jeden Tag herüber.«

»Und die Abende und Nächte sind lang«, sagte Josefine mit singendem Tonfall und hob das Glas. »Trinkst du nicht?«

Henriette schüttelte den Kopf. »Ich bin schon müde genug, in der Eisenbahn habe ich kaum geschlafen, und ein bisschen muss ich noch durchhalten, Leopold wird sicher noch vorbeikommen und vielleicht auch Charlotte.«

»Erzähl doch mal was Erfreuliches, wie waren die letzten Tage deines Aufenthalts in Indien? Wie geht es deinem Hans und seiner Frau, wie heißt sie noch mal? Friederike? Bleiben sie in Madras?«

»Sie haben sich gut eingelebt, und ich bin erstaunt, wie tüchtig mein Großer die Geschäfte leitet. Rike ist guter Hoffnung. Stell dir vor, ich werde Großmutter.«

»Du klingst gar nicht begeistert.« Josefine stellte ihr leeres Glas weg und schob das andere näher zu sich.

»Sobald Rike sich etwas wohler fühlt, wollen sie zurückkommen, ich schätze in ein, zwei Monaten, dann ist sie in der sichersten Zeit einer Schwangerschaft. Weißt du, Hans hat mich schrecklich damit bedrängt, ich solle mir eine Beschäftigung suchen, er hat wohl Angst, dass ich ihm zu viel dreinrede, dabei habe ich mich auf eine sinnvolle Betätigung gefreut, schließlich hat Richard immer alles mit mir besprochen. Es ist ja nicht so, dass ich keine Ahnung hätte. Jetzt weiß ich ja auch, wie die Firma in Indien organisiert ist und … ach, Josefine.« Henriette rieb sich das Gesicht.

»Aber, aber, das ist nur die Erschöpfung und das Durcheinander hier. Die Analyse bei Doktor Freud hat dir doch hervorragend geholfen, schlaf dich ordentlich aus, und morgen sieht die Welt wieder anders aus.«

»Doktor Freud sagt, Arbeiten und Lieben sind das Wichtigste im Leben. Was bleibt mir denn noch, wenn Hans mich loswerden will?«

»Du wirst Enkelkinder haben, mit denen du dich beschäftigen kannst. Du kannst dich engagieren, es gibt so viele nette Frauenvereine.«

Henriette verzog das Gesicht.

»Mädchenbildung oder Armenfürsorge oder etwas Kulturelles wie der *Verein zur Förderung der Schönen Künste*. Mein Mann und ich sind dort schon eine Weile tätig. Du musst einmal mitkommen.«

»Dann setze ich mich doch lieber für das allgemeine Frauenstimmrecht ein. Damit wir Frauen wirklich Einfluss nehmen können.«

Josefine lächelte. »Wir nehmen immer Einfluss, nur eben nicht in der Öffentlichkeit.«

Die Hausglocke erklang, und Henriette musste selbst aufstehen und öffnen. Es war Leopold, ihr jüngster Sohn, der sie umarmte und ihr einen Strauß Blumen in die Hände drückte.

»Willkommen zu Hause, liebe Mama!«

»Du hast dir ja einen Schnurrbart wachsen lassen! Jetzt ähnelst du deinem Vater noch mehr.«

Henriettes Müdigkeit verflog im Nu. Leopold hängte seinen Hut an den Ständer, der ansonsten ganz leer in der schmutzigen Halle stand. Früher war er von den Jacken und Mänteln ihrer drei Kinder übergequollen. Es war schön, dass er ein bisschen von der alten Lebendigkeit ins Haus brachte. Er begrüßte Josefine, schob Henriette den Stuhl hin und holte eine Vase, bevor er sich selbst setzte.

Blond und blauäugig war er, und seine Ohren schimmerten immer ein bisschen röter als sein Gesicht.

»Gut siehst du aus! Was hast du die ganze Zeit gemacht, sehr fleißig hast du mir ja nicht gerade geschrieben. Was macht deine Karriere?«, fragte Henriette.

»Es ist ein mühseliger Aufstieg, zurzeit sitze ich in der städtischen Statistik. Alles, wirklich alles wird gezählt, und Listen über Listen landen bei mir auf dem Schreibtisch. Wusstet ihr, dass wir inzwischen über 280.000 Einwohner in Stuttgart haben? Die Österreicher mit fast 2000 Personen machen die meisten Ausländer aus, gleich gefolgt von den Schweizern und Italienern.«

Die Frauen lachten und schüttelten die Köpfe.

»Wir haben jetzt acht Straßenbahnlinien, 190 Straßenbahnwagen, und zu den rund 5.000 Pferden kommen inzwischen 404 Automobile und 85 Lastkraftwagen. Ein einziges Verkehrschaos entsteht, und das Ergebnis sind neun Verkehrstote und über 200 Verletzte pro Jahr. Die meisten Unfälle passieren, weil die Leute auf die fahrenden Straßenbahnen auf- oder von ihnen hinunterspringen.«

»Und was fängst du mit den ganzen Zahlen an?«, fragte Henriette.

»Daraus kann man feine Berechnungen erstellen, die lege ich dem Oberbürgermeister vor, und er merkt sich das hoffentlich alles, wenn im Stadtrat das eine oder andere zur Sprache kommt.«

»Dann nimmst du also Einfluss auf die Politik?« Henriette schickte einen bedeutsamen Blick zu Josefine. Das hieß Einfluss nehmen.

»Das will ich doch wohl hoffen!« Leopold zog aus der Innentasche seiner Jacke ein paar Karten und legte sie vor den Frauen ab. »Hier, für euch. Die ersten sind fertig.«

Fotografien von König Wilhelm II und Königin Charlotte waren darauf abgebildet.

Die Blume der Barmherzigkeit –

anlässlich der Silbernen Hochzeit des Königspaares beginnt am 28. Mai der erste Verkaufstag der Nelken.

»Überall in der Stadt könnt ihr dann die Nelken erwerben, die Einnahmen werden guten Zwecken zugeleitet«, erklärte Leopold, doch plötzlich nahm er Henriettes Hand und drückte sie sanft. »Verzeih mir, Mama, ich bin so ein ungehobelter Kerl!« Er wollte die Karte aus ihrer Hand nehmen.

»Lass nur. Es geht mir gut. Wirklich.« Nun tätschelte sie seine Hand.

»Soll ich nicht doch lieber wieder bei dir einziehen? Ist es nicht einsam für dich?«

»Was für eine Idee! Hier herrscht nur Chaos, da kann ich dich nicht auch noch gebrauchen. Du bist bei deinem Freund gut aufgehoben, und so soll es bleiben.«

»Wie geht es denn den Weilers? Wie viele Kinder haben sie inzwischen?«, fragte Josefine.

»Nur die kleine Dorothea, aber sie ist recht munter und unser aller Freude.« Leopold strahlte.

»Ihr seid schon ein ungewöhnlicher Haushalt, ihr zwei Männer, Wilhelm und du, und dazu Moni und ihr Kind. Und du sprichst, als sei es deine Tochter.«

»Sie ist mir eben ans Herz gewachsen, und Patenonkel bin ich ja auch.«

Sie sprachen noch eine Weile über Henriettes Reise, und Leopold bestand darauf, ihre Koffer ins Schlafzimmer zu tragen, bevor er ging.

Zum Abschied sagte er: »Übrigens gibt es jetzt schon

6.400 Sprechstellen für Telefone. Das könntest du als Nächstes installieren, dann kann dich Charlotte selbst anrufen und muss es nicht über mein Büro tun. Sie darf an einer Studienreise nach England teilnehmen, das konnte sie sich nicht entgehen lassen. Aber du sollst dir keine Sorgen machen. Sie schickt dir liebe Grüße.«

Josefine machte sich gleich nach ihm auf den Heimweg, die Abendessenszeit rückte näher.

»Warum hast du nichts von Magdale erwähnt?«, fragte sie an der Tür.

»Er hat mit seinen eigenen Sachen genug Durcheinander im Kopf, ich will erst genauer wissen, was passiert ist.«

»Ruh dich lieber aus und überlasse das den Ärzten. Morgen kommt Anna und kann das Geschirr abwaschen.«

»Bitte frag mal deinen Mann ein bisschen aus.«

»Meinen Mann?«

»Ja, wegen Magdale.«

»In welchem Krankenhaus liegt sie denn?«

»Weißt du das denn nicht? Bei deinem Mann. Er hat sie sogar auf seiner Privatstation einquartiert.«

»Ich habe ihn heute noch nicht gesehen.« Josefine drückte Henriette die Hand. »Sie ist bei ihm gut aufgehoben, da musst du dir wirklich keine Sorgen machen.«

Ohne Mühe warf sie mithilfe der Kurbel den Mercedeswagen an. Altmüllers besaßen eines der 404 Automobile, ein ratterndes Ungetüm, rot lackiert mit einem Leinendach, das man einklappen konnte, und Josefine hatte vom ersten Tag an darauf bestanden, es selbst zu lenken. Sie steckte den Schleier vor dem Gesicht fest und winkte zum Abschied.

DER ZUFALL

Henriette schloss die Tür ab, schaltete das Licht im Flur an und bemerkte den Staub auf dem Boden. Das Haus versank langsam im Dreck.

Da kroch die nächste Hitzewelle über ihre Haut. Müde ging sie in ihr Schlafzimmer, räumte Koffer und Taschen aus. Die schmutzige Wäsche warf sie in einen Korb. Morgen musste die Wäscherin kommen.

Einen Stapel Bücher in der Hand, sah sie sich im Zimmer umher. Auf dem Nachttisch war kein Platz, ein Regal gab es nicht, und überhaupt hatte sie eine fürchterliche Unordnung veranstaltet. Die sauberen Kleider mussten erst gelüftet und gebügelt, Sonnenschirme, Handschuhe und Hüte im Garderobenschrank verstaut werden. Deswegen hatte sie alles auf die Betthälfte, in der Rudolf geschlafen hatte, geworfen, damit Magdale ... Magdale konnte sich nicht darum kümmern.

Henriette schob ein paar Kleider beiseite und legte den Bücherstapel auf die Matratze.

Zur Psychopathologie des Alltagslebens lag zuoberst. *Über Vergessen, Versprechen, Vergreifen, Aberglaube und Irrtum* lautete die Titelergänzung. Doktor Freuds Schriften hatte sie während der langen Schiffsfahrten studiert, die theoretischen Erläuterungen mit dem verglichen, was sie in den Analysestunden besprochen hatten. Und sie hatte begriffen, dass viele Verhaltensweisen nicht zufällig ausgeführt wurden, sondern gesteuert von einem riesigen inneren Ungeheuer, dem Unbewussten,

Geheimnisse verrieten, die man vor sich selbst verbergen wollte.

Während Henriette sich auszog und das Nachthemd überstreifte, ließ sie kaum den Blick von der Betthälfte ihres Mannes. Die leer geblieben wäre, wenn sie nicht ihre Sachen darauf abgelegt hätte. Magdale hatte Decke und Kissen weggeräumt. Die Matratze, nur mit einem Leintuch bespannt, hätte sich wie ein weißes Nichts neben ihr ausgebreitet. Doch es gab kein Vakuum in diesem Raum, die Leere hatte sich wieder gefüllt. *Sie* hatte die Leere gefüllt, mit ihren Kleidern und den Büchern über Psychoanalyse.

Henriette lag lange wach, dachte darüber nach, ob sie das Bett ihres Mannes abbauen lassen sollte, damit Platz für einen Tisch entstünde, an dem sie Freuds Gedanken studieren konnte. Doch da gab es noch das Arbeitszimmer, das nun niemand benutzte. Würde sie es wagen, in Rudolfs Heiligtum einzudringen? Es zu ihrem Reich machen können?

Zunächst lagen Freuds Bücher an der Stelle, wo sonst der Kopf ihres Mannes geruht hatte. An Zufall glaubte sie nicht mehr.

2. TAG:
DONNERSTAG, 26.5.1910

FELISE LÄSST SICH PORTRÄTIEREN

SIE HATTE NOCH NIE DARÜBER NACHGEDACHT, wie viel Magdale den ganzen Tag erledigte. Jedes Mal, wenn Henriette einfiel, was als Nächstes getan werden musste, fehlte ihr das fröhliche Mädchen, das sonst immer losflitzte und ihren Befehlen nachkam. Die Hausklingel hatte sie aus dem Schlaf geholt, und sie musste die Handwerker im Morgenrock hereinlassen, weil sie nicht damit gerechnet hatte, dass diese schon um sieben Uhr anrücken würden. Anna, das Mädchen von Josefine, kam erst, nachdem sich Henriette mühselig ein Frühstück mit Kaffee und Butterbrot bereitet hatte. Zwar konnte sie das Feuer im Herd schnell zum Brennen bringen, aber es dauerte ewig, bis das Wasser kochte, also ging sie unterdessen in ihr Zimmer, zog sich an und frisierte sich. Bis sie wieder in die Küche kam, war das Feuer fast ausgegangen, und sie musste erst Holz nachlegen, und weil keines mehr da war, zum Schuppen im Garten laufen und ein paar Scheite holen. Und weil sie nicht wollte, dass Anna irgendwelche Gerüchte in Umlauf brachte oder sonst etwas schwatzte, stieg sie selbst hinauf in Magdales Kammer, zog das blutige Laken ab und brachte es in die Waschküche. Dort warf sie es zu den anderen Sachen in den Einweichtopf und drückte es mit dem Holzlöffel nach unten. Als Anna dann da war, musste diese sie nach allem fragen, weil sie sich nicht auskannte, und so dauerten die einfachsten Arbeiten ewig.

Dazwischen kam mehrmals der Klempner und wollte ihr alles ganz genau erklären. Als Nächstes müsste der Kaminschacht geöffnet und eine neue Leitung verlegt werden, mit der der Badeofen an den Wasserkreislauf angeschlossen würde. Er zeigte ihr hier und da Stellen, wo er durch die Wand und die Decke stoßen müsste, und sie nickte zu allem, weil er anscheinend ihr Einverständnis haben wollte.

Es war fast zehn Uhr, als sie endlich zu Felise hinüber gehen konnte.

Georg Eberle, Felises Mann, war der jüngste Sohn eines erfolgreichen Weinbauern in Stuttgart und hatte somit das Glück, dass selbst nach der Aufteilung des Erbes unter drei Geschwistern das Vermögen groß genug war, dass er sich als Privatier ein müßiges Leben hätte erlauben können. Seine beiden älteren Brüder hatten die Leidenschaft für die Reben geerbt und verwalteten die Weingüter in Untertürkheim und Uhlbach, was ausgedehnte Aufenthalte in Italien und Frankreich nicht ausschloss. Aber Schwabe durch und durch suchte Georg sich eine Betätigung, in der er aufgehen konnte. Zuerst unterstützte er die *Schwäbische Chronik*, eine der ältesten Zeitungen in Stuttgart, finanziell, bis er seine Leidenschaft für den Journalismus entdeckte und selbst begann, Texte zu verfassen. Inzwischen war er Redakteur und rund um die Uhr beschäftigt. Felise und er lebten mit ihren sechs Kindern in einer Villa, die doppelt so groß war wie Henriettes. Mit Erkern, Türmchen und üppigen Jugendstilverzierungen spiegelte das Haus Felises Charakter: überbordende Lebendigkeit.

Therese, das Hausmädchen, öffnete. Sie passte so gar nicht zu Felise, hatte glattes dünnes Haar, ein breites

Bauerngesicht und wirkte auch sonst ziemlich plump. Vermutlich lag es an ihrer schlechten Haltung.

»Die gnädige Frau hat Besuch vom Maler«, sagte sie, tapste voraus zum Wohnzimmer.

»Ich will dich gar nicht stören«, rief Henriette beim Eintreten. »Kannst du mir für ein paar Minuten dein Mädchen ausleihen?«

Doch dann stockte der Schwung, mit dem sie ihre Freundin begrüßen wollte, denn Felise saß in einen Sessel drapiert, ja anders konnte man das nicht nennen, und hielt graziös den Kopf. Sie trug eine beigefarbene Musselinbluse mit Lochstickerei am Kragen und langen Puffärmeln, einen breiten lila Samtgürtel mit glitzernder Schließe und einen Rock in der gleichen Farbe. Der Maler, von dem sie gedacht hatte, dass es ein Anstreicher wäre, mit dem Felise eine Renovierung besprechen wollte, verbeugte sich in Henriettes Richtung.

»Das ist Frau Kommerzienrat Haag. Sie wohnt nebenan«, informierte Felise und schlug die Beine übereinander, sodass man die gerippten schwarzen Strümpfe in den Schnallenschuhen sehen konnte.

»Eduard Wünsch. *Der Wünsch*«, fügte sie etwas atemlos hinzu.

Kaum so groß wie sie selbst, das blonde Haar fest am Kopf anliegend, gekleidet in einen blauen Russenkittel und Reiterstiefel, wirkte der Maler sehr exotisch. Er hatte große braune Augen und lange Wimpern, die ein bisschen zu oft flatterten. Hastig legte er die Palette voller bunter Farbkleckse und den Pinsel beiseite und wippte auf den Hacken, als wollte er größer sein – oder davonrennen.

»Was sagst du zu dem Porträt?« Felise wedelte aufgeregt mit der Hand Richtung Staffelei.

Sofort trat der Maler einen Schritt beiseite, damit Henriette das Bild betrachten konnte, während Felise aufgeregt weiterredete. Auf dem Gemälde sah sie verträumt in die Ferne, und mit rosig schimmerndem Teint wirkte sie zehn Jahre jünger. Allerdings war von der dramatischen Pose, in der sie im Sessel hing, nichts zu sehen. Das Porträt endete als Brustbild mit hochgeschlossenem Spitzenkragen.

»Alle sagen nur *der Wünsch* und wünschen sich, von ihm gemalt zu werden.« Ein glucksendes Lachen entfuhr ihr, sodass Henriette sie erstaunt ansah. »Aber davon hast du natürlich nichts mitbekommen. Er ist sehr *en vogue*, der Wünsch, gell?«

Der Maler lächelte, strich sich über das helle Haar und sprach hastig, während er seine Malutensilien zusammenräumte.

»Ich bin Ihnen ganz besonders dankbar für die Aufträge, die ich durch Ihre Empfehlungen bekommen habe. Ich würde vorschlagen, für heute beenden wir die Sitzung, und ich lasse Sie mit Ihrer Freundin in Ruhe sprechen.«

Geschwind verstaute er Pinsel, Palette und Farbtuben in einem kleinen Holzkoffer.

»Morgen um die gleiche Zeit? Ich denke, mit der nächsten Sitzung sind wir fertig.«

Felise setzte sich endlich anständig hin, und an Henriette gewandt sagte sie: »Klingle doch bitte der Therese.«

Das Mädchen erschien sofort mit roten Wangen, knickste vor Wünsch, der wieder auf den Hacken wippte, bis sie Hut und Mantel gebracht hatte, und nervös lächelnd verabschiedete er sich mit einer kleinen Verbeugung.

Felise deutete auf einen zweiten Sessel am Fenster.

»Willst du nicht einen Moment Platz nehmen? Der Wünsch war heute nicht in Form, mit meinem Bild ist er überhaupt nicht vorwärts gekommen. Hat nur rumgefuhrwerkt und unablässig von seinem Bruder erzählt. Dabei ist der längst nicht so interessant wie er selber. Arbeitet als Graveur. So hat der Wünsch übrigens auch mal angefangen, bis er Kulissenmaler am Hoftheater wurde und dann Porträtist. Aber jetzt du: Wie geht es dir denn?«

Henriette nahm nur auf der Sesselkante Platz. Felises großes Wohnzimmer war voller Möbel und Nippes und bunt gemusterter Stoffe. Dennoch war es blitzsauber, kein Stäubchen auf dem Teppich, die Holzoberflächen der Tischchen und Schränkchen glänzten.

»Die Handwerker machen mich verrückt. Ich dachte, ich hätte klare Anweisungen gegeben, aber der Meister muss alles tausendmal besprechen.«

»Du hast ihm da auch ziemlich viel zugemutet. Ich bin mir sicher, er hat noch nie per Post den Auftrag bekommen, ein Badezimmer einzubauen. Wenn er überhaupt schon mal eins eingebaut hat.«

»Mal mir nicht den Teufel an die Wand. Das muss jetzt alles klappen. Es reicht, dass Magdale nicht da ist.«

Felise nickte, aber Henriette sah, dass sie den Blick nicht von ihrem Porträt lassen konnte und offensichtlich mit den Gedanken ganz woanders war.

Richard hatte einmal, als sie noch verlobt gewesen waren, gesagt, dass Felise die schönsten Haare der Stadt hätte, und tatsächlich waren sie immer noch braun und glänzend, ohne eine einzige graue Strähne. Henriette hatte damals zwei Tage nicht mehr mit ihm gesprochen, bis ihm einfiel ihr zu sagen, dass *sie* das hübschere Gesicht habe und endlich aufhören sollte zu schmollen. Das war Jahrzehnte her. Felise, Josefine und Henriette hatten in ihrer Verlobungszeit sogar darüber gesprochen, wie es wohl wäre, jeweils den Mann der anderen zu heiraten. Damals hatten sie noch keine Ahnung gehabt, wie das Eheleben sein würde. Dass der eigene Mann die Vorzüge der Freundinnen bemerken würde und wie kränkend das sein könnte.

Felise riss sich endlich von dem Bild los und fragte: »Was soll Therese denn für dich tun?«

»Ich hätte ja Anna geschickt, aber …«

»Josefines Anna? Ach, war sie bei dir?«

Mit »sie« meinte sie Josefine, und aus Felises Gesicht verschwand der verträumte Ausdruck. Ihre Miene wurde auch nicht versöhnlicher, als Henriette erzählte, dass sie ihr ein Abendessen gebracht hatte.

»Du hättest selbstverständlich zu mir kommen können, das weißt du doch? Ich muss dich nicht extra einladen?«

»Natürlich weiß ich das. Sei nicht böse, sie hat mich damit überrascht.« Und eigentlich wäre Henriette der Trubel in Felises Haus zu viel gewesen, wie sie sich auch jetzt wieder in die Ruhe ihres eigenen Hauses sehnte. Sie stand auf.

»Also was ist jetzt mit Therese?«, fragte Felise.

»Sag ihr bitte, sie soll meiner Wäscherin bestellen, sie möchte dringend kommen.«

»Anna kennt die nicht«, sagte Felise mit Befriedigung in der Stimme.

»Eben, darum brauche ich deine Therese.«

»Wie geht es denn dem Magdale?«

»Besser. Ich denke, sie kann bald wieder arbeiten.«

»Traust du ihr denn noch?«

»Warum nicht?«

»Sie ist ja offensichtlich labil und nervös. Ich hätte Bedenken, ob sie die Arbeit noch schafft. Und was werden die Leute reden?«

Henriette legte eine Hand auf Felises Schulter, auf die Falten der Puffärmel. »Kannst du mir einen Gefallen tun? Sprich bitte nicht davon, dass sie sich was angetan hat.«

»Aber das weiß doch schon jeder! Außerdem bin ich keine, die rumschwätzt, mach dir keine Sorgen. Therese kannst du gleich selber sagen, was sie tun soll.«

Felise erhob sich und marschierte an Henriette vorbei, öffnete die Tür und rief laut. Therese kam sofort, knickste und sah zu Boden. Sie hob auch nicht den Kopf, als Henriette ihr sagte, was sie tun sollte, nickte nur und murmelte: »Jawohl, gnädige Frau.« Dann sah sie Felise an. »Soll ich jetzt gleich gehen?«

»Ja, und beeile dich.«

Als sie weg war, fragte Henriette: »Was ist denn mit der los? Hat sie was ausgefressen?«

»Es wird ihr nahe gehen, was Magdale gemacht hat, schließlich sind sie Freundinnen. Ach, das weißt du ja auch nicht. Sie haben sich im letzten Monat zusammengeschlossen, als Therese ihr beim Putzen geholfen hat, und sie haben die Sonntagnachmittage miteinander verbracht.«

»Das ist ja nett.« Henriette hauchte Felise einen Kuss an der Wange vorbei. »Du bist mir eine große Hilfe, vielen Dank.«

»Was meinst du, lässt du dich auch malen?«

»Ich habe andere Sorgen. Erst mal muss ich bei mir drüben nach dem Rechten sehen, aber schön gemalt hat er dich schon, *der Wünsch*.«

THERESE UND DIE WÄSCHERIN

Auf der Strasse hörte sie gleich den Lärm der Bauarbeiten in ihrem Haus.

Amalie Mayer, die gegenüber im Pförtnerhaus der Villa Regina wohnte, sah aus dem Fenster wie immer, und rief ihr einen Gruß zu. Und weil Henriette wusste, dass die Alte sowieso kaum mehr etwas hörte, antwortete sie nur mit einem freundlichen Lächeln und Winken. Ungeduldig sah sie die Straße auf und ab, wo blieb die Wäscherin?

Es war niemand in der Wagenburgstraße zu sehen, nur der Schwarzwälder vor dem Karren des Klempners schnaubte und schüttelte seinen mächtigen Kopf, sodass das Geschirr klirrte. Die Villen auf der Uhlandshöhe lagen verborgen hinter Hecken und Mauern. Sie hatte die Ruhe in diesem Wohnviertel immer geschätzt, hoch über dem Talkessel gelegen, und doch waren es nur wenige Schritte bis zur Gerokstraße, wo inzwischen die Straßenbahn fuhr und man in wenigen Minuten die Altstadt erreichen konnte.

Von der Haltestelle her zog jetzt die Wäscherin ihren Handkarren herauf, Therese ging neben ihr, sie redeten aufgeregt miteinander.

Der Klempnermeister kam aus dem Haus, suchte auf dem Anhänger seines Pferdewagens in einer Kiste herum und rief Henriette zu, dass er sie kurz sprechen müsse. Also sagte sie der Wäscherin nur, dass sie die Sachen aus dem Einweichtopf mitnehmen sollte und den Sack mit der restlichen Wäsche. Die Frau nickte und ging ins Haus, sie kannte sich aus.

Der Klempner erklärte ihr umständlich, dass er gut vorangekommen sei mit dem Wanddurchbruch, ärgerlicherweise wäre jedoch nur die emaillierte Stahlbadewanne geliefert worden, nicht das neue Klosett und das Waschbecken, was aber nicht seine Schuld sei.

Henriette nickte zu allem, und dabei hätte sie fast verpasst, wie die Wäscherin mit ihrem beladenen Handwagen wieder davonzog. Der Klempner beschimpfte gerade noch einmal die Lieferfirma und das leise »Ade, Frau Kommerzienrat« der Wäscherin rauschte an ihr vorbei. Die Frau war schon auf der Höhe von Felises Haus, als Therese neben ihr auftauchte und aufgeregt auf sie einredete. Zwischen der Wäscherin und Therese ging es ein paar Mal hektisch hin und her, dann zog die Wäscherin davon, und Therese wandte sich Felises Haus zu. Henriette fand, sie sah verweint aus.

»Therese! Komm doch mal einen Moment her.«

Das Mädchen kam zögernd näher, knickste und hielt den Kopf gesenkt, die Hände unter die weiße Schürze geschoben.

»Ich will wissen, mit wem sich Magdale getroffen hat. Schau mich an, wenn ich mit dir spreche.«

Therese hob nur kurz den Kopf. »Das weiß ich nicht.«

»Ihr habt euch doch öfter mal getroffen.«

»Jetzt aber schon länger nicht mehr.«

»Warum nicht?«

Therese zuckte mit den Schultern.

»Hat sie einen Freund?«, fragte Henriette.

Jetzt sah Therese sie an, nur kurz, und das schlechte Gewissen sprang Henriette an wie ein Peitschenhieb.

»Also, wie ist sein Name?«

»Ach, die macht doch mit jedem Kerle rum.«

»Rumgemacht? Ich weiß, dass Magdale eine Frohnatur ist, aber *rumgemacht*? Gab es einen Bestimmten?«

»Willy.«

»Wie? Sprich deutlich.«

»Willy.«

»Und wie noch?«

»Weiß nicht.«

»Wo wohnt er?«

Therese sah irgendwo hin, an Henriette vorbei.

»So lass dir doch nicht alles aus der Nase ziehen!«

Therese begann zu weinen. »Wird Magdale sterben? Wie geht es ihr denn?«

»Es geht ihr nicht besonders gut. Was ist also passiert?«

»Ich weiß wirklich nicht, was passiert ist. Das müssen Sie mir glauben. Wir haben die letzte Zeit nicht viel miteinander geredet.«

»Habt ihr gestritten?«

Das Mädchen wischte sich die Tränen weg, drehte den Absatz auf dem Pflaster hin und her, schaute auf ihre Fußspitze.

»Was war das für ein Streit?«, fragte Henriette, und weil keine Antwort kam, fragte sie weiter: »Kannte Magdale einen Dragoner?«

»Nein!« Therese wirkte aufrichtig entsetzt.

»Wie lange geht das schon mit dem Willy?«

»Ach, das ist doch nichts Gescheites.«

»Bist du eifersüchtig? Hm?«

Therese wurde rot und begann herumzustottern. »Nein, wieso denn? Sie hat sich immer wichtig damit gemacht, dass er ihr schöne Sachen sagt.«

»Was für Sachen?«

»Dass sie schöne Haare hätte und ihre blauen Augen, was die Kerle halt so sagen.«

Henriette nickte. »Es ärgert dich bestimmt, dass Magdale Komplimente bekommt.«

Therese zuckte mit den Schultern und reckte das Kinn.

»Danach habt ihr nicht mehr miteinander geredet?«

»Ja doch, schon. Aber nicht mehr so oft.«

»Und du bist dir sicher, dass Magdale keinen Dragoner kennt?«

In den aufgerissenen Augen des Mädchens sah Henriette nur Erstaunen. »Das wüsst ich, hier wird doch alles geschwätzt.«

Henriette nickte. »Jetzt geh, du wirst noch Arbeit zu tun haben.«

ADAM VON DAHLWIG

Werter Doktor Freud,

heute Vormittag finde ich gezwungenermaßen Zeit, Ihnen zu schreiben, da mich die Beaufsichtigung der Handwerkerarbeiten ans Haus fesselt. Ständig kommt der Meister und braucht eine Auskunft oder eine Entscheidung von mir. Der Lärm setzt mir zu und ich hoffe, dass diese Zeilen an Sie dazu beitragen, meine Gedanken zu ordnen, denn es gibt einen wichtigen Grund, warum ich Ihnen schreibe. Ich befinde mich in großer innerer Aufruhr und kann nicht recht begreifen, wodurch sie verursacht wurde. Gerne denke ich an die ruhigen Stunden in Ihrem Sprechzimmer, als ich auf der Couch lag und nichts weiter hörte als das Ticken Ihrer Wanduhr, und hin und wieder strömte der Rauch aus Ihrer Zigarre über mich hinweg. Ich wusste, Sie verstehen meine Trauer und haben mir mit Ihrer klaren und direkten Art sehr geholfen, den Schmerz zu überwinden. Dass ich mit Ihnen schriftlich im Kontakt bleiben kann, ersetzt fast die Analysestunden, aber eben nur fast. Ich werde nun einfach draufloserzählen, was mich beschäftigt, so als würden Sie mir zuhören.

Magdale fehlt mir sehr, und ich stelle mit Erstaunen fest, dass mir nicht nur ihre Tüchtigkeit fehlt und die Ordnung, die sie im Haus hält, sondern auch ihr fröhliches Wesen. Ich frage mich, ob ich beginne, die Klassenschranken zu ignorieren, die mich von ihr trennen und auch trennen sollten, denn schließlich bin ich ihre Herrin und sie die

Angestellte. Wird nicht die natürliche Ordnung gestört, wenn ich beginne, mich für ihre Belange zu interessieren?

Ich frage mich seit gestern, aus welchen Beweggründen ich in ihren Sachen herumgewühlt habe. Heute schäme ich mich dafür. Nicht weil ich es getan habe, dazu habe ich das Recht, sondern weil mich ihre intimen Gegenstände so gefesselt haben. Ich weiß gar nicht, wie ich Ihnen das beschreiben soll, da es so ein eigenartiges Gefühl in mir ausgelöst hat, für das ich keine Worte finde.

Seit ich die Redekur bei Ihnen gemacht habe, liegt es mir nahe, meine Gefühle zu analysieren. Ich frage mich also, ob Magdales Sachen in mir etwas zum Schwingen gebracht haben, das lange schlief. Überfordert, die richtigen analytischen Begriffe zu verwenden, will ich doch mit meinen eigenen Worten versuchen, Ihnen zu benennen, was in mir vorgeht, obwohl ich mit ungeheuren Schamgefühlen zu kämpfen habe.

Gerade ist der Meister in die Stube gepoltert und hat mich fürchterlich erschreckt, weil ich sein Klopfen nicht hörte. (Daher der unschöne Klecks).

Die Schamgefühle bedürfen einer separaten Betrachtung, fürchte ich, und ich merke auch, dass ich wie die Katze um den heißen Brei schleiche und nicht auf den Punkt komme.

Nun also, Magdales Kammer erinnert mich an meine eigene Stube, die ich als junges Mädchen, kurz vor meiner Verheiratung bewohnte. Natürlich war sie ganz anders ausgestattet, hatte ein Bett mit guter Rosshaarmatratze und feinen Gardinen an den Fenstern. Und doch ruft alles, was ich gesehen habe in mir meine Jugend wach, ja, ich gestehe es, auch die Verliebtheit, in der ich mich damals befand. Sie werden sich allmählich fragen, was daran meine Schamgefühle weckt, und ich werde es Ihnen nun endlich anvertrauen: Es war nicht Richard, damals noch mein Verlobter, dem meine leidenschaftlichen Gefühle galten, sondern einem Dragoner aus dem Regiment des Königs.

Wenn Sie mein Gesicht sehen könnten! Es platzt fast vor Blutandrang und ich musste minutenlang den Füllfederhalter beiseite legen, weil mein Herz solche Kapriolen schlug. Bei Magdale fand ich einen Knopf, der zu einer Uniform gehört, was mir Josefine bestätigt hat, die sich damit gut auskennt. Dabei wäre es gar nicht notwendig gewesen, sie zu fragen, kannte ich doch die Prägung des Knopfes genau.

Habe ich mich heuchlerisch vor mir selber verhalten, indem ich Josefine um Auskunft fragte? Kann man eigentlich vor sich selber ein Wissen verbergen, das einem schon bewusst geworden ist? Ich erinnerte mich sofort an Adam von Dahlwig – und wieder musste ich innehalten und warten, bis sich meine zitternden Hände beruhigt haben – allein den Namen hinzuschreiben, ist, wie ihn aussprechen. Aussprechen, was ich niemals jemandem anvertraut habe: Ich liebte ihn und es war nicht standesgemäß. Er war adelig. Wie habe ich damals gelitten! Adams Mutter wusste natürlich nichts von unserer Liebe, ich war nur ein paar Monate in ihrem Haus, sollte ihrer Tochter Gesellschaft leisten, die zur Melancholie neigte und die ich aufmuntern sollte. Dabei habe ich mehrfach mitbekommen, wie bedacht Frau von Dahlwig darauf war, dass ihr Sohn eine standesgemäße Frau heiratet.

Sehen Sie, hier ist noch eine Parallele zu Magdale: Ich galt damals als fröhlich und sollte eine Aufmunterung für Adams Schwester sein. Diese Unbekümmertheit habe ich verloren. Bin ernst und gewissenhaft, pflichtbewusst und … treu wollte ich schreiben. Darf ich mich als treu bezeichnen, wenn ich Adam meine ganze Ehe hindurch nicht vergessen konnte?

Wir trafen uns heimlich im weitläufigen Garten, und der Knopf, den ich bei Magdale fand, weckte die Erinnerung an meine eigene Leidenschaft. Nicht dass ich mich jemals in seiner Gegenwart hätte gehen lassen! Mir scheint, als wäre Magdale in eine abscheuliche Zwickmühle geraten, obwohl Therese es bestreitet, bin ich mir sicher, dass da noch ein weiterer Mann im Spiel gewesen sein muss. Der Knopf. Warum sonst sollte sie ihn aufbewahrt haben? Es scheint Liebe im Spiel gewesen zu sein, und ihr Leid muss dem gleichen, wie ich mich damals fühlte. Pein und Leidenschaft zugleich. Und wie gerne hätte ich mich als leidenschaftliche Frau gezeigt, ohne Pein.

Es ist unfassbar, was ich Ihnen hier beichte! Und ich kann es nur, weil ich bei Ihnen gelernt habe, dass meine sexuellen Bedürfnisse durchaus ihre Berechtigung haben. Etwas anderes wurde mir beigebracht. *Magdale sicher auch, und dennoch hat sie es gewagt, hat sich nicht von gesellschaftlichen Regeln beschneiden lassen.*

Und nun komme ich zum zweiten Teil meines Geständnisses: Ich bewundere Magdale für ihren Mut!

Was für eine Erleichterung, es auszusprechen! Erst nach diesem Geständnis bin ich in der Lage, klar über alles nachzudenken.

Ich möchte Ihnen danken, lieber Doktor Freud, meine innere Aufruhr ist mir endlich verständlich geworden. Und nun weiß ich auch, was ich als nächsten Schritt tun werde. Ich muss herausfinden, wer dieser Willy war und den Dragoner ausfindig machen. Es scheint mir, als sei

Magdale schwanger gewesen. Hat sie das Kind verloren? Oder Schlimmeres? Ich werde Nachforschungen anstellen und sicher lässt sich alles klären.

Ich hoffe, Sie sind wohlauf, grüßen Sie bitte Ihre Gattin und den Rest Ihrer Familie aufs Herzlichste.

Ihre Henriette Haag

EIN TOTER

HENRIETTE LEGTE DEN BRIEF an Doktor Freud in eine Ledermappe. Sie würde später entscheiden, ob sie ihn wirklich abschicken wollte. Sie sagte dem Meister, dass sie etwas Dringendes zu erledigen hätte, und machte sich auf den Weg zum Karl-Olga-Kankenhaus. Als sie dort ankam, ließ man sie nicht zu Magdale. Es hieß, sie würde gerade schlafen, man dürfe sie nicht stören, Doktor Altmüller sei nicht zu sprechen, und so blieb ihr nichts anderes übrig, als in die Straßenbahn zu steigen. Zu Hause erwartete sie nur Lärm und Schmutz, und da es schon Mittag war, beschloss sie, Felises Einladung zum Essen anzunehmen.

Therese öffnete ihr, knickste und konnte ihr immer noch nicht in die Augen sehen. Henriette wollte sie noch einmal wegen Willy ausfragen, aber Felise hatte gehört, dass sie gekommen war und rief sie zu sich ins Esszimmer.

Allein am Tisch, ein Glas Milch vor sich hielt Felise beide Hände in eine Schüssel.

»Was machst du denn da?«, fragte Henriette verwundert. Kein Braten, keine Spätzle, keine Soße?

»Zitronensaft, das hilft gegen Altersflecken auf dem Handrücken. Willst du auch eine Milch?«

Während Henriette die Handschuhe von den Fingern zupfte und sich setzte, stellte Therese ein Glas vor ihr ab und schenkte aus einem Krug ein. Dann hielt sie Felise ein Handtuch hin, das sie über dem Arm getragen hatte.

»Seid ihr schon fertig mit essen?«, fragte Henriette.

»Wenn Georg nicht kommt, erspare ich mir das.« Felise musterte ihre Handrücken mit gerunzelten Brauen, hielt sie schräg gegen das Licht vom Fenster und begann sie mit einer Creme einzureiben, die sie einem rosa Töpfchen entnahm.

»Sie ist so gut wie aufgebraucht«, sagte sie mit einem Stöhnen.

»Und warum kommt Georg nicht zum Mittagessen?«

»Was hast du nur dauernd mit Georg? Ist er besonders interessant für dich?«

»Ich wundere mich nur, dass er nicht da ist. Sonst habt ihr doch immer zusammen gegessen.«

So wie sie mit Richard. Alle Familien aßen doch zusammen, auch wenn die Kinder aus dem Haus waren, blieben sie doch eine Familie. »Und wo sind deine Kinder?«

Felise massierte noch mehr Creme in die Haut. »Jetzt ist sie wirklich alle«, sagte sie und stand auf.

»Felise!«

»Ja? Ach so, ja, meine Kinder. Emil und Albert arbeiten jetzt auch in der Zeitungsredaktion, und ich fand, der Weg ist zu weit für die kurze Pause, die sie haben, deswegen gehen sie ins Gasthaus gegenüber, das machen alle Lehrlinge. Matilda arbeitet als Telefonfräulein, die haben sowieso nur eine halbe Stunde Pause, also nimmt sie ein Vesper mit. An der Schule von Marie gibt es jetzt einen Mittagstisch. Und Friedrich ...« Während sie sprach, sah sie suchend im Zimmer umher.

»Der Mittagstisch ist für die Schülerinnen von außerhalb«, unterbrach Henriette.

»Es hat sich eben viel geändert, seit du weg warst. Ah, da sind sie ja.« Felise nahm ein paar Handschuhe mit

Lochmuster von der Anrichte und ging in den Flur, von dort rief sie: »Du könntest mich begleiten. Machst du das? Du hast doch nichts vor, oder? Ich meine, es wartet ja keiner auf dich.«

Henriette folgte ihr. »Wohin willst du?«

Felise gab keine Antwort, sie war damit beschäftigt, vor dem Garderobenspiegel ihren breitkrempigen Hut festzustecken.

»Beeile dich, die Straßenbahn kommt gleich«, sagte sie.

Auf der Fahrt erklärte sie Henriette im Flüsterton, dass es diese besondere Hautcreme für ihre Hände nur bei einer bestimmten Frau zu kaufen gäbe.

»Sie wirkt Wunder, es ist eine geheime Rezeptur aus Frankreich. Das Fett einer bestimmten Schafsorte aus den Pyrenäen wird dafür verwendet. Natürlich auch noch andere Stoffe, aber die sind eben geheim.«

Felises Bluse schien bei diesen aufgeregten Worten noch mehr Rüschen zu bekommen, auch die Schleife plusterte sich auf und die Freundin wirkte wie ein Backfisch, rosig im Gesicht, klein und zierlich, zappelte sie auf dem Sitz herum.

»Und dafür fahren wir jetzt extra hinunter in die Stadt?«

Henriette hatte Hunger, die Bahn ruckelte, die eisernen Räder kreischten in der Kurve und die wenigen Fahrgäste stießen mit den Schultern aneinander. Zwei Männer mit Strohhüten und ein paar Studenten, die laut miteinander diskutieren und lachten. Hausfrauen fuhren nicht um diese Zeit zum Einkaufen.

»Bist du schlecht gelaunt oder was? Erst Georg, jetzt *extra*! Du hast doch nichts zu tun, oder?«

»Ich habe die Handwerker im Haus und eine schwerverletzte Magdale in der Klinik. Es gäbe schon Dinge, um die ich mich kümmern müsste. Aber da wir uns so lange nicht gesehen haben, begleite ich dich.«

»Ich bin ja so froh, dass du zurück bist.« Felise griff nach ihrer Hand und lächelte. »Ich habe gar keine Freundin mehr. Josefine hat in letzter Zeit dauernd zu tun und gar keine Zeit mehr für mich. Es ist schrecklich. Ich finde, sie ist verdächtig gut gelaunt. Ist dir das nicht aufgefallen?«

In Felises Gesicht lag eine dringende Aufforderung zuzustimmen, sodass Henriette nichts davon sagte, dass ihr Josefine ganz normal vorgekommen war, so wie immer.

»Ich werde euch beide einladen, gleich wenn das Badezimmer fertig ist. Dann sitzen wir mal wieder zusammen wie in alten Zeiten. Das hat mir so gefehlt.«

Felise nahm die Hand weg und zog eine Schnute.

»Eigentlich ist mir gerade gar nicht nach Josefine.«

»Habt ihr euch gestritten?«

»Nein. Sie geht mir einfach nur auf die Nerven.« Sie kniff die Lippen zusammen.

Henriette lachte.

»Was ist so lustig?«

»Dein Gesicht. Ich kenne niemanden sonst mit so einer ausgeprägten Mimik.«

Sofort glättete sich Felises Gesicht. »Ich bin doch kein Clown!«

»Nein, du bist einfach nur sehr lebendig. Das ist doch schön.«

»Du findest mich schön?«

»Du warst immer die Schönste von uns dreien. Das fand sogar mein Richard.«

»Dein Richard? Na, so was. Hier müssen wir raus. Komm.«

Sie schien weniger gereizt, als sie am Charlottenplatz ausstiegen, hakte sich bei Henriette unter und erzählte von einem neuen Korsett, das sie sich hatte machen lassen.

»Feinstes Fischbein, du spürst es kaum. Unglaublich. Bleyle macht einfach die besten.«

Sie kamen an der Markthalle vorbei, überquerten zügig den Marktplatz, aber dann nach ein paar Metern, das Rathaus lag hinter ihnen, ging Felise langsamer und sah sich mehrmals um.

»Was ist los? Weißt du nicht mehr, wo sie wohnt?«

»Doch schon. Nur ich will nicht, dass uns jemand sieht.«

Die Hirschstraße war voller Menschen. Hier befanden sich viele Geschäfte, keine feinen Boutiquen wie auf der Königsstraße, nur Krämerläden zwischen vielen Bierkneipen und Wirtshäusern. Fuhrwerke ratterten vorbei, die Eisen der Rösser klapperten auf dem Pflaster, dazwischen die Rufe der Kutscher, zwei Jungen rannten barfuß herum und sammelten frische Pferdeäpfel mit bloßen Händen auf und warfen sie in einen Korb, den zwei kleine Mädchen in kurzen Kleidchen zwischen sich herumzerrten.

»Hier entlang, schnell jetzt.« Felise drängte sie rechts ab in die Querstraße.

An dieser stinkenden, engen Gasse ging Henriette sonst im Eilschritt vorbei. Jetzt achtete sie darauf, dass ihr Rocksaum auf dem schmierigen Pflaster nicht schmutzig wurde. Die dreistöckigen Häuser mit spitzen Giebeln schienen nur noch zu stehen, weil sie sich aneinanderlehnten. Vor den oberen Fenstern hingen Wäschestücke zum Trocken, man hörte Stimmen und Geklapper von Metall und Holz. Die Straße war zu eng für Fuhrwerke, also schoben Männer Handkarren mit Kisten entlang. Überall rannten und hüpften Kinder herum oder hockten auf Türschwellen und Fenstersimsen, barfuß in fadenscheiniger Kleidung, ungekämmt und ungewaschen. Sollten die nicht in der Schule sein?

Henriette und Felise passierten eine Küferei, die ihre neuen Fässer an der Hauswand entlang aufgereiht hatte, bereit zur Abholung. Die Querstraße verlief hier in einem scharfen Knick, und in dem entstehenden Eck stapelten sich Holzteile und beschädigte Fässer in einem wilden Durcheinander übereinander. In jedem zweiten Haus schien ein Weingärtner eine Schankwirtschaft zu betreiben. Männer aller Altersklassen drängten heraus oder hinein, rochen nach Alkohol und Schweiß, hoben die Hand zur Mütze, um die beiden Frauen zu grüßen oder stießen sie an, je nach dem, wie betrunken sie waren. Dazwischen huschten einzelne Frauen mit mageren Gesichtern herum, sie wandten den Blick ab.

An einer Tür hing das verrostete Schild einer Schneiderwerkstatt, an der nächsten das bemalte Emailschild einer Näherin. Schon dachte Henriette, sie würden einen Laden betreten, der klein wie ein Kiosk war, kein Schaufenster besaß, dessen Tür offenstand und wo die Waren herausquollen. Töpfe, Reiben, Besen, Körbe, Waschbretter und andere Haushaltsgeräte, doch da brach ein Tumult um sie herum los.

Kinder kreischten, eine Frau schrie gellend und zwei Männer räumten hektisch die aufgetürmten Fässer des Küfers aus der Ecke beiseite und fluchten dabei. Von allen Seiten strömten Neugierige herbei.

»Was ist da los?«, fragte Felise.

»Gehen wir lieber.« Henriette wollte sie wegführen, doch Felise drängte sich zwischen die Leute und sie folgte ihr.

Männer, Frauen und Kinder wichen zurück. Henriette bemerkte die Lücke, die entstand, das Schweigen, das sich ausbreitete, als sie näher kamen. Sie trugen die Kleidung und Haltung der Befehlenden.

Zwischen kaputten Fässern, auf schmalen Holzplanken und Metallriemen, lehnte ein Mann in halb sitzender Position an der Wand. Sein Kopf war schräg nach hinten verdreht, der Unterkiefer hing herab und über seine offenen Augen krochen grünlich schillernde Fliegen. Sein Gesicht war wächsern bleich, über einer Augenbraue zog sich ein dunkler Streifen verkrustetes Blut.

»Der lag da hinter den alten Fässern«, keuchte einer der Männer.

»Der ist mausetot«, sagte jemand.

Felise neben ihr keuchte und Henriette wandte den Blick ab. Aber dann musste sie doch hinsehen. Zwischen den Haaren über dem Ohr und am Hals klebte auch noch Blut, sogar sein weißes Hemd war am Kragen braun verfärbt. Er musste stark geblutet haben.

»Ruft die Polizei«, sagte Henriette und sofort kam Bewegung in die Leute. Ein paar Halbwüchsige rannten davon, die Polizeistation lag keine 50 Meter entfernt in der Breite Straße.

»Wer ist das? Kennt ihn jemand?«, fragte Felise.

Gemurmel und Geschubse war die Antwort. Als wären die Umstehenden erst jetzt auf die Idee gekommen, darüber nachzudenken.

»Das ist doch der Schweizer.« Die Stimme einer jungen Frau schnappte in die Höhe. Mit aufgerissenen Augen sah sie nickend, nach Zustimmung suchend, die Leute an. Sie trug eine blitzsaubere Schürze.

»Ja, stimmt«, sagten mehrere gleichzeitig.

»Der Schneider, von da drüben.« Ein alter Mann zeigte mit dem Daumen über seine Schulter.

»Hat's ihn jetzt erwischt. Mich wundert das nicht«, meinte ein junger Mann in schwarzer Kleidung mit einem schmutzigen Tuch um den Hals. Ein Kohleträger.

»Warum? Was war los mit dem?«, fragte Felise.

Henriette sah sie erstaunt an. Die feine, zierliche Freundin legte einen forschen Ton an den Tag, als hätte sie ihrem Mann bei der journalistischen Arbeit ständig über die Schulter gesehen.

»Der ging keiner Schlägerei aus dem Weg, ein richtiger Hitzkopf«, antwortete er.

»Ja, ständig hatte er Händel«, sagte ein Halbwüchsiger.

»Gestern auch?«, fragte Felise, und als keiner antwortete, setzte sie hinzu: »Wer hat ihn gestern Abend gesehen?«

Henriette musterte die Leute. Sie senkten den Blick oder sahen unsicher umher, einige wichen zurück. Vermutlich überlegten sie alle, was sie sagen konnten, ohne in Schwierigkeiten zu geraten. Ein reines Gewissen war in dieser Gasse wohl selten zu Hause.

»Also raus mit der Sprache!«, sagte Felise streng.

Der Kohleträger räusperte sich. »Wir haben einen Schoppen getrunken.«

»Oder zwei, oder drei«, rief die junge Frau mit der weißen Schürze. »Wie immer.«

Die anderen lachten.

»Hast du die beiden auch gesehen?«, fragte Felise.

»Ja, natürlich, gnädige Frau. Es ist ja die Weinstub von meinem Vater.«

»Welche? Wie heißt sie?«, fragte Felise.

»Ellwanger.«

»Und hatten die beiden Streit?«

Der Kohleträger gab einen unwilligen Ton von sich. »Der hat immer schlechte Laue gehabt. Und überhaupt war er immer laut. Stimmt doch, Hanne, oder? Sag's der gnädigen Frau. Er ist immer laut gewesen.«

Hanne nickte. »Ja, das ist schon wahr. Sie waren aber nicht lang da. Die sind sicher noch woanders hin, so wie immer.«

Das letzte galt dem Kohleträger, weil er anscheinend sein Geld nicht nur bei Ellwangers versoff, sondern auch noch in anderen Weinstuben, doch er grinste sie nur an.

»Ich hab danach noch eine Fuhre ausgeliefert und ihn nicht mehr gesehn.«

Henriette sah, wie Felise Luft holte, um eine weitere Frage zu stellen, doch dann trat sie einen Schritt beiseite und machte einem Polizisten Platz. Sofort verdrückten sich ein paar der Leute, auch Henriette wollte gehen, das Ganze ging sie gar nichts an, doch Felise begann sofort zu berichten, was sie erfahren hatte, wer sie war und wo sie wohnte.

Der Polizist, ein junger langer Kerl, sah irritiert auf sie herab.

»Schreiben Sie das alles auf«, verlangte Felise.

Er verzog das Gesicht, fasste sich dann, bedankte sich mit einer kleinen Verbeugung und versicherte Felise, dass sie unbesorgt nach Hause gehen könne, das sei ja keine sichere Gegend für eine Dame, die Staatsgewalt würde sich jetzt um alles kümmern.

»Ein Trinker, das sehen wir alle Tage«, fügte er noch hinzu.

Felise schnaubte unwillig. »Genau hinsehen müssen Sie schon, nur keine voreiligen Schlüsse ziehen.«

»Aber sicher, gnädige Frau. Wenn Sie mich jetzt meine Arbeit machen lassen würden. Ich bin Wachtmeister in diesem Bezirk und kenne alle Leute hier.«

»Dann ist ja gut. Tun Sie Ihre Arbeit«, erwiderte Felise mit einem abschätzigen Blick auf den jungen Mann. Sie hakte sich bei Henriette unter. Nach zwei Schritten drehte sie sich noch einmal um und wies mit dem Finger auf eine Metallstange am Boden. »Und werfen sie auch einen Blick darauf. Blut und Haare kleben daran.«

Sie gingen weiter, verließen die Querstraße, Henriette fühlte sich wie in einem Albtraum. Egal, wohin sie schaute, überall glaubte sie eine weitere Leiche zu sehen, dabei war es nur eine alte Frau, die auf einem Schemel vor dem Haus hockte und auf der anderen Seite ein Bündel Holz in der Ecke.

Kaum hatten sie die Hirschstraße erreicht, stockte Felises Schritt. Sie lehnte sich schwer gegen Henriette.

»Mein Gott ist mir schlecht. Das war ja so furchtbar.«

»Mir ist auch schwindelig. Setzen wir uns doch in die Konditorei und erholen uns.«

Über einer Eingangstür, zwei Häuser weiter, blinkte eine Brezel aus Messing wie ein wohl tuender Sonnenstrahl in der Straße auf.

»Gnädige Frau! Frau Kommerzienrat!« Es war die Wäscherin, die neben ihnen aufschloss. Blass, mit roten Flecken auf den Wangen, das Haar unter einem Kopftuch, die kräftige Figur in einem blau gestreiften Leinenkleid.

»Ich habe jetzt keine Zeit, Frau Pfund.«

Sie hatten die Eingangstür der Konditorei erreicht und Felise drückte die Klinke hinunter.

»Frau Kommerzienrat«, zischte die Wäscherin mit vorgeschobenem Kopf und eindringlichem Blick. »Es ist Magdales Verlobter.«

»Wer?«

»Der Tote. Willy.«

Felise ließ die Klinke los, Henriette starrte die Wäscherin einen Moment an.

»Sie war verlobt?«

»Woher wissen Sie das?«, fragte Felise. »Dass er tot ist?«

»Ich hab ihn doch grad gesehen, in der Querstraße, zwischen den Fässern. Dort habe ich es Ihnen nicht sagen wollen, wegen der ganzen Leute drumrum. Aber jetzt muss ich gehen. Ich muss noch was schaffen. Ade, Frau Kommerzienrat«, sie sprach schnell und lief sofort weiter.

Henriette und Felise starrten ihr nach.

»Ich habe sie gar nicht bemerkt«, sagte Felise. »Gehen wir endlich hinein, ich kippe sonst gleich um.«

»Nein, du kannst jetzt nicht umkippen. Wir müssen sofort ins Krankenhaus zu Magdale.«

»Wieso das denn?«

»Die Wäscherin wird nicht die einzige sein, die weiß, dass Magdale mit diesem Schweizer verlobt war. Womöglich wird sie verdächtigt, ihm die Stange auf den Kopf geschlagen zu haben.«

»Ach du liebe Güte, wieso sollte sie ihren Verlobten erschlagen? Hast du eigentlich gewusst, dass sie verlobt ist?«

»Nein. Und Therese weiß es anscheinend auch nicht. Sie hat nur schlecht von Magdale geredet, dass sie mit jedem rummachen würde. Magdale muss mir sagen, wer der Dragoner war, bevor sie mit der Polizei spricht. Vielleicht war es Eifersucht.«

»Dragoner? Was für ein Dragoner?«

Felise schien ihre Übelkeit überwunden zu haben. Stramm marschierten sie zur Straßenbahnhaltestelle am Charlottenplatz und Henriette erzählte ihr von dem Knopf, den sie in Magdales Zimmer gefunden hatte.

»Josefine meinte auch, dass er von einer Dragoneruniform stammt. Sie hat ja ein Faible für Uniformen.«

»Ach, Josefine hast du schon davon erzählt? Wann denn?«

»Schnell, die Bahn!«

Sie klingelte zur Abfahrt, aber als Henriette winkte, half der Schaffner ihnen noch beim Einsteigen. Sie setzten sich nebeneinander auf eine Bank und Felise ordnete umständlich ihre Röcke und strich die Handschuhe glatt.

»Meine Creme haben wir völlig vergessen«, sagte sie an der ersten Haltestelle.

»Jetzt sei bitte nicht beleidigt, weil ich mit Josefine geredet habe, sie brachte mir etwas zu essen, da ist es doch normal, dass ich mit ihr spreche.«

»Ja, ja. Du musst mir nicht dauernd unter die Nase reiben, dass sie dir etwas zu essen gemacht hat.«

Henriette schwieg. Sollte Felise schmollen. Es gab Wichtigeres zu bedenken. Ein Toter, der Magdales Verlobter gewesen war, ein Dragoner und eine Abtreibung oder eine Fehlgeburt. Von wem war das Kind gewesen?

»Deine gezielten Fragen haben mich sehr beeindruckt«, sagte sie an der zweiten Haltestelle zu Felise.

Die Freundin sah aus dem Fenster. Sie näherten sich dem Krankenhaus.

Warum hatte Josefines Mann die Abtreibung oder Fehlgeburt nicht erwähnt? Hatte Magdale in der Klinik einen Suizidversuch unternommen? Sie musste auch mit Altmüller reden, und zwar gründlich.

Sie stiegen aus und vor dem Eingangsportal der Klinik hielt Henriette Felise zurück.

»Kannst du mir ein wenig zur Seite stehen und noch einmal gezielte Fragen stellen?«

Felise schmollte immer noch. »Ich soll dir helfen?«

»Ja, Magdales Bett war voller Blut, und zwar an der Stelle, wo man Monatsflecken hinterlässt. Nur dass es sehr viel mehr war.«

»Nein!« Felises Augen wurden groß.

»Theodor Altmüller hat davon kein Wort zu mir gesagt.«

»Josefines Mann, sieh an.« Jetzt lächelte sie. »Dann hat Magdale gar nicht versucht sich … Hand an sich zu legen?«

»Die Blutflecken sehen nicht danach aus.«

»Hat sie es hier versucht?«

»Das müssen wir herausfinden.« Henriette drückte die Schwingtür auf und ließ Felise vorangehen.

»Dann schauen wir doch mal, was Josefines Gatte für Geheimnisse hat«, sagte Felise fröhlich.

VERDÄCHTIGES VERHALTEN

In der Eingangshalle des Krankenhauses überlegte Henriette, wo sie langgehen mussten.

»Altmüller hat sich seltsam verhalten, als ich gestern da war. Er führte mich durch einen Krankensaal der übelsten Sorte, dabei wäre das gar nicht nötig gewesen, denn als er mich von der Privatstation zum Eingang zurückbegleitete, ging es nur durch mehrere Treppenhäuser.«

»Sie ist auf der Privatstation? Wer bezahlt das denn? Du etwa?« Felise sah sie erstaunt an.

»Darüber habe ich mir noch keine Gedanken gemacht. Ich denke, ja, ich werde es bezahlen.« Als sie Felises abschätzigen Gesichtsausdruck sah, fügte sie hinzu: »Natürlich.«

»Ich wusste gar nicht, dass du so eine sozialistische Gesinnung hast.«

»Felise, das ist jetzt nicht der ausschlaggebende Punkt. Josefines Mann hat sich seltsam verhalten, darüber wollte ich nachdenken. Außerdem gehe ich davon aus …« Henriette hielt inne und nickte einer Olgaschwester zu, die die Eingangshalle durchquerte. »Bitte, können Sie Doktor Altmüller sagen, dass wir einen Besuch machen wollen?«

Die Schwester blieb nicht stehen. »Es tut mir leid, ich bin dafür nicht zuständig. Wenden Sie sich an den Empfang.« Sie zeigte auf eine Tür. *Wartesaal.*

Felise seufzte und steuerte darauf zu. »Wovon gehst du aus?«

Henriette flüsterte: »Na, dass sie ein Kind verloren hat, so oder so.«

»Hm.« Felise trat beiseite und ließ Henriette in den Wartesaal sehen. An einer Art Schalter drängten sich fünf, sechs oder mehr Personen.

»Schlimmer als bei der Post«, sagte sie. »Willst du wirklich hier warten?«

»Nein. Lass mich überlegen, wo wir langgegangen sind.«

Sie durchquerten mehrere Flure und Schwingtüren, stiegen Treppen hinauf und hinunter und fragten einmal nach dem Weg zur Privatstation.

»Dort können Sie nicht ohne Anmeldung hingehen. Sie müssen sich im Wartesaal anmelden, dann werden Sie von einer Schwester abgeholt.«

Sie nickten, bedankten sich und taten so, als würden sie dem Rat folgen, bis die Schwester außer Sichtweite war.

»Hier entlang«, sagte Henriette.

»Jetzt weißt du es endlich?«, fragte Felise spitz.

»Ja, sie hat sich verraten.«

»Wie denn?«

»Sie hat in diese Richtung gesehen, nur ganz kurz, bevor sie uns wegschickte. Ja, tatsächlich, hier ist es. Nur noch diese Treppe hinauf.«

Auf dem Treppenabsatz blieb Henriette stehen und holte Luft. »Mit kleinen Gesten verraten sich die Menschen. Und mit seltsamen Verhaltensweisen auch. Altmüller wollte irgendetwas damit bezwecken, dass er mir diese Station zeigte.«

»Was denn? Übertreibst du nicht? Vielleicht wollte er nur angeben. Das machen Männer dauernd.«

»Dann hätte er mir etwas Modernes, Teures gezeigt und nicht diese erbärmlichste Station. Er hat sogar extra noch betont, wie schlimm es ist.«

»Bewunderung! Das brauchen Männer auch dauernd. Sie betonen, wie schwer sie es haben. Hat dein Richard das nie gemacht?«

»Ja, schon. Aber nicht, wenn er ein Geheimnis hatte.«

»Richard hatte Geheimnisse? Das hast du mir nie erzählt. Welche? Wie hast du es herausgefunden?«

»Felise!«

»Ist ja gut. Ich finde Altmüller ziemlich langweilig. Du nicht?«

»Ich habe nie viel mit ihm geredet. Aber jetzt geht es um Magdale.«

Die Tür zur Privatabteilung war nicht verschlossen, auf dem Flur schob eine Olgaschwester einen Rollwagen mit Teegeschirr vor sich her und Henriette erwog kurz, um einen der Kekse zu bitten, denn ihr Magen knurrte inzwischen laut.

Auch die Tür zu Magdales Krankenzimmer stand offen, das Bett war leer. Schwester Elisabeth packte Kleider aus dem Schrank in einen Karton. Henriette erkannte Magdales Nachthemd, es war noch immer voller Blut.

»Was ist passiert?«, rief sie erschrocken.

»Sie ist verlegt worden, gnädige Frau«, antwortete die Schwester leise. Sie sah verlegen aus, als hätte man sie bei etwas erwischt.

»Wohin? Warum?« Henriette war plötzlich sehr flau, sie setzte sich auf das ungemachte Bett.

»In die Ottilien-Anstalt.«

»In die Nervenheilanstalt?«, fragte Felise, und als Schwester Elisabeth nickte, fügte sie an Henriette gerichtet hinzu: »Dort hat Altmüller Privatbetten.«

Henriette nickte. »Kann ich etwas zu essen haben? Bitte? Und etwas zu trinken?«

Eine Hitzewelle kroch aus dem Korsett hinauf, über ihre Brust, und ihr Gesicht begann zu glühen. Sie nahm ein Taschentuch aus ihrer Handtasche und wischte sich Stirn und Nacken ab. In Indien hatte sie immer einen Fächer dabei gehabt, den musste sie unbedingt suchen.

Felise sagte, dass sie das alles merkwürdig fände und noch andere Dinge, aber Henriette konnte erst wieder reagieren, nachdem die Schwester einen Teller mit Keksen und ein Glas Wasser auf den Nachttisch gestellt und sie sich bedient hatte.

»Geht es Magdale schlechter?«, fragte sie.

»Eigentlich nicht, nein, unverändert«, antwortete Schwester Elisabeth. Sie faltete zwei weitere Wäschestücke zusammen und legte sie auch in den Karton.

»Ist das ein gutes oder ein schlechtes Zeichen? So reden Sie doch!«

»Es tut mir leid, ich darf Ihnen wirklich keine Auskünfte geben.« Die Schwester nahm den Karton auf.

»Dann holen Sie Doktor Altmüller, schnell.«

»Er ist nicht da, gnädige Frau.«

Henriette biss noch einmal vom Keks ab.

»Dann wird uns nichts anderes übrig bleiben, als in die Ottilien-Anstalt zu fahren. Wir nehmen eine Droschke, das geht schneller«, entschied Felise.

»Den Karton können Sie mir geben.« Henriette verspürte den Drang, ihr Magdales Sachen aus den Händen zu reißen.

»Das geht nicht, gnädige Frau. Ich soll ihn in die Klinik bringen.«

»Sie ersparen sich den Weg und ich kann dafür sorgen, dass die Kleidung gewaschen wird.«

Magdale war ihre Haushälterin, sie wollte sie mit nach

Hause nehmen, und wenn das nicht ging, dann wollte sie wenigstens … Henriette hatte schon die Hände nach dem Karton ausgestreckt, die Schwester sah sie mit großen Augen an, da ließ sie die Arme sinken.

»Na gut, ich will nicht, dass Sie Ärger bekommen, weil Sie sich nicht an die Anweisungen gehalten haben. Kommen Sie mit. Sie können mit uns fahren.«

Schwester Elisabeth protestierte, doch Henriette bestand darauf.

Als sie in der offenen Droschke saßen, Felise neben ihr in Fahrtrichtung, Schwester Elisabeth ihnen gegenüber, fühlte sie sich besser. Der Fahrtwind brachte einen leichten, kühlen Hauch in ihr Gesicht.

Schwester Elisabeth wirkte verlegen, sie umklammerte den Karton auf ihrem Schoß.

»Warum hat man die Sachen nicht verbrannt?«, fragte Henriette.

Schwester Elisabeth riss die Augen auf, dann wurde sie rot, sagte aber nichts.

»Ich weiß schon, dass man als junge Schwester dankbar ist, wenn man eine gute Stelle hat, und Gehorsam gegenüber einem Vorgesetzten ist natürlich oberste Pflicht. Aber muss nicht immer das Gewissen die letzte Instanz sein?«

Schwester Elisabeth senkte den Blick, ihre braunen Haare, die nicht vollständig von der Schwesternhaube verdeckt wurden, leuchteten in der Nachmittagssonne auf. In ihrem Gesicht arbeitete es heftig, und Henriette sprach nach einer kleinen Pause weiter. »Sie verpflichten sich, das Wohl der Patienten zu Ihrer Aufgabe zu machen. Ist es nicht so?«

Die Kutsche rumpelte über die Straßenbahngleise, ein Automobil hupte quäkend und der Kutscher fluchte. Die

Frauen wurden in die Sitze gedrückt, dann trottete das Pferd gleichmäßig weiter.

»Die Polizei war da«, stieß Schwester Elisabeth schließlich hervor. »Magdale wird des Mordes verdächtigt. Jemand hat gesehen, wie sie mit ihrem Verlobten gestritten hat.«

»Und das reicht schon, sie zu verdächtigen?«, rief Felise.

»Sie hatte Blut an den Händen, das hat auch jemand gesehen.«

»Ein Streit ist noch lange kein Mord«, sagte Henriette, doch es wurde ihr wieder sehr flau im Magen.

»Ich glaube es ja auch nicht, gnädige Frau!«

»Warum nicht?«

»Weil … ich kann es mir einfach nicht vorstellen.«

»Weil sie gar keinen Selbstmordversuch gemacht hat? Ist es das?«

»Bitte, Frau Kommerzienrat, ich darf über das Medizinische nichts sagen. Ich will doch meine Stelle nicht verlieren.«

»Gut. Aber der Polizei gegenüber sind Sie nicht zum Schweigen verpflichtet. Erzählen Sie genau, was gesagt wurde.«

»Der Polizist wollte vor allem wissen, wann sie wieder aufwacht und dass man ihm dann sofort Bescheid geben müsste.«

»Warum sind sie so schnell dabei Magdale zu verdächtigen? Es könnte doch auch jemand anderes gewesen sein«, fragte Felise.

»Anscheinend sind sie gleich, nachdem jemand Magdale erwähnt hat, zu ihr gerast. Machen sie etwa keine weiteren Untersuchungen?«, fragte Henriette.

»Willy Zemp ist bekannt. Im letzten Jahr war er drei Mal wegen Trunkenheit und Gewalttätigkeiten eine Nacht im Zuchthaus. Anlass waren immer Frauengeschichten. Die Polizei meint, dass es diesmal auch Eifersucht war. Nur dass es nicht bei Ohrfeigen blieb«, sagte Schwester Elisabeth.

»War er auch mit einem Dragoner in Streitigkeiten verwickelt?«, fragte Henriette.

»Davon hat er nichts gesagt. Für die Polizei ist der Fall klar. Dieser Willy Zemp muss ein sehr hitzköpfiger Kerl gewesen sein.«

»Ich halte das für Unsinn«, sagte Felise. »Der Schneider war schließlich putzlebendig, als Magdale mit ihm gestritten hat. Und selbst wenn sie ihn später getötet hätte, wieso sollte sie sich anschließend selbst umbringen wollen?«

»Der Polizist hat gemeint, dass Frauen dadurch der Strafe entgehen wollen. Sie würden Theater veranstalten, damit man sie für geisteskrank hält. Das sei oft so.«

»Dann werden sie in eine Irrenanstalt gesperrt, statt ins Zuchthaus.« Henriette nickte.

»Als ob das eine Alternative wäre!«, rief Felise.

Schwester Elisabeth sah angestrengt auf ihre Hände, die sie über der Schachtel gefaltet hatte.

»Die Ottilien-Anstalt ist durchaus eine Alternative zum Zuchthaus«, sagte Henriette.

Die Droschke fuhr die Gerokstraße hinauf – so nah an ihrem Haus vorbei, dass Henriette am liebsten um einen Halt gebeten hätte, sie dachte an ihre Speis – doch ein paar Minuten später erreichten sie die Gänsheide, wo das üppig blühende Gartengelände der privaten Nervenklinik lag.

Eine hübsche, dreistöckige Villa mit einem kleinen Turmanbau.

Auf dem Vorplatz parkte ein Mercedes, der Chauffeur stand bereit, die Tür zu öffnen, denn gerade trat Theodor Altmüller mit zwei Männern und einer Frau aus dem Haus. Schwester Elisabeth huschte mit gesenktem Kopf an ihnen vorbei hinein.

Altmüller begrüßte Henriette und Felise ungewöhnlich steif und formell, wirkte dabei aber auch hastig und nervös. Robert Bosch, seine Gattin und Robert Bosch junior wurden ihnen vorgestellt und Henriette ahnte, dass es um einen Patienten ging, einen reichen Patienten. Robert Junior, er musste knapp 20 Jahre alt sein, stützte sich auf einen Gehstock. Er bewegte sich, als hätte er einen Hüftschaden, und die Mutter ließ ihn nicht aus den Augen, als er in den Wagen stieg.

Sie wechselten ein paar höfliche Worte über die neue Villa, die sie ganz in der Nähe auf der Gänsheide bauen wollten und was für ein Segen es für die Familie Bosch sein würde, in dieses ruhige Stadtviertel zu ziehen.

»Die Gänsheidevereinigung hat schon lange durchgesetzt, dass es ein nobles Villenviertel bleibt. Großsiedlungsbauten sind nicht zu befürchten«, sagte Altmüller. »Aber bis es so weit ist, dass Sie umziehen, können wir Ihrem Sohn hier die beste Pflege angedeihen lassen.«

Robert Bosch Senior musste in Henriettes Alter sein, ein kleiner Mann mit klugen Augen. Er war schlicht gekleidet und trug einen gepflegten Vollbart. Leopold wäre völlig aus dem Häuschen, den berühmten Unternehmer kennenzulernen. Ihr Sohn brachte ständig Statistiken, die zeigten, dass Arbeiter in Fabriken nicht 12 Stunden schuften mussten, damit ein Geschäft florierte. Auch Charlotte, ihre Tochter, war vom »roten Bosch« angetan.

Henriette fühlte sich gedrängt, etwas zu sagen, das sie später ihren Kindern berichten könnte, aber der Gedanke an Magdale kam ihr in die Quere. Auch hatten Boschs offensichtlich einen sehr kranken Sohn und im Moment sicher keine Kapazitäten für weitere Höflichkeiten. Besonders Frau Bosch wirkte sehr bedrückt. Als sich alle zum Abschied die Hände schüttelten, nahm sie Henriette ein wenig beiseite.

»Ich habe Ihren Mann gekannt, Frau Kommerzienrat, und möchte Ihnen mein Beileid aussprechen. Er war so freundlich und hilfsbereit. Mehrmals hat er mir besondere Kräuter aus Indien geschickt. Zur Stärkung.«

»Ich danke Ihnen, und es freut mich zu hören, dass mein verstorbener Gatte Ihrem Sohn ein wenig helfen konnte.«

»Die Mittel waren für mich. Es ist doch eine große Belastung, wenn das eigene Kind krank ist. Sind Ihre Kinder wohlauf?«

»Ja, sie sind alle gesund. Vielen Dank.«

Frau Bosch verabschiedete sich nochmals und sagte, dass Sie sich freuen würde, Henriette übermorgen auf der Feier des *Vereins zur Förderung der Schönen Künste* wiederzusehen. Sie stieg in den Mercedes, wo auch Altmüller neben Robert Junior saß.

»Zu Magdale kann ich Ihnen noch gar nichts Neues sagen. Wir müssen sie weiter beobachten und abwarten. Es ist gut, dass sie jetzt hier ist«, rief er Henriette zu. »Machen Sie sich keine Sorgen, Sie können sicher sein, sie bekommt hier die beste Behandlung.«

Der Wagen fuhr davon und Henriette und Felise beschlossen nach Hause zu fahren.

»Er weicht uns doch aus! Glaubst du mir jetzt, dass es ihm nicht um Bewunderung oder Angeberei geht? Dazu hätte er hier Anlass genug«, sagte Henriette.

»Du hast mich überzeugt. Theodor Altmüller verhält sich sehr seltsam. Er hat mich gerade gefragt, wo der Wünsch wohnt.«

»Der Wünsch? Was will er denn bei dem?«

»Was wird er schon wollen, ein Porträt natürlich. Aber zu deiner Versicherung kann ich ihn ja nachher fragen. Um fünf sitze ich Modell.«

»Mach das bitte. Wenn er mit dir über so etwas spricht.«

»Über *so etwas*? Was willst du denn damit andeuten? Über *so etwas*?«

»Mir kam es so vor, als ob du mit ihm auf sehr vertrautem Fuß stehen würdest.«

»Ich weiß nicht, wie du darauf kommst.« Felise war empört. Ihr Gesicht zeigte wirklich jede Regung. Wie eine Schauspielerin in einem dramatischen Stück. »Es ist ja wohl nichts dabei, dass ich mich malen lasse.«

»Nein, natürlich nicht.« Henriette hatte keine Kraft mehr Felises Temperament etwas entgegenzuhalten, und weil sie nicht wollte, dass die Freundin erneut in beleidigtes Schweigen verfiel, wechselte sie schnell das Thema.

»Schwester Elisabeth ist gar nicht wieder herausgekommen. So lange kann es doch nicht dauern, einen Karton abzugeben.«

»Stimmt.«

»Hast du gemerkt, wie verlegen sie war?«

»Sie hat doch geredet wie ein Wasserfall.«

»Davor meine ich. Sie konnte einem kaum in die Augen sehen. Und das war sofort wieder so, als wir an der Ottilien-Anstalt ankamen. Wurde zu einem ganz verhuschten Mäuschen.«

»Das wird an Altmüller gelegen haben. Bestimmt war es ihr arg, dass er gesehen hat, dass sie mit uns gekommen ist. Sie hat ein schlechtes Gewissen, weil sie uns von der Polizei erzählt hat.«

Henriette schüttelte den Kopf. »Nein, das hätten wir ja sowieso bald erfahren. Die Polizei kommt bestimmt auch bei mir vorbei. Ich glaube, sie hat ein besonderes Verhältnis zu Altmüller.«

Felise riss die Augen auf, dann legte sie energisch los. »Also hör mal! Das wäre ja wirklich absolut ungehörig. Sie ist noch so jung und er so alt. Und überhaupt ist er ihr Vorgesetzter. Das wäre doch geschmacklos.«

Henriette lachte auf. »An so ein Verhältnis habe ich gar nicht gedacht. Eher, dass er eine Komplizin braucht, bei der Pflege von Magdale.«

»Ach so.« Felise sah aus, als hätte man ihr vor den Kopf geschlagen. Sie wischte sich über die Augen. »Mein Gott. Was ist das heute für ein schrecklicher Tag. Dieser Tote in der Querstraße, Magdale eine Mörderin …«

»Sie ist doch keine Mörderin!« Henriette rief es so laut, dass der Kutscher sich umdrehte und sie neugierig ansah. Sie waren in der Wagenburgstraße angekommen, ohne dass Henriette es registriert hatte. Schnell stiegen sie aus und Henriette bezahlte den Mann, und bis sie sich umdrehte, stand Felise schon an ihrem Gartentor.

»Ich muss mich jetzt erst mal eine Weile hinlegen. In so einer Verfassung kann ich nicht Modell sitzen. Was machst du jetzt?«

»Zuerst werde ich etwas essen und dann mit Josefine darüber reden, was mit ihrem Mann los ist.«

»Das musst du beides allein tun.«
»Das dachte ich mir schon.«
»Sag mir aber sofort Bescheid, was Josefine gesagt hat!«

Schon als sie aus der Droschke gestiegen war, kam ihr etwas seltsam vor, aber erst als Henriette auf ihr Haus zuging, wurde ihr bewusst, was es war: Stille!

Keine Karren des Klempners, keine Männer, kein Klopfen. Henriette stieg über einen Haufen Schutt auf dem Vorplatz und schloss erleichtert die Haustür auf. Endlich allein in ihrem Haus. Doch die Freude verflog schnell, überall lagen Rohre, mitten im Wohnzimmer stand die emaillierte Badewanne auf vier Löwenpfoten und der Boden war voller Steinchen, Staub und Dreck.

Henriette stöhnte laut auf. Leopold hatte recht. Ein Telefon wäre jetzt praktisch, wenn sie schon keine Dienstboten hatte, die sie losschicken konnte, um zu fragen, warum keiner mehr arbeitete. Was jetzt? Schon wieder kroch eine Hitzewelle von ihrer Brust Richtung Gesicht. Sie brauchte eine Pause. Auf das Sofa im Wohnzimmer zwischen all dem Zeug konnte sie sich nicht legen und sowieso wollte sie nur ihr Korsett ausziehen. Ein Bad! Sie war allein, niemand sah, dass sie um vier Uhr nachmittags ein Bad nahm! Sie feuerte den Herd in der Küche an, schleppte die alte Zinkwanne herauf, und während das Wasser sich erwärmte, lud sie in der Speis ein Tablett mit allem voll, was sie kalt essen konnte, und brachte es in ihr Schlafzimmer. Sie zog sich aus, saß dann in Unterwäsche auf dem Bett, aß Butterbrote mit Wurst und Essiggurken und schrieb an Professor Freud.

SCHULDGEFÜHLE

Geehrter Professor!

Ich bin in großen Schwierigkeiten und brauche ihre freundliche Aufmerksamkeit, damit ich meine Gedanken und vor allem Gefühle sortieren kann. Bevor ich diesen Brief schreiben konnte, schloss ich die Augen und dachte einen Moment an die Stille in Ihrem Behandlungszimmer. Die Kissen in meinem Rücken, saß ich auf Ihrer Couch, den Blick auf den Kachelofen gerichtet, der nahe bei meinen Füßen eine wohlige Wärme verströmte. Damals war Winter, und Ihr Behandlungszimmer war der einzige Raum, in dem ich nicht fror. Aber vor allem, weil mich eine innere Kälte gefangen hielt. Sie ließen mich viel und ausführlich von meiner Kindheit sprechen. Erinnern Sie sich, dass ich Ihnen von den Geschichten erzählte, die ich in meiner Jugend gelesen hatte? Mädchengeschichten, die mir beibrachten, was moralisch richtig ist, durch die ich mir ein Bild erschuf, wie meine Zukunft als erwachsene Frau, verheiratete Frau, Mutter aussehen würde? Sie gaben mir Halt und Zuversicht. Alles würde wunderbar werden, erfüllt und vor allem rechtschaffen.

Heute war ich bei der Villa von Ottilie Wildermuth, die diese Geschichten geschrieben hat. Ihr Sohn benannte die Nervenheilanstalt nach seiner Mutter. Dort liegt Magdale, verdächtigt des Mordes. Und ich weiß nicht einzuschätzen, ob Theodor Altmüller das Richtige tut.

Mit einem Schlag kam ich mir alt vor, alt und verschwitzt, hungrig und überfordert.

Magdale eine Mörderin? Es darf nicht sein! Ich weiß, es ist absurd so zu denken, denn wenn Magdale ihren Verlobten getötet hat, dann ist es eben so, und man muss sehen, ob sie tatsächlich geistesgestört geworden ist. Mich überfallen Schuldgefühle. Ich habe die junge Frau allein im Haus gelassen. Ich bin verantwortlich für meine Angestellte.

Aber es ist noch mehr.

Es ist zu viel geschehen. Mein Mann gestorben, meine Reise zu Ihnen und nach Indien, der Badezimmereinbau. Ich merke, ich will einfach nur die alte Ordnung wieder herstellen. Mein Haushalt soll funktionieren! Ruhe muss einkehren und Magdale ist ein Teil meiner Ruhe.

Es ist egoistisch, es klingt schrecklich, wie ich das hier schreibe. Liegt mir weniger an Magdale als an meinem eigenen Komfort? Ist das meine Motivation, ihr zu helfen?

Sie wissen, dass es nicht so ist. Ich höre im Geiste Ihr Räuspern, und schon als ich die Zeilen schrieb, spürte ich, dass es nicht die Wahrheit ist.

Magdale ist mein jüngeres Ich. Ihr darf nichts geschehen, nichts geschehen sein, damit meine Seelenruhe erhalten bleibt.

Magdale ist unglücklich verliebt – ich war unglücklich verliebt in Adam von Dahlwig.

Magdale zwischen zwei Männern, dem Schneider und dem Dragoner – ich zwischen Robert und meinem Dragoner.

Magdale tötet ihren Verlobten? – Wenn das stimmt, ist das, als hätte ich meinem Mann den Tod gewünscht! Und nun will ich auf Teufel komm raus beweisen, dass Magdale keinen Mord begangen hat, damit ich mich von meinen eigenen Schuldgefühlen reinwaschen kann.

So arbeitet die Seele, nicht wahr? Ich sollte mich meinen Schuldgefühlen stellen, aber der Drang Magdales Geschichte aufzuklären ist größer, nein dringlicher.

Ich weiß, dass Sie sagen würden, dass ich zuerst meine innere Geschichte klären *muss, denn meine Schuldgefühle verstellen mir die Sicht. Aber dazu ist keine Zeit. Magdale droht eine fürchterliche Strafe. Und ich will sie in Freiheit sehen. Bei mir. Damit meine Welt wieder in Ordnung ist. Denn das ist die Realität, die jetzt stattfindet. Meine Abgründe müssen warten. Danach kann ich mich meinem Unbewussten stellen.*

Würden Sie mir zustimmen, dass in diesem besonderen Fall die Geschehnisse Vorrang haben?

Ich hoffe es!

Ihre Henriette Haag

UNABGESCHLOSSENE GEDANKEN

Henriette spülte Geschirr. Das tat sie nie, aber heute musste sie unbedingt Magdale helfen. Sie tauchte die Arme in den Schaumberg und tastete nach dem Porzellan, doch sie fand nichts. Es schellte an der Tür, sie erschrak. Der Schaum verfärbte sich rostbraun und lief über den Rand der Spülwanne. Es schellte wieder und wieder. Henriette suchte hektisch nach dem Geschirr, aber sie zog nur Wäsche heraus, Unterhosen, Unterhemden, lauter feine Spitzenwäsche voller Blutflecken in allen roten und rostroten Farbtönen. Sie ließ sie auf den Schüttstein fallen und suchte weiter. Irgendwo musste doch das Geschirr sein. Erst musste sie das Geschirr finden, dann konnte sie die Tür öffnen. Es schellte noch einmal. Der Schaum verschwand und zurück blieb nur blutrotes Wasser. Sie hob ein weiteres Wäschestück heraus. Es war Magdales Nachthemd, ganz ohne Flecken, blütenrein.

Mit einem Ruck schreckte Henriette aus dem Schlaf. Das Wasser in der Zinkwanne war kalt geworden, und mit Erleichterung registrierte sie, dass sich darauf kein blutiger Schaum befand. Gleichzeitig wurde ihr bewusst, dass sie geträumt hatte. Benommen und frierend stieg sie aus der Wanne, die in der Küche neben dem Herd stand. Sie rieb sich trocken, und als sie das Wasser abgelassen hatte, begann sie auch den Traum zu verstehen.

Es war kurz nach sechs, als sie bei Josefine ankam, die nur zwei Straßenbahnhaltestellen entfernt, in der Alexanderstraße in einem klassizistischen Haus wohnte. In der Belle Etage natürlich, wo die Decken fast drei Meter hoch und mit Stuck verziert waren. Darüber gab es drei weitere Stockwerke, aber man sah schon an der Fensterhöhe, dass die Wohnungen, je weiter man hinaufstieg, weniger luxuriös ausgestattet waren. Henriette wusste gar nicht, wie viele Zimmer Josefines Wohnung hatte, sieben oder zehn, sie hatte nie alle betreten.

Die Freundin empfing sie wie immer in ihrem *kleinen Reich*, wie sie es nannte. Das eigene Reich anderer gut situierter Hausfrauen, die Henriette kannte, war eine gemütliche Stube mit Sofas, Häkeldeckchen und üppigen Gardinen, wo man mit Besucherinnen Kaffee trank und plauderte, Josefines dagegen war so karg eingerichtet wie das Büro eines Stadtbeamten. Zwei Regale mit ordentlich aufgereihten Büchern, ein riesiger dunkler Schrank, dessen Inhalt Henriette nicht kannte, und ein Schreibtisch, an dem die Freundin saß, wie immer in einem Kleid, das wie eine Uniform aussah. Diesmal wegen der bestickten Epauletten, silbernen Eichenblättern, die sich auf dem hochgeschlossenen Kragen wiederholten.

Josefine kam um den Schreibtisch herum und gab Henriette die Hand. Sie umarmte keine ihrer Freundinnen, was mit den riesigen Hüten, die zurzeit Mode waren, ohnehin nur noch in einer vagen Geste möglich war.

»Nimm doch Platz«, sagte sie und bot Henriette einen Stuhl am Schreibtisch an.

»Störe ich auch nicht?« Henriette sah auf das große ledergebundene Buch, in dem Josefine geschrieben hatte.

Daneben lag ein Notizblock, beschriftet mit einer langen Reihe von Wörtern.

»Ich bin gerade mit meinem Wochenplan fertig geworden.« Sie riss das Blatt vom Block und reichte es dem Hausmädchen, das Henriette hereingeführt hatte. »Willst du einen Kaffee oder Tee? Du bleibst doch zum Essen, oder?«

»Ja, gerne. Jetzt nur ein Glas Wasser bitte.« Als das Hausmädchen nach einem Knicks gegangen war, fügte Henriette hinzu. »Ich schwitze schon genug, da brauche ich keine heißen Getränke mehr.«

Josefine klappte das Buch zu und legte es ordentlich an die Seite der Schreibtischplatte. Der Füllfederhalter kam in eine schlichte Silberschale, wo auch ein gespitzter Bleistift lag, danach legte sie die Unterarme gekreuzt übereinander und sah Henriette aufmerksam an.

Die Ordnung in Josefines Wesen wirkte augenblicklich beruhigend. Keine hektischen Bewegungen, keine sprunghaften Gedankengänge, nur vorausschauende Klarheit. Josefine schrieb jeden Donnerstag einen Plan für die kommende Woche, damit freitags eingekauft werden konnte. Sie wusste schon jetzt, was es bei jeder einzelnen Mahlzeit zu essen geben würde, wobei die Woche in einem bestimmten Rhythmus verlief. Heute gab es zum Abendessen einen Gemüseeintopf mit Brot, ein kurzes Essen, weil ihr Gatte danach noch zu einer Ärzteversammlung ging.

»Es wird Zeit, dass bei mir auch wieder Ordnung einkehrt. Das Durcheinander macht mich ganz wuschig, ich komme nicht zur Ruhe«, sagte Henriette.

»Ich kann dir meine Anna morgen noch mal schicken.«

»Das wäre mir eine große Hilfe.«

Das Hausmädchen brachte zwei Gläser und einen Krug mit Wasser. Erst als sie gegangen war, sprach Josefine weiter. »Wie läuft es denn mit dem Badezimmereinbau?«

»Ach ja, darum wollte ich dich auch noch bitten. Ich müsste mit dem Klempner telefonieren. Sie sind heute nicht sehr viel weiter gekommen und waren nicht mehr da, als ich nach Hause kam. Ich weiß gar nicht, was los ist.«

»Das kannst du gleich machen, wenn du möchtest.«

Sie gingen in den Flur, wo das Telefon hing, und Henriette erfuhr von einem wütenden Meister, dass er nicht gewusst hatte, an welcher Wand er die Wanne platzieren sollte, und was sie denke, wie er seine Arbeit machen solle, wenn sie nicht da sei. Sie versprach morgen anwesend zu sein, doch da verkündete der Meister, dass schon ein anderer Auftrag geplant sei und er seine Termine ja nicht beliebig verschieben könne, frühestens am Samstag könne er kommen.

Gut, dann am Samstag.

»Dem hätte ich Beine gemacht«, sagte Josefine, die alles mit angehört hatte. »Du bist viel zu nachgiebig.«

»Mir ist es ehrlich gesagt recht, dass er nicht kommt. Ich habe so viel zu tun und kann nicht die ganze Zeit daheim sitzen.«

»Was musst du denn tun? Kann ich dir irgendwie helfen?«

Sie gingen zurück ins Josefines kleines Reich und setzten sich wieder an den Schreibtisch. Josefine dahinter, wie ein Beamter, sie auf dem Besucherstuhl.

»Hast du deinen Mann auf die Blutflecken in der Mitte der Matratze angesprochen?«

»Er meinte, dass sie vermutlich im Bett saß, als sie es getan hat. Das erklärt die Stelle.«

»Mit was hat sie es getan? Ich habe nämlich kein Messer oder eine Rasierklinge gefunden.«

Josefine sah sie erstaunt an, sagte aber nichts.

»Ich hatte heute den Eindruck, dein Mann geht mir aus dem Weg«, fuhr Henriette fort.

»Er hat schrecklich viel zu tun. Aber mach dir keine Sorgen, Magdale liegt ihm sehr am Herzen.«

»Ein bisschen zu sehr vielleicht.«

Josefine runzelte die Stirn. »Du kannst mir glauben, dass ich meinen Mann in- und auswendig kenne. Er handelt als Freund, rechtschaffen und gründlich, so wie er immer ist.«

»Hat er mit dir darüber gesprochen, warum er Magdale in seine Anstalt verlegt hat? Ich hätte mir ja schon gewünscht, dass er das mit mir bespricht.«

»Wann hat er das veranlasst? Heute?«

»Ja. Und was sagt er dazu, dass sie des Mordes an ihrem Verlobten verdächtigt wird?«

Josefines Mund stand einen Moment offen, aber sofort hatte sie sich wieder im Griff. »Davon weiß ich nichts, aber ich habe ihn heute auch noch nicht gesehen, bestimmt wird er es uns beim Abendessen berichten. Um Gotteswillen, du Arme! Da sitzen wir und telefonieren wegen des Badezimmers, dabei du musst so etwas durchmachen!«

»Ich war Gottlob nicht allein, Felise war zufällig bei mir und hat sich erstaunlich wacker geschlagen.«

Sie berichtete vom toten Schneider Willy in der Querstraße, Felises zielstrebigen Nachforschungen, und auf Josefines Frage hin auch von der Handcreme, die sie dort hatten kaufen wollen.

»Und die Polizei war im Karl-Olga-Krankenhaus? Das ging aber fix.«

»Er ist vorbestraft und sie haben wohl angenommen, dass es sich um ein weiteres Eifersuchtsdrama handelt.«

»Na also, da hast du die Erklärung. Sie hat im Affekt zugeschlagen, sich vielleicht gewehrt und vermutlich meinem Mann schon davon erzählt. Sicher hat er sie in der Ottilien-Anstalt in Sicherheit gebracht, damit er mit dir in Ruhe besprechen kann, wie man weiter vorgeht, einen Anwalt einschalten und so was. Weil die Polizei bei ihm war, wollte er schnell handeln. Sie hätten Magdale doch sonst womöglich ins Vollzugskrankenhaus gebracht.«

»Bist du dir sicher, dass er so denkt?«

»Ich würde so denken und handeln, das ist die einzig richtige Verhaltensweise«, sagte Josefine mit Überzeugung. »Welchen anderen Grund sollte er haben?«

»Das frage ich mich auch, denn er kam mir sehr nervös vor.«

»Das hat sicher nur mit der Familie Bosch zu tun. Ihm liegt viel an dem jungen Robert. Er hat Multiple Sklerose. Wusstest du das?«

»Ach, daher sein schwerer Gang.«

»Die Mutter ist auch nur noch ein nervliches Elend. Sie sollte gleich mit in der Klinik behandelt werden, denn lange hält sie es nicht mehr durch.«

»Ein bisschen wundert es mich schon, wie viel dein Mann für meine Haushälterin tut.«

»Ich würde ihm den Marsch blasen, wenn er weniger täte!«

Henriette lachte. »Kennst du Schwester Elisabeth?«

»Nicht persönlich. Aber er hat erzählt, dass sie Magdale pflegt. Sie scheint eine sehr tüchtige Person zu sein, du musst dir also keine Sorgen machen.«

»Ich mache mir schreckliche Sorgen, weil die Polizei sich so sicher ist, dass ihre schnellen Schlussfolgerungen richtig sind. Sie scheinen ja nicht einmal nach einem Dragoner zu suchen.«

»Hast du ihnen von dem Knopf erzählt?«

»Nein. Sie waren ja noch gar nicht bei mir. Ich will unbedingt zuerst mit Frau Pfund sprechen.«

»Deiner Wäscherin? Warum das denn?«

»Ich hatte einen Traum, der mir einen klaren Hinweis gegeben hat, nachdem ich gar nicht mehr weiter wusste. Ich habe Professor Freud geschrieben und danach …«

Josefine lachte. »Was hast du gemacht? Einen Traum gehabt? Du verschaukelst mich! Glaubst du etwa an den Hokuspokus?«

»Der Traum bezieht sich immer auf den vergangenen Tag. Man muss überlegen, welches Ereignis dazu passt.«

»Henriette, Träume sind Schäume. Sie bedeuten nichts, medizinisch ist es nur ein Durcheinander im Gehirn, weil man schläft und keine Kontrolle auf die Gedankentätigkeit mehr ausübt. Mein Mann kann dir das sicher noch genauer erklären.«

»Es ist schon richtig, dass die fehlende Kontrolle der Grund für die Traumbilder ist, aber sinnlos sind sie sicher nicht.«

»Du hast also von der Wäscherin geträumt und jetzt meinst du, du musst hingehen?«

»Nein, es ist viel verwickelter. Ich träumte, ich müsste Geschirrspülen.«

»Siehst du, das ist schon der erste Unsinn. Dafür hast du Magdale.«

»Aber sie ist ja gerade nicht da, sondern völlig hilflos. Ich nehme an, dass ich deswegen träumte, dass Magdale Hilfe braucht, und das zeigte mir mein Unbewusstes in einem sehr raffinierten Symbol. Ich versuchte nämlich Geschirr in dem Spülwasser zu finden, aber es war keins da.«

»Und was bedeutet das? Deiner Meinung nach? Außer dass du die blutige Wäsche in der Waschküche gefunden hast?«

»Warte, ich muss ein bisschen mehr erklären. Der Seifenschaum war blutig, was mich erschreckte. Dann klingelte es an der Tür. Das war der Hinweis, dass ich mich beeilen muss, es besteht große Dringlichkeit, wenn nicht Gefahr.«

Josefine sah sie skeptisch an. »Und warum hast du nicht vom Staubwischen oder Bügeln geträumt? Das sind doch auch Tätigkeiten, die Magdale für dich ausführt.«

Henriette trank das Wasserglas leer und schenkte sich nach. Es war ihr sehr heiß, aber diesmal nicht wegen einer Hitzewelle, sondern weil sie sich schämte.

»Ich habe gebadet.«

»Heute Nachmittag?«

»Ja, siehst du, und diese Scham, die es auslöst, wenn man etwas tut, was sich nicht gehört, die hat die Verbindung hergestellt. Ich erinnerte mich beim Aufwachen plötzlich daran, dass ich die Wäscherin und Therese beobachtet hatte. Sie tuschelten miteinander, und als ich danach mit Therese sprach, war sie reichlich verstockt und wirkte unsicher. Ich interpretiere es als schlechtes Gewissen, dass sie mir nicht in die Augen sehen konnte.«

»Ich verstehe nicht genau, was du mir sagen willst. Felises Hausmädchen Therese hat ein schlechtes Gewissen? Dann frag sie doch, was sie ausgefressen hat.«

»Das habe ich versucht, abgesehen davon, dass sie verstockt ist und man kaum etwas erfährt, macht sie Magdale schlecht. Als ich mit ihr sprach, dachte ich: *Was für ein armer Tropf.* Und als ich nach dem Traum aufwachte, fiel mir ein, dass ich mit Magdale einmal herzlich lachen musste, weil sie sich versprochen hatte. Sie erzählte von irgendjemandem und nannte ihn einen armen Topf, statt einen armen Tropf. Im Traum fischte ich nach Geschirr, also nach einem Topf.«

»Aha, verstehe. Tropf als Versprecher von Topf erinnerte dich an Therese und die Wäsche an die Wäscherin, dann fiel dir das Gespräch der beiden wieder ein?« Josefine schien langsam Gefallen an der Traumanalyse zu finden. Sie wirkte konzentriert und gar nicht mehr spöttisch.

»Ja, und das Blut sollte mich daran erinnern, dass die beiden über Magdale gesprochen haben müssen.«

»Wie kommt diese Schlussfolgerung zu Stande?«

»Therese erzählte mir von Willy, und die Wäscherin kennt den Ermordeten auch.«

»Das kann ein Zufall sein.«

»Oder auch nicht. Deswegen muss ich mit ihr sprechen. Sie ist eine, die gerne viel redet, und ich hoffe, sie macht es mir nicht so schwer.«

»Du glaubst wirklich, dass das Unbewusste in dir, was immer das sein soll, solche Assoziationen herstellt und als Traumbilder sendet?«

»Ich *glaube* es nicht. Das hat Freud hergeleitet und schlüssig dargelegt. Man muss davon ausgehen, dass ein Gedanke, der nicht zu Ende gedacht wurde, im Traum zu Ende gebracht wird, ganz dem Wunsch entsprechend.«

»Welchem Wunsch?«

Henriette nahm schnell noch einmal das Glas auf. Aber es war leer, der Krug auch. Mit einem Seufzen stellte sie es zurück.

»Du bist eine ganz scharfsinnige Person, weißt du das?«, sagte sie.

Josefine grinste und wartete ruhig ab, bis Henriette aufhörte, sich zu winden, und weitersprach.

»Es muss natürlich immer eine starke Motivation hinter einem Gedanken stecken, sonst bleibt der unerledigte Gedanke gar nicht als unerledigte Sache bestehen.«

»Und das ist etwas Sexuelles?«

Henriette fühlte sich überrumpelt und wusste nicht, was sie antworten sollte. Zu ihrer Erleichterung klopfte es und das Hausmädchen kam herein.

»Gnädige Frau, der gnädige Herr hat angerufen und lässt ausrichten, dass er nicht rechtzeitig zum Abendessen da sein wird.«

Josefine runzelte die Augenbrauen. »Und wann kommt er?«

»Das hat er nicht gesagt.«

»Gut, dann lassen Sie jetzt auftragen.«

Das Hausmädchen ging hinaus.

»Das sieht ihm nicht ähnlich, oder?« Henriette stand auf.

»Ganz und gar nicht. Nicht am Donnerstag.«

Sie verließen den Raum, aber als Josefine sich Richtung Esszimmer wandte, hielt Henriette sie auf.

»Ich bleibe doch nicht zum Essen. Nachdem ich mit dir über den Traum gesprochen habe, spüre ich noch deutlicher, dass ich dringend mit der Wäscherin sprechen muss.«

»Wo wohnt sie? In der Altstadt?«

»Ja, im Zwinger.«

»Da kannst du nicht hin. Es ist fast halb acht, und dort treibt sich nur Gesindel herum.«

»Ich weiß, aber es lässt mir keine Ruhe.«

Josefine nickte und begleitete Henriette zur Wohnungstür.

»Meine Kinder sitzen sicher schon am Tisch«, sagte sie entschuldigend.

»Ich wollte auch nicht deine Ordnung durcheinanderbringen. Du hast mir sehr geholfen.«

»Mit was denn?«

»Du hast mir zugehört.«

Josefine lachte. »Ganz wie dein Doktor Freud? Wenn das mal kein Kompliment ist.«

»Es ist ein Kompliment. Ade, Josefine.«

»Sei vorsichtig!«

Henriette nickte.

Unten brauchte sie nur die Alexanderstraße zu überqueren, um zur Straßenbahnhaltestelle zu kommen, doch dann musste sie dort zwischen etlichen Dienstmädchen, die Feierabend hatten, noch eine ganze Weile auf die Bahn warten. Mehrmals sah sie auf ihre Uhr am Gürtel. Beim dritten Blick auf das Zifferblatt hörte sie die Bahn warnend klingeln und als sie aufsah, brauste ein roter Mercedes heran und hielt dicht neben ihr. Die Bahn klingelte.

»Schnell, steig ein.« Es war Josefine, die die Beifahrertür aufstieß. Wieder klingelte die Straßenbahn und Josefine gab Gas.

»Bei Freud geht es doch immer um Sex oder nicht?«, rief Josefine nach ein paar Metern. »Und du hast wegen irgendetwas ein schlechtes Gewissen und schämst dich. Was hat das aber mit Magdale zutun?«

Henriette lachte. »Das ist eine lange, komplizierte Geschichte. Die Kurzfassung lautet: Ich muss den Dragoner finden, er könnte der Mörder gewesen sein.«

»Ich dachte mir, in diesem Fall kann ich mit dem Abendessen eine Ausnahme machen und meine Kinder allein lassen, sie sind ja beide so gut wie erwachsen.«

Henriette drückte ihr dankbar die freie Hand.

»Außerdem hat dich dein Unbewusstes verraten«, sagte Josefine.

»Was meinst du?«

»Du wolltest, dass ich von deinem schamvollen Geheimnis erfahre, sonst wäre dir das mit dem Wunsch nicht rausgerutscht.«

Henriette lachte auf. »Ja, das könnte ein Versprecher gewesen sein.«

»Laut Freud will man doch die schmutzigen Gedanken mit jemandem teilen, darum rutscht einem etwas heraus.«

»In meinem Fall sind es keine schmutzigen Gedanken, sondern ein schlechtes Gewissen. Aber grundsätzlich hast du recht.«

Josefine nickte. »Irgendwann erzählst du mir auch von deinen schamvollen Wünschen.« Sie gab Gas und der Schleier auf ihrem riesigen Hut wehte wie eine Standarte im Fahrtwind.

DIE WÄSCHERIN

An der Ecke Marktstrasse-Karlstrasse parkte Josefine den Wagen. Sie fanden einen Buben, der bereit war acht zu geben, weil sie ihm einen Pfennig versprachen. Ein paar Schritte weiter erreichten sie den Zwinger. Die Häuser hier waren die ältesten der Stadt, früher lagen sie an der Stadtmauer mit dem Nesenbachkanal zu Füßen. Obwohl der kleine Fluss, der selten genug Wasser geführt hatte, um alle Abfälle wegzuschwemmen, die die Schlachter hier hinein geworfen hatten, inzwischen übermauert war, machte die Gasse einen verkommenen Eindruck. Die Häuser klein, keines davon sauber verputzt, und es lebten viel zu viele Menschen darin. Wäsche, Gerätschaften, Ziegen und Kinder quollen aus den Türen. Die Gasse war voller Bewegung. Nirgends war eine Hausnummer angebracht.

Henriette fragte nach Frau Pfund, und es dauerte eine Weile, bis aus glotzenden Gesichtern eine Antwort kam. Da.

Als sie weitergingen, folgten ihnen erstauntes Lachen und Geraune. Anscheinend war eins der Kinder vorausgelaufen und hatte Frau Pfund Bescheid gesagt, denn sie kam ihnen entgegen. Zwei kleine Mädchen kamen hinterher gerannt und klammerten sich an ihre Röcke.

»Grüß Gott, Frau Kommerzienrat«, sagte sie und knickste. Sie schaute kurz zu Josefine und knickste noch einmal.

»Ich möchte mit Ihnen sprechen, können wir irgendwo hingehen, wo es ruhig ist?«

Die Wäscherin kratzte ihren Unterarm, der rot und schuppig aussah, dann rollte sie die Ärmel hinunter und nickte. Zu dem größeren der Mädchen sagte sie: »Geh mit deiner Schwester zum Opa. Geht, los.«

Widerstrebend folgten die Kinder.

»Meine Enkeltöchter. Einen Enkelsohn habe ich auch noch.« Stolz lag in ihrer Stimme. Sie war nicht viel älter als Henriette und Josefine, vielleicht sogar jünger.

»Vielleicht zum Ilgenplatz an den Brunnen? Dort ist auch eine Bank«, schlug Frau Pfund vor.

Henriette nickte und ließ die Frau vorausgehen. Die Leute in der Straße schauten verstohlen oder offen neugierig, aber stets stumm; erst wenn sie vorbei gegangen waren, flogen ihnen Kommentare und Gelächter hinterher.

»Gibt's Ärger, Luisle?«

»Koi saubere Weschte meh'?«

»So ne feine Kundschaft.«

Die Wäscherin lachte nur und ging hoch erhobenen Hauptes weiter. Henriette wunderte sich über den Stolz in ihrer Haltung und über die Achtung, die trotz der Frotzeleien in den Mienen der Nachbarn lag.

In der Stadt gab es keine öffentlichen Waschhäusle und keine Trockenplätze mehr. Die Wäscherinnen kamen in der Regel von Botnang. Mit einem separaten Anhänger an der Straßenbahn konnten sie zu einem Sondertarif ihre Körbe hinauf in das Dorf transportieren, wo genug Wasser und Wiesenflächen zur Verfügung standen. Wenn es regnete, hängten sie die Wäsche in Speichern auf. Selten lebte eine Wäscherin daher in der Altstadt, und aus den Kommentaren der Nachbarn schloss Henriette, dass Frau Pfund recht angesehen war. Trieb sie noch andere Geschäfte?

Am Ilgenplatz war es tatsächlich etwas ruhiger. Nur wenige alte Männer standen in einer Ecke beieinander und rauchten Pfeife. Henriette setzte sich auf die Bank in der Nähe des Brunnens und fühlte sich mit einem Schlag sehr müde. So viel wie heute fuhr sie normalerweise nicht in Stuttgart herum. Josefine und die Wäscherin blieben stehen.

»Wie geht es dem Magdale?«

»Sie ist immer noch nicht ansprechbar. Deswegen bin ich hier. Was können Sie mir von dem Schneider erzählen?«

»Vom Willy? Der arme Kerle. Er hat nicht viel verdient mit seiner Flickerei, war immer unzufrieden und schnell in Händel verwickelt.«

»Woher kennen Sie ihn? Er war ja nicht von hier?«

Der Blick der Wäscherin flog über den Platz, als müsste sie überlegen, was sie antworten sollte.

»Ich kenn ihn nur vom Sehen.«

»Und woher wissen Sie dann so viel von ihm, dass er mit Magdale verlobt war und all das?«

Wieder der wandernde Blick, bevor sie antwortete. »Es wird halt geschwätzt.«

»Wer? Mit wem haben Sie über Willy gesprochen?«

Jetzt kam Bewegung in die Frau, sie strich sich die Schürze glatt und straffte den Rücken. »Ich bin keine Schwatzbase. Das kann ich mir gar nicht erlauben. Und Sie wissen das.« Eindringlich sah sie Henriette an, sah dann kurz zu Josefine.

»Ja, das weiß ich und ich bin Ihnen auch sehr dankbar,

dass sie nicht über Magdales Blutflecken geredet haben. Meine Freundin Frau Doktor Altmüller weiß im übrigen Bescheid.«

Die Wäscherin kam ein Stück näher und sagte leise: »Es geht mich nichts an, woher irgendwelche Flecken kommen. Wenn andere Wäscherinnen über die privaten Angelegenheiten von ihrer Kundschaft reden, schaden sie sich nur selber und ihrem Ruf.«

»Sie haben einen guten Ruf, wie mir scheint.«

»Ja. Ja, hab ich.« Sie nickte zufrieden. »Man sagt, dass Frauenzimmer eine lose Zunge haben, aber ich kann unterscheiden, wann man den Mund halten muss. Schweigen können im rechten Moment ist wichtig.«

Josefine lachte. »Ja, da haben Sie recht. Das ist die Macht der Frauen, etwas zu wissen, aber auch zu wissen, wann man darüber reden darf, nicht wahr?«

»Es geht mich nichts an, was Magdale gemacht hat, und ich will nicht die sein, die ihren Ruf ruiniert.«

»Das ehrt Sie wirklich«, sagte Henriette und spürte eine Gereiztheit in sich aufsteigen. Genug Bauchgepinsel, die Frau sollte endlich auspacken. »Also, was war mit Therese?«

Sie zierte sich noch ein bisschen, zuckte mit den Schultern, aber dann holte sie Luft und legte los.

»Am letzten Sonntag war ich mit meinem Mann und meinen Enkeln im Stadtgarten zum Eisessen. Therese und Willy waren auch dort.«

»Und Magdale war auch dabei?«

»Eben nicht. Das war es ja. Willy war ziemlich besoffen und Therese auch angeheitert. Also ein bissle vielleicht. Sie saß eine Weile bei mir und erzählte mir, dass sie sich Hoffnungen macht.«

Josefine sah Henriette mit hochgezogenen Augenbrauen an.

»Willy und Therese also«, sagte sie. »Weiß Magdale davon?«

»Ich hab jedenfalls Therese davon abgeraten, mit ihr drüber zu reden, bis die Sache klar ist.«

»Welche Sache?«

»Willy wollt sich von Magdale trennen, davon ist Therese überzeugt gewesen.« Die Wäscherin kratzte sich unter dem Ärmel am Handgelenk, und Henriette dachte mit Schaudern an das blutige Seifenwasser. Sie hatte nur im Traum ihre Haut hineinstecken müssen.

»Sie nicht?«, fragte Josefine.

»Naja, Magdale ist ja schon viel hübscher als die arme Therese. Ich dachte halt, dass sie sich was einbildet. Nur weil er sie einmal eingeladen hat, muss sie sich noch keine Hoffnungen machen.«

»Wenn ein Mann ein Mädle ausführt, hat das aber schon etwas zu bedeuten«, sagte Henriette.

»In Ihren Kreisen, aber Entschuldigung, bei uns ist das nicht ganz so. Der Willy war doch nur stinkig, weil Magdale mit einem anderen rumgemacht hat.«

»Wer war das?«, fragte Henriette schnell und rutschte auf der Bank ein Stück nach vorne. »Ein Dragoner?«

Die Wäscherin zuckte mit den Schultern. »Ich weiß es nicht. Ich hab Therese gesagt, sie soll vorsichtig mit dem Ausländer sein. Meine Schwester, die in Botnang lebt, mit der ich die Wäsche mache, ist auch mal auf so einen Hallodri reingefallen. Das hätt fast ein übles Ende genommen. Jetzt ist sie mit einem anständigen Mann verheiratet.«

Henriette nickte ungeduldig. »Was haben Sie gestern mit Therese geredet, auf der Straße vor meinem Haus?«

Die Wäscherin überlegte. »Therese war völlig konfus, sie glaubt ja, dass Magdale versucht hat sich was anzutun, aus Eifersucht und Verzweiflung. Sie hat sich da völlig reingesteigert, und ich hab ihr geraten, sie soll der Polizei nichts sagen.«

»Was wollte Therese der Polizei sagen?«, fragte Josefine.

»Dass Willy ihr die Verlobung versprochen hat und Magdale eifersüchtig ist. Aber sie muss aufpassen, hab ich ihr gesagt, und jetzt sieht man ja, dass es gut war, dass sie nichts gesagt hat. Ihr Ruf wär jetzt hinüber. Es ist besser, wenn sie nicht rumposaunt, dass sie mit dem Willy gegangen ist. Ich sag ihr dauernd, sie soll sich zusammenreißen und ihm nicht hinterherheulen. Es gibt noch andere Männer. Bessere als der einer war.«

»Von einer Schwangerschaft haben Sie Therese nichts gesagt?«, fragte Henriette.

»Natürlich nicht, ich bin ja keine Schwatzbase …«

»Gut, sehr gut«, unterbrach Henriette die Wäscherin. »Wo ist Magdale wohl gewesen?«

Jede Regung verschwand aus dem Gesicht der Wäscherin, sie antwortete nicht.

»Als Frau weiß man solche Adressen und Sie können sicher sein, dass es unter uns bleibt«, versicherte Henriette.

Josefine räusperte sich, sagte aber nichts.

»Ich will da nicht reingezogen werden. In gar nichts.«

»Es besteht ja gar keine Gefahr für Sie. Ich will nur Magdale helfen.«

»Ich weiß nicht, ob man da noch was retten kann. Sie kommt doch so oder so an den Galgen, da spielt eine Abtreibung auch keine Rolle mehr.«

Josefine räusperte sich wieder. »Das war sicher keine Abtreibung.«

Die Wäscherin nickte. »Genau, man kann es nicht wissen.«

»Genauso wenig ist bewiesen, dass sie Willy erschlagen hat«, sagte Henriette.

Die Wäscherin sah sie aufmerksam an. »Nein?«

»Nein! Nur weil Therese sich etwas einbildet?«

»Es geht mich ja auch nichts an.«

»Bitte Frau Pfund. Wo würde eine Frau hingehen?«

»Von mir wissen Sie aber nichts?«

»Gar nichts«, sagten Henriette.

»Die alte Gmelin. Sie ist Hebamme.«

»Wo wohnt sie?«

»In der Schmalen Straße, ganz am Ende, wo man zur Breiten Straße kommt.«

»Das ist ja nur ein paar Meter von der Querstraße entfernt.«

Die Wäscherin nickte. »Ich weiß aber nicht, ob Magdale dort war.«

»Eine Frage noch. Warum waren Sie heute Mittag in der Querstraße?«

»Meine Tochter wohnt da, die von den beiden Mädle, ich habe ihr ein Kleidle gebracht, das mir eine Kundin geschenkt hat.«

Henriette stand auf und bedankte sich, noch mal musste sie der Wäscherin versichern, dass sie niemandem sagen würde, von wem sie ihre Informationen bekommen hatte, dann erst eilte die Frau nach Hause.

»Gehen wir über die Eberhardstraße zurück, ich will nicht noch mal durch den Zwinger«, sagte Henriette.

Josefine hakte sich bei ihr unter. »Meine Güte, was

für eine Mischung diese Frau fabriziert. Ihren guten Ruf betonen und dann doch in den Leben der anderen rumfuhrwerken.«

»Sie hat ein bisschen was von einer Kupplerin. Ich frage mich, ob sie das nicht auch noch macht.«

»Ich traue es ihr zu. Und ich hoffe, dass sie wirklich nicht herumschwätzt.«

»Hast du jetzt Angst um den Ruf deines Mannes?«

»Nein. Eine Wäscherin, also so eine Person bedeutet doch nichts«, antwortete Josefine energisch.

»Therese könnte es auch gewesen sein. Ich glaube, ich muss sie mir noch mal vorknöpfen. Sie hat doch genauso viel Grund eifersüchtig zu sein.«

»Mach das. Diese Wäscherin redet mir zu viel, man muss überprüfen, ob sie sich nicht einfach nur wichtig macht. Im Grunde weiß sie doch gar nichts.«

Der Rest der Heimfahrt verlief schweigsam. Henriette wäre am liebsten sofort zur alten Gmelin gegangen, aber da Josefine so überzeugt davon war, dass ihr Mann korrekt handelte, wollte sie sich eine weitere Auseinandersetzung mit ihr ersparen und beschloss gleich am nächsten Morgen allein in die Altstadt zu fahren. Außerdem fühlte sie sich müde und unruhig zugleich.

Josefine setzte sie zu Hause ab und gab ihr sogar noch einen Korb mit. »Statt des ausgefallenen Abendessens. Und morgen schicke ich dir die Anna vorbei.«

NACHTGEDANKEN

Henriette schloss die Tür hinter sich und drückte den Lichtschalter hinunter. Nichts. Sie kippte den kleinen Hebel ein paar Mal auf und ab, aber es blieb dunkel. Die Handwerker mussten die Sicherung rausgedreht haben.

Nach Hause kommen fühlte sich anders an als sonst.

Mit Josefines Korb über dem Arm tapste sie durch den düsteren Flur. Mehrmals stieß sie gegen Dinge, die auf dem Boden lagen. Rohre, Eimer, Werkzeuge. Sie ahnte nur, was es war, es schepperte, klapperte, rumste, bis sie endlich in der Küche ankam. Auch dort ging das Licht nicht an, aber sie konnte ein wenig mehr sehen, weil es draußen noch nicht ganz dunkel war.

Sie holte eine Gabel, nahm die Schüsseln aus dem Korb und begann sofort daraus zu essen. Ohne das Gericht aufzuwärmen, ohne es auf einem Teller anzurichten. Was war sie ausgehungert! Es war irgendein glibberiges Gemüse, das vor Fett triefte. Es schmeckte nach nichts.

Magdale fehlte. Das war es, was anders war. Es roch nicht nach Seifenwasser, Bohnerwachs oder gekochtem Essen.

Auf dem Küchentisch lag ein Stapel Briefe. Anna musste sie hier abgelegt haben. Sie zündete eine Kerze an, zog den Packen näher und las die Absender. Eigentlich sollte sie im Teekontor vorbeisehen und sich vom Prokuristen Bericht erstatten lassen. Früher war sie oft dort gewesen, als Richard noch lebte. Oberbürgermeister von Gauß hatte ihr geschrieben, sicher hieß er sie willkommen. Sie seufzte laut. Zwei waren von Hans aus Madras, die wollte sie sich für später aufheben. Eine Postkarte aus London von ihrer Tochter Charlotte, die von einer Suffragettenversammlung berichtete, an der sie teilgenommen hatte. Henriette konnte sich kaum darauf konzentrieren. Dann ein Brief mit dem Absender Polizeiwache Stuttgart. Sie schnitt den Umschlag mit dem Messer auf und hinterließ auf dem Papier einen Fettfleck.

»Euer Hochwohlgeboren, leider konnte ich Sie heute nicht antreffen, bitte erwarten Sie morgen um 8 Uhr meinen Besuch. Ergebenst Ihr Kriminalkommissär Albrecht Schmidt.«

Sie schob die Schüssel von sich weg und stützte die Ellenbogen auf den Tisch. Den Kopf in die Hände gelegt kämpfte sie gegen einen Kloß im Hals. Sie schluckte ein paar Mal, dann musste sie sich aufrichten, eine glühende Hitze flutete über ihre Brust zum Gesicht.

Melissengeistabwaschungen hatte Josefine gesagt.

Sie stieg die Treppe hinauf und knöpfte dabei ihre Bluse auf, zog sie aus und warf sie im Schlafzimmer auf das Bett. Ihre Finger waren so geschwollen, dass sie den Ehering nicht abstreifen konnte. Als sie das Korsett ausgezogen hatte, schmerzten ihre Brüste und ihre Fußsohlen brannten, als wäre sie barfuß durch die Stadt gerannt. Sie wusch sich am Waschtisch mit kaltem Wasser, was ihr ein wenig Erleichterung verschaffte, und fand sogar den Melissengeist im Medizinschränkchen. Aber als sie sich damit bespritzte, wurde ihr von dem Alkoholgeruch übel.

Im dünnsten Unterrock, den sie fand, lehnte sie sich ans offene Fenster und lechzte nach jedem Lufthauch, der über ihre Haut strich. Niemand konnte sie sehen, denn das Fenster ging zum Garten hinaus und auf dieser Seite standen keine anderen Häuser. Inzwischen war es dunkel geworden und mit Schrecken fiel ihr ein, dass sie die Sicherung noch hineindrehen musste. Mit Mühe fand sie ihre Hausschuhe, denn barfuß konnte sie nicht durch diese Baustelle wandern.

Baustelle! Die Türklinke in der Hand blieb sie auf der Schwelle zum Flur stehen. Es roch nach Eisen, Kalk, Mörtel. Es roch überhaupt nicht wie ihr Zuhause. Und das Dunkel kam ihr fremd und abweisend vor. Die Wände waren aufgerissen, bluteten Moder. Sie tapste durch eine Wand von Männerschweiß, altem Leder und Filzkappen. Sie wusste, dass sie sich das alles nur einbildete, weil sie nichts sehen konnte. Das Haus war erst vor 25 Jahren gebaut worden, von ihr und Richard. Es hatte keine feuchten Wände. Die Handwerker waren vor Stunden gegangen, und doch wurde der Geruch noch intensiver, als sie weiterging. Der Gedanke ließ sich nicht verscheuchen, er klebte an ihr und sie strich sich schaudernd über die Arme. Nein. Keiner hatte sie berührt, das war nur die Luft. Die Luft in ihrem Haus.

Mit welcher Selbstverständlichkeit sie inzwischen schon *ihr Haus* dachte. Dachte sie sich deswegen zur Strafe die Gerüche anderer Männer herbei? Weil Richards Zigarrenrauch nicht mehr durch die Räume schwebte? Sein Rasierwasser? Sein Männergeruch? Weil sie sich nicht mehr daran erinnern konnte, wie er gerochen hatte?

Mit einem Ächzen hielt sie sich am Geländer fest und blieb stehen. Er war nicht mehr da. Gegangen, sagten die Leute. Weilt nicht mehr unter uns. Er war tot.

Henriette ließ sich auf die Treppenstufe sinken, rieb sich die Knie und weinte. Er war tot und das ganze Haus war ohne ihn. Sie war ohne ihn.

Verschwand ihr bisheriges Leben mitsamt den Gerüchen?

Sie zog sich hoch und ging vorsichtig die Treppe hinunter. Beim Abgang zum Keller fand sie das Brett mit den Sicherungsknöpfen und schraubte alle fest hinein. Das Licht im Flur flammte auf.

Die Tür zu Richards Arbeitszimmer lag neben dem Eingang. Ein kleiner hübscher Raum mit zwei Fenstern, einem großen Schreibtisch, einem Schrank, einem Regal und einem Sessel. Ein Raum voller Richard. Sicher würde sie dort seinen Geruch noch finden können. Aber mit einem Schlag war sie so müde, dass sie sich außer Stande fühlte, die wenigen Schritte den Flur entlang zu gehen. Sie löschte das Licht und tastete im Dunkeln die Treppe hinauf. Nicht heute.

Zuerst musste sie ihr Leben wieder in Ordnung bringen.

3. TAG:
FREITAG, 27.5.1910

DIE HEBAMME

Henriette grauste vor der Gasse in der Altstadt, nur kein Schmutz und Elend, dafür fühlte sie sich heute nicht stark genug. Als sie von ihrem Haus bis zur Gerokstraße gegangen war und die vielen Menschen sah, die auf die Straßenbahn warteten, fühlte sie sich auch nicht in der Lage, Gerede, Lachen und die Gerüche zu ertragen, geschweige denn die Enge und die Berührungen, die folgen würden, sobald sie eingestiegen war. Sie nahm eine Droschke, froh, dass sie sich das leisten konnte. Armut und Elend würden nicht besser werden, wenn sie sich dem Pöbel aussetzte. So war die Welt eben und vielleicht würde sich irgendwann etwas ändern, weil die Sozialisten, Kommunisten, Abolitionisten oder Suffragetten dafür kämpften. Sie fühlte sich heute zu elend, um darüber nachzudenken. Außerdem war ihr Beitrag für das Wohl der Welt, dass sie dafür sorgte, dass Magdale Gerechtigkeit widerfuhr. Das musste vorerst genügen. Die Entscheidung, welche Aufgabe danach auf sie wartete, welche sie in Angriff nehmen wollte, würde sie treffen, wenn ihre Welt wieder in Ordnung war.

Sie ließ sich bis zur Ecke bringen, wo Schmale und Breite Straße aufeinandertrafen, gab dem Kutscher sogar noch ein Trinkgeld, das so hoch war, dass er sich zweimal verbeugte und fragte, ob er warten solle, und sie fand, das sei gut und notwendig.

Mit einem Gefühl der Schwäche ging sie über das Kopfsteinpflaster und stieß fast mit einem jungen Zeitungsverkäufer zusammen, der breitbeinig an der Ecke stand, mit einer weichen schwarzen Mütze auf dem struppigen gelben Haar. Er grinste nur und trat einen Schritt nach hinten, um sie vorbei zu lassen.

Henriette sah sich um.

Auf der anderen Straßenseite lag das Stadtpolizeiamt. Ein grauer Kastenwagen ohne Fenster fuhr eben vor, eskortiert von zwei Uniformierten auf prächtigen Rappen. Die Stadtwache, sonst der ganze Stolz Stuttgarts, jagte ihr heute einen Schrecken ein. Auf einem ähnlich kräftigen Pferd musste der Kriminalkommissär zum Karl-Olga-Krankenhaus geprescht sein, um seinen Verdacht Theodor Altmüller zu unterbreiten. Sollte sie mit dem Kommissär sprechen? Ihm vom Dragoner erzählen und auf diese Weise zur Aufklärung der Umstände beitragen? Wäre das nicht der richtige Weg? Falls sich herausstellen sollte, dass Magdale den Schneider erschlagen hatte, musste sie ihre Strafe bekommen. Das würde sie doch nicht verhindern. Oder doch?

Henriette drehte dem Stadtpolizeiamt den Rücken zu, aber sie konnte sich nicht entschließen, in die Schmale Gasse hineinzugehen.

Willy schien ein ungehobelter, wilder Kerl gewesen zu sein, streitlustig und bestimmt auch sehr ungeduldig gegen Magdale.

Sie beschloss, diese Überlegungen einzustellen, wenigstens so lange, bis sie wusste, was wirklich geschehen war. Mit der Polizei offen zu sprechen, war keine Option, denn sämtliche Inspektoren und Kommissäre waren Männer, die keinerlei Feingefühl besaßen, wenn es um die Befindlichkeiten einer Frau ging. Es war nicht sicher, dass sie bereit waren, daran zu denken, dass der Ruf einer Frau viel schneller Schaden nahm, als der eines Mannes. Ein Mann konnte eine Liebschaft haben, mehrere sogar. Eine Frau musste sich entscheiden. Und zwar möglichst richtig, es war eine Entscheidung fürs Leben.

Der Zeitungsverkäufer stand immer noch an der Ecke, die großen Papierbögen über dem Arm. Er musste weder Nachrichten herausschreien noch den günstigen Preis, es blieben genug Leute stehen, um eine Zeitung zu kaufen.

»Sagen Sie, kennen Sie die Gegend hier gut?«, fragte Henriette.

»Ja, ich stehe jeden Tag hier.«

»Die Hebamme Gmelin, wissen Sie, wo die wohnt?«

»Die Gmelin?« Er kratzte sich unter der Mütze im gelben Haar. »Die Alte ist gestorben.«

»Wann?«

»Das ist sicher zwei Jahre her.«

»Gibt es noch eine andere Hebamme hier in der Nähe?«

»Nicht dass ich wüsste, tut mir leid, gnädige Frau.«

Henriette wurde flau. Die ganze Strapaze umsonst.

»Aber warten Sie, die Tochter der Gmelin hat den großen Fang gemacht, sie ist mit dem Apotheker verheiratet, vielleicht kann die Ihnen was sagen.« Er zeigte auf eine mit einem Jugendstilornament verzierte Tür. Die Apotheke stand genau an der Ecke.

Henriette nickte dem Jungen dankbar zu.

Im Verkaufsraum roch es nach Lakritze. Bis zur Decke reichten die Regale aus Mahagoniholz, gefüllt mit Porzellandosen und braunen Medikamentengläsern, deren weiße Etiketten mit blauer Tinte beschriftet waren. Auf dem Verkaufstresen stand eine Kiste, aus der eine junge Frau mit einer kleinen Schaufel den Lakritzgummi auf eine Waage schippte und dann die Menge in Papiertütchen füllte.

Ihr üppiges schwarzes Haar war modisch aufgesteckt und stand in starkem Kontrast zu der weißen Bluse und der gestärkten Schürze, die sie trug.

»Grüß Gott gnädige Frau, womit kann ich Ihnen helfen?«, sagte sie fröhlich. Ihr Gesicht wirkte wie frisch gewaschen, strotzte vor Gesundheit. Sicher war sie kaum über 30 Jahre alt.

Henriette stützte sich mit einer Hand auf den Tresen, der Lakritzgeruch machte sie schwindlig, vor ihren Augen verschwamm das Messing der Waagschalen zu Lichtblitzen. Die Apothekerfrau hastete um den Tresen herum und half Henriette, auf einem Stuhl Platz zu nehmen. Sie gab ihr ein Glas Wasser zu trinken, reichte ihr ein Tuch, damit sie sich die verschwitzte Stirn abwischen konnte, und tastete anschließend an ihrem Handgelenk nach dem Puls.

»Zeigen Sie mir mal bitte Ihre Zunge.«

Henriette winkte ab. »Es ist nur die fliegende Hitze. Das geht gleich vorbei.«

Ein Kunde kam herein, und die Apothekerfrau wandte sich ihm zu. Nun saß Henriette also auf dem Stuhl für die alten Frauen, mit dem Tischchen daneben, wo der Wasserkrug bereitstand. Trauerkleidung trug sie ja schon.

Als der Kunde gegangen war, kam die junge Frau zu ihr zurück. »Wie oft kommen die Hitzewellen?«

»Oft, oje, bestimmt jede Stunde einmal. Nachts scheint es gar nicht mehr aufzuhören.«

»Sind Ihre Finger angeschwollen? Ja? Die Gelenke schmerzen?«

Henriette nickte zu jeder Frage. »Man hat mir Melissenabreibungen empfohlen, vielleicht sollte ich gleich eine Flasche mitnehmen.«

»Das nützt wenig, es kühlt nur im Moment. Aber ich kann Ihnen eine Kräutertinktur empfehlen.« Sie ging zu einem der Regale und nahm eine Flasche heraus. »Elefantenfuß-Yamswurzel. Davon nehmen Sie einen Löffel vier Mal am Tag, dann müssten die Beschwerden bald aufhören. Falls die Brüste spannen, können Sie diese damit auch einreiben.« Sie tröpfelte die Tinktur in Henriettes Wasserglas.

»Ist das nicht ein natürlicher Vorgang, den jede Frau durchmachen muss?« Henriette nahm einen Schluck, es schmeckte fast wie Hustensaft.

»Schon, aber Sie sollen doch nicht unnötig leiden.«

»Der Mann meiner Freundin ist Arzt. Er sagt immer, das gehört zum Frauenleben dazu.«

Die Apothekerfrau verzog das Gesicht und verschränkte die Arme über der Schürze. »Was wissen Männer von einem Frauenkörper? Die Ärzte untersuchen gerne, stellen Diagnosen und sind glücklich, wenn sie einen Namen für eine Krankheit gefunden haben. Aber an Heilung sind sie nicht interessiert, sie würden ja ihre Patienten verlieren.« Sie lachte bitter auf.

»Dafür gibt es zum Glück die Apotheker, und wie ich sehe, sogar eine tüchtige Apothekerfrau.«

»Zum Studieren ist es leider zu spät für mich, aber ich tue, was ich kann.«

»Viele junge Frauen studieren heutzutage. Meine Tochter ist zur Zeit an der Universität in Tübingen.«

»Die Glückliche! Ich war nie auf dem Gymnasium, aber falls ich Töchter bekomme, werde ich sie immer zum Lernen anhalten.«

Neue Kunden kamen herein, und es dauerte eine ganze Weile, bis Henriette mit der Frau wieder allein war. Sie bediente flink und freundlich, und so weit Henriette das beurteilen konnte, auch sehr fachkundig. Jedem gab sie einen Rat mit auf den Weg, der über das hinausging, was die gewünschte Rezeptur erforderte. Mehrmals verkaufte sie dadurch noch zusätzliche Stoffe. Eine tüchtige, gewissenhafte Person, die unbedingt helfen wollte. Henriette hatte sich ein wenig erholt, vielleicht hatten sogar schon die Elefantenfuß-Yamswurzeln geholfen.

»Sicher haben Sie von dem Toten gehört, der gleich da vorne in der Querstraße gefunden wurde«, sagte Henriette, als sie allein im Verkaufsraum waren.

»Ja, eine schreckliche Sache.« Die Apothekerfrau füllte weiter Lakritze ab, und die Freundlichkeit in ihrem Gesicht wandelte sich in Konzentration – oder Anspannung.

»Er hieß Willy Zemp und war Schneider. Kannten Sie ihn?«

»Er hat hier in der Gegend gewohnt, da hat man ihn schon mal gesehen.«

»Und anscheinend war er öfter mal in Schlägereien verwickelt.«

Die Frau arbeitete konzentriert weiter, doch ein paar Lakritzgummis kullerten über die Tischplatte.

»Mussten Sie ihm mal ein Pflaster oder einen Verband verkaufen?«

»Richtig gekannt habe ich ihn nicht, wie ich schon sagte. Er ist nicht von hier gewesen.«

»Er war mit einem Mädchen verlobt, das in Schwierigkeiten war.«

»Das arme Ding«, sagte sie ohne Gefühlsregung.

Henriette glaubte zu bemerken, dass die Waage unnötig stark zitterte.

»Eigentlich sind die Schwierigkeiten jetzt behoben, und in diesem Fall muss ich sagen: Gottlob gibt es Hilfen.«

Die Apothekerfrau nickte und warf ihr einen schnellen Blick zu. »Grundsätzlich sollte man mehr Aufklärungsarbeit betreiben, finde ich. Viele Schwierigkeiten könnten damit vermieden werden. Mit Tugendpredigten allein ist es einfach nicht getan.«

»Wenn die Mutter Hebamme ist, erlebt man sicher so einiges.«

Die Apothekerfrau faltete eine Tüte energisch zusammen und strich den Falz mehrmals glatt.

»Was wollen Sie von mir?«, fragte sie in scharfem Ton.

»Ich habe nicht vor, Ihnen Schwierigkeiten zu machen. Ich möchte nur eine Auskunft.«

»Ich gebe keine Auskünfte über unsere Kunden. Wie Sie wissen, sind Apotheker zur Verschwiegenheit verpflichtet, genauso wie Ärzte.«

»Natürlich. Es geht auch nicht um die Kundschaft der Apotheke, sondern um Hilfestellungen, die Sie darüber hinaus tätigen.«

»Ich weiß nicht, wovon sie reden. Nur weil meine Mutter Hebamme war und man der alten Frau alles Mögliche nachgesagt hat, bin ich noch lange keine, die das Gleiche tut.«

»Nein. Vielleicht machen Sie es sogar besser, weil Sie über mehr Wissen verfügen?«

Die Apothekerfrau stapfte zur Kasse, tippte energisch auf die Tasten und ließ die Klingel ertönen. »Das macht genau zwei Mark, gnädige Frau.«

Henriette stand auf und suchte das Geld aus ihrer Börse, als sie es auf den Tresen legte, beugte sie sich ein wenig vor. »Hören Sie, ich muss wissen, ob Magdale bei Ihnen war. Es wird niemand jemals etwas davon erfahren. In diesem Fall ist es sogar von Vorteil, wenn ich weiß, ob sie eine Abtreibung hat vornehmen lassen. Es könnte sie von einem schwerwiegenderen Verdacht befreien.«

Mit verkniffenem Gesicht nahm die Frau die Münzen und warf sie in die Kassenschublade. Mit einem Ruck knallte sie diese zu. »Sie hatte Blut an den Händen und der Kleidung, als sie bei mir ankam.«

Henriette stutzte. »Es war also eine Fehlgeburt, und Sie haben ihr geholfen?«

»Nein. Ich möchte, dass Sie jetzt gehen und nicht mehr herkommen. Ich bezweifle, dass das, was ich gesehen habe, Magdale entlasten kann. Also sprechen Sie nie wieder mit mir.«

»Aber woher war das Blut?«

»Bitte gehen Sie jetzt.« Die Apothekerfrau drückte Henriette die Flasche mit dem Yamswurzelextrakt in die Hand, eine Frau mit zwei Kindern kam herein, und sofort erschien wieder das fröhliche Lachen in ihrem Gesicht.

KRIMINALKOMMISSÄR SCHMIDT

Eine riesige Wut überrollte Henriette, als sie in der Droschke saß. Die Arzneiflasche in der Hand presste sie so fest zusammen, wie sie konnte, doch das braune Glas hielt stand.

Theodor Altmüller hatte sie dreist angelogen. Warum? Warum log er sie und auch Josefine an? Sollte sie ihm dankbar sein, weil er die Abtreibung vertuschte? Vielleicht, aber ein vorgetäuschter Suizidversucht machte die Lage für Magdale nicht besser. Und Schwester Elisabeth steckte mit ihm unter einer Decke, deswegen war sie so angespannt gewesen. Was für ein Interesse hatte Altmüller daran, Magdales Abtreibung zu vertuschen?

Hatte sie ihn um Hilfe gebeten? Das könnte eine Erklärung sein. Aber warum weihte er sie dann nicht ein? Glaubte er, sie stünde nicht auf der Seite ihrer Haushälterin? Und was war mit dem Suizidversuch? Wieder dachte sie, dass Magdale viel zu fröhlich und lebensfroh war, als dass sie so was tun würde. Da Altmüller eine Abtreibung vertuschte, war er sicher auch dazu imstande, einen Suizidversuch vorzutäuschen. Ja, das unterstellte sie ihm!

Und diese Therese, die musste sie auch noch in die Mangel nehmen, denn sicher wusste die auch noch mehr.

Fast hätte sie vergessen, dem Kutscher Geld für die Heimfahrt zu geben. Er war sichtlich irritiert über ihre Launen, aber ihre Wut stieg noch höher, als sie einen Mann vor ihrem Gartentor stehen sah. Offensichtlich hatte er auf sie gewartet.

Er lüftete den runden Hut. »Grüß Gott. Ich bin Kriminalkommissär Schmidt. Frau Haag?«

»Ja, das bin ich.«

»Ich war gestern bereits zwei Mal hier, konnte Sie aber nicht antreffen, nur ein paar Handwerker. Ich habe einen Brief hinterlassen, hat man Ihnen den nicht gegeben?«

»Doch natürlich. Aber Sie sind ja zur angegebenen Zeit nicht erschienen, und warten konnte ich leider nicht. Wo ist Ihr Pferd?«

»Ich bin mit der Straßenbahn gekommen.«

»Aha. Wollen Sie hereinkommen?«

Er verbeugte sich zustimmend, öffnete das Gartentor und ließ Henriette vorangehen, durch grauen Staub, Putzsplitter und Schutthaufen.

»Das war sozusagen höhere Gewalt, gnädige Frau. Die Kriminalpolizei erfährt gerade grundlegende Umstrukturierungen, was konkret bedeutet, es geht drunter und drüber, man findet schon mal eine Akte nicht und sucht ständig seine Mitarbeiter, die für Tätigkeiten abkommandiert werden, über die ich als Vorgesetzter nicht informiert wurde.« Er stieß gegen eine herumliegende Latte.

»Ja, bei mir sieht es nicht anders aus«, sagte Henriette mit sarkastischem Tonfall.

Vor der Haustür suchte sie nach einem Platz, um die Yamswurzel-Tinktur abzustellen, damit sie den Schlüssel aus der Handtasche herausholen konnte. Schmidt bemerkte es und bot an, sie ihr abzunehmen. Henriette wurde rot, erschrak über ihre Reaktion und merkte, wie ihr auch noch der Schweiß aus allen Poren ausbrach.

Wie alt mochte der Mann sein? 40 oder jünger? Sein ebenmäßiges Gesicht war schwer zu deuten. Er hatte strahlend blaue Augen, dichtes blondes Haar und sah viel zu gut aus für einen Kriminalkommissär.

Henriette drückte ihm die Flasche in die Hand, sollte er doch lesen, was darin war, und fand endlich den Schlüssel. Als die Tür aufsprang, ließ er sie vorangehen und sie wusste, dass er aus einem anderen Grund viel zu gut aussah: Er war ihr Feind.

Kurz überlegte sie, wohin sie ihn führen sollte, sie hatte kein eigenes kleines Reich wie Josefine, ihre Gäste hatte sie sonst im Esszimmer empfangen, aber dort hatten die Handwerker Bleirohre abgelegt, im Wohnzimmer stand immer noch die neue Badewanne, und so entschied sie sich für die Küche. Sie hätte mit ihm in Richards Arbeitszimmer gehen können, aber dort war sie lange nicht mehr gewesen, und wer wusste, welche Erinnerungen auf sie einströmen würden.

Henriette nahm ihm den Hut ab, hängte ihn auf, wies auf den Eingang zur Küche und bat ihn, vorauszugehen. Vor dem Garderobenspiegel zog sie ihre Handschuhe aus und legte ihren eigenen Hut ab.

Das Reich der Frauen, der Nahrung, Versorgung und – der Erinnerung an die Kindheit könnte Schmidt ungefährlich werden lassen.

Sie bot ihm einen Stuhl an, selbst blieb sie stehen, musterte die Yamswurzel-Tinktur, die er auf den Tisch gestellt hatte, und fragte ihn, ob er ein Glas Wasser trinken wolle. Er lehnte ab, also füllte sie nur ein Glas für sich.

»Wie lange ist Magdalene Bauer schon bei Ihnen in Diensten?« Er drehte den Stuhl seitlich neben den Tisch, schlug die Beine übereinander, und sie sah seine Stiefelspitze auf und ab wippen. Vergnügt und gemütlich, als würde er sich überaus wohlfühlen.

»15 Jahre.«

»Zufrieden?«

»Ja, ich bin sehr zufrieden mit ihr.«

»Sie waren verreist? Wie lange waren Sie weg?«

»Acht Monate. Ich war zwei Monate in Wien, zwei in Indien bei meinem ältesten Sohn, ja und die Reise kommt natürlich auch noch dazu.«

»Und Ihre Haushälterin war die ganze Zeit allein hier?«

»Nein, sie war noch zwei Wochen nach meiner Abreise hier, um alles in Ordnung zu bringen, danach war sie bei ihrer Mutter. Ich konnte sie nicht allein hier im Haus lassen, und es gab ja nichts zu tun. Sie kam dann vor vier Wochen zurück, um alles für meine Ankunft vorzubereiten und wegen der Handwerker.«

Er nickte. »Sie war also die letzten vier Wochen allein im Haus?«

»Ja, allerdings sind wir, also mein verstorbener Mann und ich … Also ich bin mit der Nachbarin befreundet. Sie hatte ein Auge auf Magdale.«

»Kannten Sie Willy Zemp?«

»Nein.«

»Demnach wussten Sie auch nicht, dass die beiden sich verlobt hatten?«

»Es ist mir ein Rätsel, wie das gegangen sein soll.«

»Meinen Nachforschungen zufolge kannten sie sich seit einem Jahr. Eine schnelle Eroberung, wie mir scheint, denn der Schweizer kam erst Ende August letzten Jahres in Stuttgart an.«

»Davon habe ich nichts gewusst. Allerdings war ich in dieser Zeit auch sehr beschäftigt, mein Mann verstarb.«

»Das ist mir bekannt. Mein Beileid, Frau Haag.«

Henriette ignorierte das. »Wann haben sich die beiden verlobt?«

»Offenbar kurz vor Magdales Abreise im November.« Er sah sie aufmerksam an. Augen wie ein Maihimmel.

Henriette stieß einen unwilligen Laut aus. »Das kann doch keine richtige Feier gewesen sein. Sind Sie sich sicher, dass Magdale nicht nur gesagt hat, sie sei verlobt, weil sie mit ihm ausgegangen ist?«

»Ihrem Ruf hätte sie damit keinen Gefallen getan, meinen Sie nicht? Außerdem hat Willy Zemp sie sogar an Ostern bei ihrer Mutter besucht.«

»Ostern? Dann wissen Sie ja schon, dass Magdale bei ihrer Mutter war und nicht in meinem Haus.«

»Ja, ich muss die üblichen Fragen stellen.« Er lächelte. »Die Mutter war ganz angetan von dem jungen Mann. Sind Sie sicher, dass Sie ihn nie hier gesehen haben?«

»Ja, absolut.«

»Aber Sie kennen ihn doch nicht.«

Henriette nahm einen Schluck Wasser, bevor sie antwortete. »Ich habe den Toten in der Quergasse gesehen.«

»Sie waren dort?« Die Stiefelspitze zuckte alarmiert.

»Ja, ein Zufall. Ich begleitete meine Nachbarin bei einer Erledigung. Das muss der Wachtmeister notiert haben, sie hat sich mit ihm unterhalten. Felise Eberle.«

»Aha. In der Querstraße?«

»Werde ich jetzt wegen irgendetwas verdächtigt, oder warum muss ich Auskunft darüber geben, was ich getan habe? Der Mord ist ja wohl einige Zeit davor verübt worden.«

»Das stimmt. Die Leichenstarre war noch nicht sehr weit fortgeschritten, daher können wir annehmen, dass er zwischen sieben und neun Uhr am Dienstagabend erschlagen wurde.«

»Zu der Zeit saß ich in der Eisenbahn von Hamburg nach Stuttgart.«

Er stand auf und stellte den Stuhl an den Tisch. Anscheinend war er sich seiner Sache sicher. »Kann ich einen Blick in Magdales Zimmer werfen?«

»Bitte.«

Sie ging voran, zwei Stockwerke hinauf zur Dachkammer.

Er schien den ganzen Raum auszufüllen, als er sich umsah, die Bettdecke anhob, das Leintuch wegzog und die dreiteilige Matratze betastete. Alle Bezüge hatten mehrere braune Flecken in der Mitte.

»Warum haben Sie sauber gemacht?«

»Ich wusste ja nicht, dass Magdale des Mordes verdächtigt wird. Außerdem verstehe ich nicht, was das Bett damit zu tun hat.«

»Sie hat immerhin versucht, sich der Justiz zu entziehen«, sagte er so beiläufig, als würde er über das Wetter sprechen. »Wo ist es passiert?«

»Ich weiß es nicht, alles war voller Blut, die Bettdecke lag auf dem Boden.«

»Ein Messer? Eine Rasierklinge?«

Henriette schüttelte den Kopf. Ihr Nacken fühlte sich steif an. Sie starrte auf die Kaminklappe. Wenn die Handwerker nicht hereingekommen wären, wäre Magdale verblutet.

Schmidt trat ans Fenster und sah zur Dachgaube hinaus. Als er sich umdrehte, hatte er eine Stange mit einem Haken am Ende in der Hand und musterte die Spitze eingehend, dann sah er zur Decke und fand die Luke zum

Dachboden, die damit geöffnet werden konnte. Er stellte die Stange weg. Sie war weder spitz genug noch mit Blut verschmiert, höchstens rostig.

Er ging geschmeidig auf die Knie und sah unter das Bettgestell, im Aufstehen sagte er: »Der Dielenboden hat eine Menge Ritze und Spalten, man muss also annehmen, dass sie eine Rasierklinge verwendet hat, sie fallen ließ, und die hier irgendwo verschwunden ist. Ich denke, es lohnt sich nicht, danach zu suchen. Wir werden sie befragen, sobald sie ansprechbar ist. Waren Sie heute in der Ottilien-Anstalt?«

»Nein, noch nicht.«

»Ich bin verwundert darüber, dass Magdale in einer Privatklinik gepflegt wird, davor in einem Privatzimmer. Das sind doch erstaunliche Ausgaben für eine Dienstmagd.«

»Doktor Altmüller ist ein Freund, für ihn ist das eine Selbstverständlichkeit.«

»Für Sie nicht?«

Henriette sah ihn verwirrt an. »Doch, natürlich. Ich meine, ich nehme die freundliche Geste gerne an.«

»Aber selbst hätten Sie es nicht veranlasst?«

»Wenn Magdale die bestmögliche Pflege erhalten kann, soll sie sie auch bekommen.«

»Pflege für eine Mörderin.« Er stand ein bisschen zu nah vor ihr, und sie roch sein Rasierwasser. Henriette trat einen Schritt zurück.

»Ich gehe davon aus, dass sie keine ist!«

»Warum sollte sie sich dann umbringen wollen?«

»Das weiß ich nicht. Vielleicht war sie unglücklich, hatte Streit … sie ist ein lebhaftes junges Ding.«

»Ja, sie hatte tatsächlich Streit.«

Henriette hielt die Luft an und wartete gespannt, was folgen würde. Aber Schmidt ging an ihr vorbei und stapfte die Treppe hinunter bis zur Haustür. Im Vorbeigehen nahm er seinen Hut vom Garderobenhaken und behielt ihn in der Hand.

»Ade, Frau Haag, vielen Dank.«

»Hatte sie mit Willy Streit?«

Er sah sie erstaunt an. »Mit wem sonst?«

»Ich weiß nicht. War es er?«

»Ja. Ihre Nachbarin von gegenüber hat beobachtet, dass er am Dienstagabend eine ganze Zeit lang vor dem Haus gewartet hat. Magdale kam um fünf Uhr heraus und – so wörtlich Ihre Nachbarin: Es gab eine ordentliche Schreierei. Streitend gingen sie dann zur Straßenbahnhaltestelle.«

»Frau Mayer ist stocktaub.«

»Dann muss das Gezanke laut genug gewesen sein. Außerdem wurde sie danach in der Hirschgasse mit blutigen Händen gesehen. Das ist ja nicht weit vom Tatort entfernt.« Er setzte den Hut auf und wollte gehen.

»Warten Sie. Es kann doch sein, dass sie in der Stadt schon versucht hat, sich was anzutun.«

»Möglich. Aber letztlich spielt das keine Rolle mehr.«

»Der Schneider war ein Raufbold«, sagte Henriette schnell. »Er kann mit allen möglichen Leuten Streit gehabt haben. Auch danach noch, nachdem er mit Magdale zusammen war.«

»Es tut mir leid, Frau Haag, es spricht nicht viel dafür, beziehungsweise die Fakten sprechen gegen Magdale. Außer Sie können mir eine andere verdächtige Person nennen. Können Sie das?«

Henriette zögerte. »Nein.«

»Falls Ihnen noch jemand in den Sinn kommt, melden Sie sich bitte bei mir.«

Kriminalkommissäre, dachte sie ihm hinterhersehend, ließen sich von Küchen nicht beeindrucken. Aber das mochte auch daran liegen, dass er nichts zu verbergen hatte, und wenn das Unbewusste nicht im Spiel war, konnte man es offenbar auch nicht nutzen. Ob Freud das gewusst hätte?

Was für ein dummer Gedanke. Henriette strich sich über die Stirn. Magdale war ernstlich in Gefahr.

So schnell sie konnte, steckte sie ihren Hut fest, holte sich ein Stück Wurst aus der Speis und machte sich auf den Weg zur Gerokstraße, wo sie auch gleich eine Droschke fand.

»Ottilien-Anstalt, aber schnell!«, rief sie dem Kutscher zu.

OTTILIEN-ANSTALT

Der Kutscher trieb das Pferd tatsächlich an, und kaum hatte Henriette die Wurst gekaut und hinuntergeschluckt, hielt die Droschke vor dem Jungendstilportal der Ottilien-Anstalt.

Sie erwartete die gleichen Komplikationen wie im Karl-Olga-Krankenhaus, aber die erste Schwester, die sie antraf, führte sie anstandslos in Magdales Krankenzimmer.

Die junge Haushälterin lag mit verbundenen Handgelenken auf dem Rücken, doch diesmal nicht reglos, sondern unruhig, ihre Augenlider flatterten, und sie murmelte etwas.

Henriette war sofort bei ihr, legte ihr die Hand auf die Schulter. »Magdale. Magdale. Wach auf. Ich bin es.«

Die blonden Haare der jungen Frau waren in Zöpfe geflochten worden, aber jetzt lösten sich einige Strähnen, weil sie sich den Kopf rieb.

»Es tut so weh«, murmelte sie, noch immer mit geschlossenen Augen.

Henriette nahm ein Glas Wasser vom Nachttisch und hielt es ihr an die Lippen. »Trink, vorsichtig. Trink, das tut dir gut.«

Magdale schluckte, hustete und griff nach Henriettes Hand, in der sie das Glas hielt. Wasser schwappte heraus und klatschte Magdale ins Gesicht. Sie schüttelte sich, schlug die Augen auf.

»Gnädige Frau«, sagte sie erstaunt und mit schwacher Stimme. Dann rutschte ihr Blick irgendwohin in die Ferne.

»Mir ist gar nicht wohl.« Sie schloss die Augen.

»Magdale!« Henriette holte ein Taschentuch aus ihrer Handtasche und wischte ihr das Gesicht trocken. »Arme Magdale. Bald geht es dir wieder besser.«

Unverständliche Worte. Magdale hob die Hand und schien nach etwas zu suchen.

»Ist es weg?« Tränen quollen unter ihren geschlossenen Lidern hervor.

»Ja, es ist weg. Alles wird gut werden. Ruh dich aus.« Henriette streichelte ihre Hand.

Die Tür ging auf, flog gegen die Wand. Theodor Altmüller schoss herein und schob Henriette unwirsch beiseite. »Gehen Sie bitte hinaus.«

»Sie hat gesprochen. Es geht ihr besser. Und sie schien mir auch recht klar.«

»Schwester Elisabeth«, rief er mit donnernder Stimme, sein dickes Gesicht war rot angelaufen.

Magdale versuchte, sich im Bett aufzusetzen, sie wehrte sich gegen Altmüller, der sie an den Schultern hinunter drückte.

»Ich muss doch … die gnädige Frau … bitte.«

»Schwester Elisabeth«, brüllte er wieder und merkte nicht, dass sie schon neben ihm stand, in der Hand eine Schale, darin eine aufgezogene Spritze.

Altmüllers breiter Rücken und die Tracht der Schwester versperrten Henriette die Sicht, trotzdem war klar, was geschah. Als er sich aufrichtete, nahm Schwester Elisabeth die leere Spritze entgegen. Magdales Augenlider flatterten, sie murmelte noch etwas, dann lag sie still.

Henriettes Herz schlug schnell in ihrer viel zu engen Brust. Erst als sie sprach, merkte sie, dass sie die Luft angehalten hatte, ein heiserer Ton kam hervor.

»Aber … sie … warum tun Sie das? Sie war doch schon ganz klar.«

Altmüller fuhr herum, winkte mit einer schnellen Geste Schwester Elisabeth hinaus, sodass Henriette dachte, er würde nach ihr schlagen. Sie zuckte zurück. Er bemerkte es, und sein Gesicht entspannte sich.

Als die Schwester die Tür leise geschlossen hatte, strich er sich den weißen Kittel über dem runden Bauch glatt und sah Henriette sorgenvoll an.

»Es tut mir wirklich sehr leid, liebe Frau Haag, dass Sie das mitbekommen mussten. Die Schrei- und Redeanfälle von solchen Patienten sind erschütternd. Aber das legt sich nach einer Weile, dann wird sie ganz fügsam sein, Sie werden sehen.«

»Aber sie hat mit mir geredet. Sie hat sich erholt. Man hätte doch mit ihr sprechen können.«

»Leider war das nur der Anfang eines Anfalls. Zum Glück konnten wir noch rechtzeitig verhindern, dass sie sich hineinsteigert und hysterisch wird. Wenn das geschieht, ist es sehr schwer, sie zu bändigen. Meist müssen wir dann zu unschönen Methoden greifen, das möchte ich Magdale so lange es geht ersparen.«

Henriette suchte nach Worten, sie merkte, dass sie die Finger ineinander verkrampfte.

»Könnte man nicht versuchen, behutsam mit ihr zu sprechen?«

»Nein, das kann man nicht.« Seine Geduld war verschwunden, er sah sie finster an. »Frau Haag, Ihnen ist anscheinend nicht klar, wie ernst die Lage ist. Aber das will ich Ihnen verzeihen, Sie können nichts davon verstehen.«

Henriette sah zu Magdale, die schrecklich blass und klein in dem großen weißen Bett lag.

»Sie haben die Station im Karl-Olga-Krankenhaus gesehen, und ich kann Ihnen versichern, die Zustände dort waren nichts im Vergleich zu dem, was Magdale droht, wenn sie ins Vollzugskrankenhaus gebracht wird.«

»Wie soll es denn jetzt weitergehen?«

Altmüller ging zur Tür. »Wir müssen abwarten. Im Moment kann man noch gar nichts sagen. Wenn die akute Phase abgeklungen ist, könnte man es mit Wasseranwendungen versuchen oder einer Diät.«

»Aber es ist doch nicht sicher, dass sie verrückt ist.«

»Wie ich schon sagte, liebe Frau Haag, man kann nur abwarten. Gehen Sie nach Hause, Sie bekommen Bescheid, sobald sich etwas ändert. Magdale ist hier in der besten Pflege.«

»Aber …«

»Zweifeln Sie daran?«

»Ich bin Ihnen dankbar für alles, was Sie für Magdale tun.«

Er nickte zufrieden, sein schwammiges Gesicht entspannte sich, und die Röte verblasste, er schob sie am Ellenbogen zur Tür, langsam gingen sie nebeneinander den Flur entlang.

»Wir sehen uns doch sicher morgen bei der Feier vom *Verein zur Förderung der schönen Künste*?«

»Ich weiß noch nicht, ob ich hingehen werde, mir ist gerade nicht nach großer Gesellschaft.«

»Aber sicher müssen Sie das. Sie waren so lange verreist, da ist es wichtig, dass Sie wieder Fuß fassen in Stuttgart. Die Gesellschaft erwartet das von Ihnen. Sie sind eine hoch angesehene Witwe, da ist es wichtig, dass Sie Ihren Platz finden, andernfalls könnten Ihre Nerven erneut zerrüttet werden, das müssen Sie bedenken. Ich will den Teufel nicht an die Wand malen, aber Sie waren nach dem Tod Ihres Mannes in keiner guten Verfassung, und es ist wichtig, dass Sie Ihr Leben in ruhige Bahnen lenken und eine leichte Tätigkeit finden. An was haben Sie denn gedacht?«

Henriette gab keine Antwort. All die Erwartungen der Gesellschaft, die sie befürchtet hatte und die ganze Zeit verdrängen wollte, strömten auf sie ein.

»Haben Sie darüber nachgedacht, sich von dem Wünsch malen zu lassen?«, fragte er.

»Nein, um Gotteswillen, warum sollte ich das tun?«

»Sie haben nicht in letzter Zeit mit ihm gesprochen?«

»Neulich, bei Felise Eberle. Sie sitzt ihm Modell.«

»Wann war das?«

»Am Tag nach meiner Ankunft, am Donnerstag.«

»Gestern also und danach nicht mehr?«

»Doktor Altmüller, ich will mich wirklich nicht porträtieren lassen. Ich glaube nicht, dass das schicklich wäre, mein Mann ist noch nicht einmal ein Jahr tot. Wie würde das aussehen?«

»Er ist sehr beliebt bei den Damen, Sie würden sich wohlfühlen und hätten eine Beschäftigung.«

»Ich bin beschäftigt, sehr sogar. Aber danke für den gut gemeinten Vorschlag.« Sie stützte sich mit der Hand an einem Türrahmen ab. Was glaubte die Stuttgarter Gesellschaft noch, das sie tun sollte?

Altmüller beugte sich ein wenig zu ihr. »Ich sehe, es geht Ihnen gar nicht gut. Kommen Sie doch kurz mit, ich gebe Ihnen etwas.« Schon eilte er voran in sein Behandlungszimmer, schloss einen Medikamentenschrank auf und holte eine braune Flasche heraus. »Das sind Beruhigungstropfen, sie helfen Ihnen, ins Gleichgewicht zu kommen. Beginnen Sie mit fünf Tropfen, und wenn Sie sie gut vertragen, können Sie auf zehn steigern. Aber nicht mehrmals am Tag. Nehmen Sie sie mit Bedacht, denn es könnte sich eine Abhängigkeit entwickeln.«

Er streckte ihr die Flasche entgegen.

Sie wollte sie nicht nehmen, sie wollte schreien, ich brauche keine Tropfen, keine Beruhigung, nur Magdale, dann habe ich die Ruhe und Ordnung, die mir fehlt.

»Danke.« Nur weg. Warum fühlte sie sich in Altmüllers Gegenwart immer krank?

Als sie den Vorplatz der Ottilien-Anstalt erreicht hatte und in die Droschke stieg, schlug ihr Herz, als wäre sie gerannt. Hoffentlich hatte Altmüller nicht beobachtet, wie sie gegen die Schwingtür gelaufen war und kaum den Weg an der Krankenschwester vorbeigefunden hatte, die ihr mit einem Tablett entgegengekommen war.

»Wohin?«, fragte der Kutscher.

»Nach Hause. Wagenburgstraße.«

Ins Polster gelehnt schloss sie die Augen.

Ist es weg?, hatte Magdale gefragt. Henriette hatte keine Zweifel mehr.

EHEKRACH

Ruhe und Ordnung, Henriette wünschte sich nichts mehr als das. Und ein Mittagessen. Noch nie war ihr so bewusst gewesen, wie oft man am Tag essen musste und wie viel Aufwand damit verbunden war. Anna hatte zwar ihr Bett gemacht und das Geschirr abgewaschen, aber alles andere, was Magdale sonst noch erledigte, blieb ungetan, das Kochen zum Beispiel. Als Henriette an die getrocknete Wurst in der Speis dachte, stieg Übelkeit in ihr auf.

In der Wagenburgstraße angekommen, ging sie sofort zu Felises Haus.

Therese öffnete. Ihre gestärkte Schürze blitzte weiß und frisch, ihr Gesicht dagegen war matt, unter den Augen lagen dunkle Schatten. Sie hob kaum den Kopf und vermied es, Henriette in die Augen zu sehen.

»Grüß Gott, Therese, wie geht es dir?«

Zur Antwort knickste sie nur und murmelte, dass die Herrschaften beim Essen seien, und ging voraus, um sie anzumelden. Freudig wurde Henriette begrüßt und Therese angewiesen, ein weiteres Gedeck aufzulegen und noch mehr Brot zu bringen.

Als das Hausmädchen gegangen war, sagte Henriette: »Sie sieht aus, als wäre sie krank. Verquollene Augen und aufgedunsenes Gesicht.«

»Sie heult ja auch die ganze Zeit. Immer ist was mit ihr. Schrecklich«, sagte Felise.

»Bekomme ich Sie endlich auch zu Gesicht. Ganz

schön viel los bei Ihnen«, sagte Georg, ohne seine Frau zu beachten.

Felise sah ihn böse an.

Sie hatten gut aussehende Männer geheiratet und damals, in der Verlobungszeit noch geglaubt, es würde keine wesentlichen Unterschiede zwischen ihnen geben, aber mit den Jahren waren sie deutlich geworden. Richard war schlaksig geblieben, aber sehr mager geworden, dadurch hatte er älter ausgesehen, als er war. Ich bin eben früh zerknittert, hatte er scherzhaft gesagt. Theodor war inzwischen dick und stiernackig, Georg dagegen schien gar nicht zu altern. Sein Gesicht wirkte rosig und frisch, das Jungenhafte an ihm verschwand nicht, obwohl er nur noch wenige graue Haare besaß und eine Brille trug.

»Heute habe ich einen kleinen Artikel über Ihren Fall in der Zeitung gebracht. Haben Sie ihn schon gelesen?«, fragte er.

»Meinen *Fall*? Was gibt es da zu schreiben, um Gottes willen?«

»Keine Sorge, es werden keine Namen erwähnt. Nur dass ein Schweizer erschlagen in der Querstraße gefunden wurde. Die Waffe, eine Eisenstange, lag neben ihm. Das sieht nach einer Tat im Affekt aus, wie sie eher von Frauen ausgeführt wird, schon deswegen, weil die Tat in einer so belebten Straße begangen wurde. Männer planen da mehr.«

»Sind das die Ermittlungen der Polizei?« Henriette war fassungslos.

»Das sind meine eigenen Schlussfolgerungen«, sagte er stolz.

»Mit Frauen kennst du dich ja aus«, sagte Felise spitz.

Georg lächelte breit. »Hab ich doch ein besonders gefühlvolles Exemplar zu Hause.«

»Wie schön, dass du dich daran erinnerst, dass du eine Frau hast«, sagte Felise.

Sie schob Henriette eine Schüssel mit grünem Salat hin, damit sie sich bedienen konnte. Es war das einzige Gericht, das auf dem Tisch stand. Dazu gab es Milch.

»Haben Sie weitere Informationen von Kriminalkommissär Schmidt?« Henriettes Herz hämmerte.

»Leider wird Magdale schwer belastet. Es gibt zwei Personen, die gesehen haben, dass sie mit dem Schweizer gestritten hat. Frau ...«

»Ich weiß, Frau Mayer, aber die ist doch stocktaub. Es könnte doch auch ein aufgeregtes Gespräch gewesen sein.«

Georg zuckte mit den Schultern und sprach weiter: »Unsere Therese hat es auch gehört.«

»Therese? Also dann weiß sie doch mehr! Was hat sie gesagt?«

»Sie weiß gar nichts, sie heult nur herum«, sagte Felise. »Meine Nerven machen das nicht mehr lange mit. Wenn das nicht besser wird, werf ich sie raus, obwohl es immer schwer ist, jemand zu finden.«

Henriette wäre am liebsten sofort aufgestanden, aber sie zwang sich, ein paar Salatblätter aufzuspießen, doch als Georg die nächste Information ausbreitete, legte sie das Besteck auf den Teller.

»Am schwersten belastet wird Magdale, weil sie mit blutigen Händen gesehen wurde.«

»Von wem? Wissen Sie, von wem?« Hoffentlich hatte die Apothekerfrau nicht geredet.

»Nein, die Polizei nennt natürlich keine Namen.

Schrecklich, was Sie da gerade durchmachen müssen.« Georg sah sie mitfühlend an.

»Und es gibt keine anderen Verdächtigen? Der Schneider war doch ein Raufbold. Wurde nichts von einem Dragoner gesagt?«

Georg sah sie aufmerksam an. »Dragoner? Was haben Sie für einen Verdacht?«

Henriette knüllte die Serviette in ihrem Schoß. Zu gerne hätte sie über ihre Vermutung gesprochen, aber nicht mit einem Zeitungsmann, dessen ganzes Gesicht leuchtete.

In diesem Moment kam Therese herein und brachte ein paar Scheiben Brot in einem Körbchen.

»Das hat aber lange gedauert. Reiß dich endlich zusammen, so kann man doch nicht schaffen«, schnauzte Felise sie an.

Tränen stiegen in Thereses Augen, sie nickte und wischte mit der Faust unter der Nase vorbei.

»Heulst du wegen dem Willy?«, fragte Henriette schnell, bevor sie wieder hinausging.

Das Mädchen zog die Schultern hoch, sagte aber nichts.

»Wieso das denn?«, fuhr Felise sie an. »Was geht dich der an?«

Jetzt liefen die Tränen über Thereses Wangen.

»Hast du gehört, wegen was sie gestritten haben?«, fragte Henriette.

»Nein, glaub nicht.«

»Was denkst du denn, um was es ging?«

Therese sah zu Felise, dann zu Georg.

»Raus mit der Sprache!«, sagte Georg freundlich. »Du hast nichts zu befürchten.«

»Er hat mit ihr Schluss gemacht«, sagte Therese leise.

»So ein Unsinn«, sagte Felise.

»Dann hat er von dem Dragoner gewusst?«, frage Henriette.

»Ich weiß nichts von einem Dragoner«, sagte Therese, dann schluchzte sie auf. »Es ist doch nicht meine Schuld. Ich wusste ja nicht, dass sie so was tut.«

»Was tut?«, fragte Henriette scharf.

»Dass sie ihn totschlägt.« Therese heulte und hielt sich die Schürze vors Gesicht.

»Du erzählst hoffentlich nicht herum, dass Magdale ihn umgebracht hat, das ist nämlich gar nicht sicher.«

Therese hörte auf zu heulen. »Sie wollt sich selber richten, das sagt doch, dass sie …«

Henriette schnappte nach Luft. »Sie hat sich nicht selber gerichtet!«

»Aber …«

»Nur weil du auf sie eifersüchtig bist, darfst du nicht solche Gerüchte in Umlauf bringen«, sagte Henriette streng.

»Eifersüchtig, wieso eifersüchtig?« Felise sah alarmiert aus.

Georg verstand schneller. »Hast du ein Auge auf den Kerl geworfen gehabt?«

Thereses Gesicht wurde rot.

»Du hast doch nicht mit ihm rumgemacht?«, fragte Felise.

Georg lachte.

»Das ist gar nicht witzig. Was lachst du jetzt?«

Georg lachte weiter. »Ein richtiges Drama, zwei Hausmädchen buhlen um einen armen Schneider. Wieso sucht ihr euch nicht eine bessere Partie?«

»Was hast du am Dienstagabend gemacht?«, fragte Henriette.

Georg hörte auf zu lachen und sah sie erstaunt an. »Du meinst … unsere Therese?«

»Gar nichts meint sie!«, rief Felise. »Dazu gibt es gar keinen Anlass. Therese, ab in die Küche.«

»Warte, warte«, sagte Georg. »Ich will jetzt auch wissen, was sie gemacht hat.«

»Das ist nichts für deine Zeitung, das geht dich gar nichts an. Therese, raus.« Felise regte sich immer mehr auf.

Das Mädchen ging ein paar Schritte rückwärts und sah Felise flehentlich an.

»Weißt *du* etwa Bescheid?«, fragte Georg seine Frau.

»Ja, kann sein, dass ich Bescheid weiß. Wie wäre es, wenn du mir sagst, wo *du* am Dienstagabend warst?«

»Wieso ich?«

»Weil du gesagt hast, du fährst zu deiner Mutter, aber da warst du gar nicht.« Felise sah in triumphierend an. »Also?«

»Du warst bei meiner Mutter? Aber warum?«

»Das fragst du noch? Du hast mich angelogen.«

»Moment, Moment. Was hast du zu meiner Mutter gesagt?«

»Gar nichts, ich hab getan, als hätte ich Sehnsucht nach ihr gehabt.«

Georg lachte. »Das wird sie dir geglaubt haben.«

»Hör endlich auf zu lachen. Da ist gar nicht witzig. Du merkst nicht einmal, dass ich eine ganze Nacht weg bin, weil du lieber auf dem Sofa in deinem Arbeitszimmer schläfst, so weit ist es mit uns gekommen.« Sie schluchzte auf.

»Du jammerst doch immer, dass ich schnarche.«

Henriette stand auf. »Ich muss jetzt gehen, danke für

das Essen.« Die beiden beachteten sie gar nicht. Die Blicke ineinander gebohrt saßen sie sich am Tisch gegenüber.

Henriette winkte Therese aus dem Esszimmer und schloss leise die Tür. Drinnen wurden die Stimmen der beiden wieder laut.

»Ihr wart also in Nürtingen? Wann seid ihr losgefahren?«

Therese trocknete sich das Gesicht. Sie wirkte erleichtert und überlegte.

»Ich weiß nicht. Ich hab der gnädigen Frau die Haare gefärbt und danach sind wir los. Es war noch nicht dunkel.«

»Sie färbt die Haare?«

Therese hielt sich die Hand vor den Mund.

»Ist gut, ist gut, ich sage ihr nicht, dass du es verraten hast. Und dann wart ihr die ganze Nacht in Nürtingen?«

Therese nickte. »Ich will nicht, dass rauskommt, dass ich mit Willy … ich mein, jetzt wo er tot ist.«

»Siehst du, jetzt denkst du auch an deinen Ruf. Und das Gleiche musst du bei Magdale machen. Es ist nicht gut, wenn man Sachen rumschwätzt.«

»Aber Magdale ist doch unanständig.«

»Warum? Warum sagst du das? Was hat sie gemacht?«

»Ich weiß nicht. Aber der Willy hat sich immer über sie aufgeregt, weil sie keine Zeit für ihn hatte, und ich war ihr ja auch nimmer wichtig.«

»Und da hast du gedacht, du kannst dir den armen Schlucker angeln.«

»Willy hat eine neue Stelle in Aussicht gehabt, er hätte sich verbessert.«

Henriette schüttelte den Kopf. Was für ein Einfaltspinsel Therese doch war.

»Doch. Dann hätte er besser verdient, und man müsste sich gar nicht wegen ihm schämen.«

Georg kam aus dem Esszimmer, Felise hinter ihm her.

»Du bleibst hier! Du rennst *jetzt* nicht davon!«, schrie sie.

Georg wandte sich halb zu ihr um, hob beschwichtigend die Hand und über die Schulter sagte er: »Therese, geh in die Küche. Es ist alles in Ordnung.«

Das Mädchen eilte davon, und Georg setzte ziemlich schnell seinen Hut auf, sah noch einmal hilflos zu seiner wütenden Frau, dann zu Henriette.

»Würden Sie sich um Felise kümmern? Ich muss jetzt wirklich los.«

»Kümmere *du* dich endlich einmal um mich. Es wird allerhöchste Zeit.« Felises Gesicht war voller Wut und Verzweiflung, sie lief auf Henriette zu, als würde sie Beistand bei ihr suchen.

Als Georg gegangen war, bat sie Henriette, noch einen Moment zu bleiben. Im Wohnzimmer setzte sie sich auf das Sofa und wischte ein paar wütende Tränen mit dem Taschentuch weg.

»Und der hat mich auch im Stich gelassen.« Sie zeigte auf das halb fertige Porträt. »Ohne ein Wort der Entschuldigung ist er weggeblieben.«

»Vielleicht hat *der Wünsch* ja einen Auftrag von Altmüller angenommen«, sagte Henriette und wusste im gleichen Moment, dass das kein guter Einwand gewesen war. Felises Gesicht verfinsterte sich auch sofort.

»Was muss Josefine mir jetzt den Wünsch abspenstig machen? Das gibts doch nicht!«

»Mir fiel nur ein, dass Altmüller dich nach ihm gefragt hat. Mich übrigens auch. Aber das muss ja nichts bedeuten.«

»Der Wünsch ist einfach unzuverlässig, das hat Frau Dörtenbach auch gesagt, weißt du, die Gattin vom Bankier. Im Grunde ist er doch nur ein Kulissenmaler, der sich wichtig macht. Ach, was für ein schrecklicher Tag.«

»Es tut mir leid, dass ich deine Therese verdächtigt habe.«

»Seid ihr eigentlich *alle* gegen mich?«

»Ich bin doch nicht gegen dich. Ich will Magdale retten, da muss ich einfach alles bedenken.«

Felise klappte träge mit den Augendeckeln. »Wenn sie ein Verbrechen begangen hat, was willst du da machen?«

»Sie war es nicht, ich kann es nur noch nicht beweisen.«

Felise hob müde die Hand. »Überlasse das doch der Polizei. Du kommst noch ganz herunter. Du musst auf dich achten. Sorgen lassen dich ruck, zuck alt aussehen.«

»Mein Aussehen ist gerade meine geringste Sorge.«

»Aber morgen ist die Feier im *Verein zur Förderung der schönen Künste*, und ganz Stuttgart wird da sein, der Oberbürgermeister, die ganzen Minister. Man muss eine gute Figur machen, egal, was passiert ist.«

»Oh Gott, diese Feier!«

»Du denkst gerade nur an Magdale statt an dich. Wenn das Drama die Runde macht, dann hast du es schwer. Wer wird dich noch einladen?«

»Dein Mann trägt immerhin mit dazu bei, dass die Geschichte in Umlauf kommt, und deine Therese mit ihrem Getratsche.« Henriette stand auf.

»Er macht nur seine Arbeit. Was ist denn in dich gefahren?«

»Nichts. Ist schon gut. Entschuldige. Ich habe einfach keine Nerven mehr.«

»Das denke ich auch. Am besten legst du dich ein Stündchen hin. Und hier, ich zeige dir einen Trick.«

Sie griff nach einer Schachtel auf dem Tischchen neben dem Sofa, nahm einen Rolle Heftpflaster heraus und sah sich suchend um. »Ach, kannst du mir mal die Schere da reichen. Da auf dem Büffet. Danke.«

Sie schnitt ein fingerlanges Stück ab, spannte mit Daumen und Zeigefinger die Haut an ihrer Schläfe und drückte das Pflaster fest.

»Zehn Minuten drauflassen. Am besten macht man es eine halbe Stunde, bevor man ausgeht, noch besser jeden Tag zwei Mal. Die Falten verschwinden, und es kostet nicht mal etwas.«

Henriette sah sie entgeistert an. »Du bist doch so hübsch, du hast das doch gar nicht nötig.«

»Das ist lieb von dir, aber abends bei elektrischem Licht sieht man diese Krähenfüße, und solange ich etwas dagegen tun kann … und ich muss mir abgewöhnen, immer solche Grimassen zu schneiden.«

»Du bist einfach lebendig. Hör nicht auf damit.«

»Das können sich die jungen Dinger vielleicht erlauben, ich kann mir das nicht mehr leisten. Du legst dich doch hin?«

Henriette nickte und beschloss, ihr nichts davon zu sagen, was sie wirklich vorhatte.

SCHWESTER ELISABETHS GEHEIMNIS

LEOPOLDS OHREN WURDEN noch ein bisschen röter, als er Henriette erblickte.

»Grüß Gott, Mama!« Er sprang von seinem Stuhl auf und eilte ihr zwischen fünf, sechs anderen Schreibtischen, an denen junge Männer mit Schnurrbärten saßen und sie neugierig ansahen, durch den Schreibsaal entgegen.

»Ist etwas passiert?«, flüsterte er.

»Hast du schon Mittagspause gemacht?«, fragte sie.

Er sah zur Uhr an der Wand, es war kurz vor eins. »In fünf Minuten habe ich Zeit für dich. Geht es dir gut? Willst du dich hinsetzen?«

»Mit mir ist alles in Ordnung. Ich brauche deine Hilfe wegen einer … bürokratischen Angelegenheit.«

Die Verwirrung in seinem Gesicht wurde immer größer, er strich sich durch das blonde Haar. »Soll ich meinen Vorgesetzten rufen?«

»Nein! Um Gottes willen nicht«, zischte sie. »Ich warte, bis die Herren gegangen sind.«

»Willst du nicht schon vorausgehen und in einem Gasthaus warten?«

»Wie gesagt, eine bürokratische Angelegenheit, die lässt sich am besten hier erledigen.«

Henriette nickte Leopolds Kollegen freundlich zu, die eifrig die Aktendeckel zuklappten und ihre Ärmelschoner abstreiften. Einer nach dem anderen verneigte sich höflich, als er an ihr vorbei ging, und setzte danach den Hut auf. Zwei Minuten vor eins war der Schreibsaal leer.

»Es kommen wohl nicht oft Frauen hierher?«, fragte Henriette.

»Mütter kommen nicht so oft hierher.« Leopold sah sie an, als würde ihm jetzt erst klar, dass seine Mutter eine Frau war. »Außerdem guckst du gerade wie ein Feldwebel vor der Schlacht.«

Sie lachte auf. »So fühle ich mich auch. Also, du hast doch einen Fernsprecher?« Suchend sah sie umher, fand aber an den Wänden nur Regale und Aktenschränke, bis sie schließlich einen Tischapparat entdeckte und darauf zusteuerte.

»Warte, Mama, das ist der Schreibtisch meines Vorgesetzten.«

»Der ist doch jetzt auch beim Mittag, oder?«

Leopold sah zur Tür. »Ich denke schon.«

»Also dann schnell. Lass dich mit der Ottilien-Anstalt verbinden und finde heraus, wie Schwester Elisabeth mit Nachnamen heißt.«

»Schwester Elisabeth?«

»Ja, sie ist brünett und etwa 20 Jahre alt, falls sie nachfragen.«

Er kratzte sich am Kopf. »Mama …«

»Jetzt mach schon, lass dir etwas einfallen, etwas Statistisches. Ich erkläre dir später, um was es geht. Jetzt haben wir keine Zeit dazu, nicht dass deine Kollegen zurückkommen.«

Er sah noch einmal zur Tür, nahm dann den Hörer ab und drehte an der kleinen Kurbel, die seitlich an dem schlichten Holzkasten angebracht war, einen Moment später räusperte er sich und sprach freundlich mit dem

Fräulein von der Vermittlung. Er nickte Henriette zu, anscheinend wurde in der Anstalt das Gespräch entgegengenommen.

»Grüß Gott, Max Mayer von der städtischen Aufsicht. Wir haben hier eine Liste ihrer krankenversicherten Mitarbeiter vorliegen. Leider ist sie an einer Stelle nicht leserlich ausgefüllt. Können Sie mir bitte den Nachnamen von Schwester Elisabeth nennen?«

Er wartete, trommelte mit den Fingern auf der Tischplatte.

»Krebs. Danke. Und es gibt keine Verwechslung mit einer zweiten Person? Nur eine Elisabeth? Gut. Danke. Auf Wiederhören.«

Henriette lachte. »Max Mayer? Städtische Aufsicht?«

»Hoffen wir, dass die Telefonbeamtin nicht mitgehört hat.«

»Das hast du fein gemacht. Jetzt der zweite Schritt.«

»Noch ein Telefonat?«

Henriette zögerte einen Moment. »Keine Ahnung. Streng deine Fantasie an. Was kannst du über Elisabeth Krebs herausfinden?«

»Ja was willst du denn wissen? Wer ist das überhaupt?«

»Das erkläre ich dir später. Ich brauche eine heikle Information. Irgendetwas, womit ich sie erpressen kann.«

»Mama!«

»Jeder hat Dreck am Stecken. Was könnte ihre Schwachstelle sein?«

»Also wirklich …« Leopold protestierte, aber sie sah an seinem Gesichtsausdruck, wie es bereits in seinem Kopf arbeitete. Sicher suchte er in Gedanken eine Liste ab, die er durchsehen konnte.

»Ein Bruder, der im Gefängnis sitzt, eine Krankheit,

finanzielle Schwierigkeiten, irgendwas muss es geben«, sagte Henriette. »Ich setze mich ins Restaurant Königshof in der Königstraße und warte dort auf dich.«

»Ich habe aber erst um sechs Feierabend.«

»So lange kann ich natürlich nicht warten. Es ist dringend, Leopold, sehr dringend, es geht um Leben und Tod.«

Viel Auswahl hätte man nicht mehr, die Küche würde gleich schließen und es gäbe nur noch Sauerbraten mit Klößen, verkündete ein verdrießlicher Kellner mit langer schwarzer Schürze über der Weste.

Henriette war egal, was man ihr vorsetzte, Hauptsache es war viel und warm. Anschließend bestellte sie noch Kuchen und eine Tasse Kaffee. Erstaunlicherweise schlug ihr das, was sie vorhatte, nicht auf den Magen, sie konnte alles aufessen. Sie deutete das als Zeichen, dass ihr Unbewusstes ihre Pläne billigte, und wenn auch das staatliche Recht nicht auf ihrer Seite war, dann war es doch Doktor Freud. Er hatte es zwar nie so gesagt, aber sie fand, sie musste auf ihr Gefühl hören. Denn Gefühle waren für Freud der Schlüssel zu allen Handlungen, also musste sie danach gehen, was ihre Intuition ihr eingab.

Und als Leopold mit glühenden Ohren angerannt kam, wurde sie in ihrem Entschluss bestätigt.

Er rutschte nur halb auf den Stuhl ihr gegenüber und begann hastig zu berichten.

»Ich habe nicht viel Zeit, ich muss sofort zurück. Sie hat ein uneheliches Kind, das lebt bei einer Pflegefamilie in Hof zwischen Echterdingen und Plattenhardt, sie heißen Sauer, Fritz und Martha Sauer. Es ist ein Mädchen, zwei Jahre alt und heißt Elisabeth wie sie. Vater unbekannt. Entbunden hat sie …«

»Sehr gut. Es reicht. Das ist perfekt. Willst du ein Stück Kuchen?«

»Nein, ich muss zurück.« Er nahm ihre Kaffeetasse und trank sie leer. »Mama, du machst mir Sorgen.«

»Nein, nein. Lauf nur ins Büro. Das hast du sehr gut gemacht, mein Junge.«

Leopold gab ihr einen Kuss auf die Wange. »Heute Abend schau ich bei dir vorbei.« Dann sauste er davon.

Henriette winkte dem Kellner.

Ein halbe Stunde später hielt die Droschke vor der Ottilien-Anstalt.

»Soll ich warten?«, fragte der Kutscher.

»Nein danke.« Sie reichte ihm die 1 Mark und 95 Pfennige, die der Taxameter anzeigte.

»Wenn Sie nicht zurückfahren, macht das noch eine Mark.«

Das Pferd stampfte und schüttelte sich.

»Seit wann denn das? Rechnen Sie es jetzt wie die Kraftdroschken?«

Er rückte an seinem Mützenschirm und entgegnete nichts, Henriette gab ihm das Geld. Als er weggefahren war, tat es ihr leid, dass sie so geizig gedacht hatte, die motorbetriebenen Droschken machten dem Mann Konkurrenz, immer mehr Leute wollten modern kutschiert werden. Sie ging ein paar Schritte durch die gepflegte Gartenanlage um die Villa herum. Noch nie hatte sie sich so viele Gedanken um das Leben der Menschen gemacht, die sie bedienten, allmählich entwickelte sie sich wirklich zur Sozialistin. Und das alles wegen Magdale.

Henriette schaute sich die Villa genau an, die Erker, die Fenster, und als sie um die Ecke bog, sah sie, was sie gesucht hatte. Eine Veranda im ersten Stock, wo auch Magdales Zimmer lag.

Sie hielt die Luft an und ging mit schnellen Schritten zum Eingang, nahm schnappend einen winzigen Atemzug und eilte die Treppe hinauf. Sie wollte einen Schwächeanfall simulieren, und ein bisschen echter Schwindel würde dabei helfen, überzeugend zu wirken, doch als sie Kriminalkommissär Schmidt auf dem Treppenabsatz in die Arme lief, taumelte sie tatsächlich. Er fasste sofort nach ihrem Arm, fragte sie etwas, aber der Duft, der von ihm ausströmte, gab ihr den Rest. Ihre Knie gaben nach. Er stützte sie, und das machte alles noch schlimmer. Seine Hand auf ihrer Hüfte und er so nah neben ihr, halb hinter ihr. Überall. Sie gab sich einen Ruck und machte sich von ihm los.

»Es geht schon. Danke.«

Er sah sie besorgt an. Mit diesen frischen blauen Augen. Und bestimmt bemerkte er, wie rot sie im Gesicht war.

»Ich begleite Sie«, sagte er und ging neben ihr her die Stufen hinauf.

Allein für den Moment dieser Begegnung wünschte sie sich die Ruhe einer Analysestunde herbei. Was hatte diese gewaltige Erregung in ihr ausgelöst? Ihr schlechtes Gewissen? Die fliegende Hitze? Sein Geruch?

»Gibt es Neuigkeiten?«, fragte sie mit pochendem Herzen. Angst war es nicht.

»Was Ihre Haushälterin betrifft, leider nicht. Sie ist immer noch nicht ansprechbar, und ich habe mich kurz mit Doktor Altmüller beraten, wie man weiter mit ihr verfahren soll. Der Untersuchungsrichter will spätestens am Montag prüfen, ob sie transportfähig ist.«

»Natürlich ist sie nicht transportfähig! Er wird doch nichts anderes feststellen?«

Sie erreichten die Tür zu Magdales Krankenzimmer, wo er einer der Schwestern ein Zeichen gab, das diese anscheinend sofort verstand. Sie nickte und eilte davon.

Henriette drückte die Klinke hinunter, aber die Tür ging nicht auf.

»Ich kann im Moment keinen Schutzmann zur Bewachung bekommen, deswegen diese Vorsichtsmaßnahme.«

»Sie schließen sie ein?«

»Da man nicht weiß, wann sie zu sich kommt, und Fluchtgefahr besteht, müssen wir das tun. Deswegen soll sie auch ins Vollzugskrankenhaus verlegt werden.« Er sagte es mit viel Bedauern in Blick und Tonfall. Eigentlich keine Situation, um charmant zu sein. Überhaupt hatten Polizeibeamte nicht den Ruf eleganter Umgangsformen.

Henriette runzelte die Stirn, glättete sie aber sofort wieder, weil ihr Felise einfiel. Sie musste vorsichtiger sein. Auch wenn er schön war und sehr höflich zu ihr, so war er doch der Kommissär und setzte seine Mittel vielleicht mit viel mehr Absicht ein, als man im ersten Moment glauben wollte. *Sie* glauben wollte. *Wollte* sie sich geschmeichelt fühlen? Sie bräuchte zwei Analysestunden!

Schwester Elisabeth rannte herbei und schloss die Tür auf.

Magdale lag auf der Seite zusammengekauert, die Knie angewinkelt und die Decke so weit über Schultern und Kopf hochgezogen, dass man nur ein paar feine blonde Haarsträhnen auf dem Kissen sehen konnte. Sie wirkten wie zarte Hilferufe auf Henriette, und endlich konnte sie sich zusammenreißen.

»Schließen Sie denn einen anderen Täter völlig aus? Ist

eine Frau überhaupt in der Lage, so fest zuzuschlagen, dass einer zu Tode kommt?«

»Ihre Haushälterin ist eine junge Frau, die es gewohnt ist, schwere Arbeit zu leisten. Sie hat durchaus genug Kraft, eine Eisenstange aufzuheben, und den Rest erledigt dann der Schwung, der durch die entsprechende Wut entsteht.«

»Oder Angst.«

»Oder Angst«, bestätigte er.

»Sie könnte sich bedroht gefühlt haben, dann wäre es Notwehr, nicht wahr?«

»Deswegen müssen wir mit ihr sprechen.«

»Und Schwester Elisabeth bewacht sie solange.«

Schmidt lächelte. »Sie hat die Aufgabe, die Tür verschlossen zu halten, mehr kann man im Moment nicht tun.«

»Ja, mehr kann man im Moment nicht tun«, sagte Henriette und lächelte zurück.

Sie verließen das Zimmer, und Schwester Elisabeth sperrte die Tür zu. Schmidt machte mit einer Handbewegung deutlich, dass er Henriette hinausbegleiten wollte, doch sie bedankte sich.

»Lassen Sie sich nicht aufhalten, Sie haben sicher viel zu tun.«

»Ich gebe Ihnen Bescheid, sobald der Untersuchungsrichter eine Entscheidung getroffen hat«, sagte er und verabschiedete sich.

Henriette sah ihm nach und fand, er hatte einen dynamischen, jugendlichen Gang, der doch kraftvoll und bodenständig wirkte, und kurz schoss ihr die Frage durch den Kopf, ob das etwas über seinen Charakter aussagte und wie sich dies auf seine Ermittlungsarbeit auswirken mochte, doch dann wandte sie sich Schwester Elisabeth zu. Einen Schwächeanfall konnte sie jetzt nicht mehr simulieren, dazu fühlte sie sich viel zu lebendig, und so bat sie die Schwester ohne Umschweife, mit ihr auf die Veranda zu kommen.

»Schließen Sie bitte die Tür«, sagte Henriette und trat an die gemauerte Balustrade. Von hier hatte man einen schönen Blick über den Garten und den Hang hinab bis in den Talkessel, wo die Altstadt lag.

Schwester Elisabeth sah sie unsicher an. Sie war wirklich ein hübsches junges Ding mit braunem Lockenhaar unter der Haube, langen Wimpern und einer guten Figur. Keine schwindsüchtige Magerkeit und auch keine bäuerliche Plumpheit.

»Ich bin sehr zufrieden damit, wie Sie sich um meine Haushälterin kümmern.«

Das Gesicht entspannte sich ein wenig.

»Lange sind Sie noch nicht bei Doktor Altmüller beschäftigt, stimmt das?«

»Ich war ein Jahr im Karl-Olga-Krankenhaus und jetzt …«

»Hat er Sie befördert. Kann man das so sagen? Sind die Bedingungen hier besser für Sie?«

»Die Bezahlung ist besser, und man hat nicht so viele Patienten zu betreuen.«

»Er ist wohl auch sehr zufrieden mit Ihnen.«

»Ich glaube schon, gnädige Frau.«

»Ja, das denke ich auch. Sonst hätte er Sie ja nicht hier her geholt, nicht wahr? Ein richtiges Glück für Sie. So eine Arbeitsstelle muss man schon wertschätzen.«

In Schwester Elisabeths Gesicht erschien wieder ein wachsamer Ausdruck.

»Besonders wenn man sich um ein Kind zu sorgen hat, nicht wahr?«, fuhr Henriette fort.

Die Schwester umklammerte ihre Unterarme.

»Ich will Ihnen keine Schwierigkeiten machen, denn Sie tragen viel Verantwortung, und es ist sicher schwer, wenn man seine Tochter nicht jeden Tag um sich hat.«

»Ich verstehe nicht, was Sie wollen. Ich mache meine Arbeit wie alle anderen Schwestern auch. Es gibt nie Ärger.«

Henriette hob die Hand. »Sie machen alles genau richtig. Ich dachte mir nur, ob Sie sich vielleicht freuen würden, wenn Ihre kleine Elisabeth bei einer Pflegemutter in Stuttgart untergebracht werden könnte und es dadurch möglich wäre, sie öfter zu sehen?«

»Das hab ich schon versucht, aber es gibt wenig Stellen und die sind teuer. Jetzt bezahle ich zwölf Mark, in Stuttgart kostet es 20.«

»Ich könnte mich für Sie einsetzen, da ich einen Verein kenne, der ein Unterstützungsprogramm für ledige Mütter ins Leben gerufen hat.«

»Das wäre furchtbar nett von Ihnen, gnädige Frau.« Sie sah immer noch misstrauisch aus, aber darunter schimmerte so viel Dankbarkeit aus ihren Augen, dass Henriette jetzt erst richtig klar wurde, was die junge Frau durchmachen musste. Die Schande, das Verstecken, die ständige Sorge, die Belastung. Und die Liebe zu ihrem Kind.

»Woher wissen Sie das eigentlich von mir?«, fragte Schwester Elisabeth.

Henriette winkte ab. »Kein Tratsch, Sie müssen keine Angst haben, dass es herauskommt. Es waren ein paar Zufälle, dass ich davon erfahren habe.«

»Sie sind so freundlich, gnädige Frau. Das kann ich ja gar nicht gut machen.«

»Das müssen Sie auch nicht, aber Sie können mir einen kleinen Gefallen tun.«

»Ach so. Natürlich hat es einen Preis«, sagte sie bitter. »Was brauchen Sie?«

»Nein, nein, ich brauche kein Medikament. Eher weniger Medikamente.« Henriette trat einen Schritt näher zu ihr. »Richten Sie es so ein, dass Magdale keine Spritze bekommt und dann …«

»Aber das geht nicht!«

»Niemand muss es erfahren. Sie sagen mir Bescheid, sobald sie wach ist, ich will nur mit ihr sprechen.«

Schwester Elisabeth rührte sich nicht, starrte Henriette an.

»Überlegen Sie doch, Sie kann keine Mörderin sein, weil sie nach dem Eingriff gar nicht in der Lage war, eine Eisenstange zu schwingen.«

»Aber Doktor Altmüller sagt, es war …«

»Ich weiß, dass eine Abtreibung vorgenommen wurde.«

Schwester Elisabeth nickte. »Es ist ein schweres Verbrechen«, sagte sie leise.

»Und sicher haben Sie sich damals diesen Weg auch überlegt. Abgewogen. Die Gefahr, erwischt zu werden oder daran zu sterben gegen die gesellschaftliche Ächtung und die Unsicherheit, wie das Leben weitergeht. Wird man jemals heiraten und als anständige Frau gelten? So ist es doch?«

Sie schluckte. »Es ist eine sehr schwere Entscheidung.«

»Gut möglich, dass sie für die Abtreibung bestraft werden muss, aber ganz sicher nicht für einen Mord.«

»Sie kann es davor gemacht haben.«

»Wie wahrscheinlich ist das? Wenn Sie auf dem Weg sind, Ihr Kind töten zu lassen? In welcher Verfassung ist man da wohl?«

Schwester Elisabeth sah eine ganze Weile in die Ferne, dann nickte sie.

»Wenn ich heute Abend die Spritze weglasse, wird sie nach einer Weile mit Ihnen sprechen können. Wir müssen aber warten, bis die Nachtwache beginnt und es ruhig in der Anstalt ist. Kommen Sie um elf Uhr, ohne Droschke, damit keiner Sie hört. Warten Sie am Eingang, ich hole Sie dort ab.«

»Danke. Sie tun das Richtige.« Henriette fühlte sich nicht nur lebendig, als sie nach Hause fuhr, sie fühlte sich geradezu beschwingt.

DIE TRIEBE

Geehrter Doktor Freud,

die Unordnung in meinem Haus war mir heute zum ersten Mal egal, ich habe mich mitten hineingesetzt ins Esszimmer, um mich herum Kisten mit Wasserhähnen und emaillierten Toilettenzügen an Ketten, und versucht, meine Gedanken zu ordnen.

Die mir zugedachte Witwenrolle sieht nicht vor, dass ich mich um etwas anderes kümmere als um Wohltätigkeit. Richard hat hier und da gestiftet, so ist er zu seinem Titel Kommerzienrat gekommen. (Man muss sich diesen verdienen, indem man mehrfach größere Spendengelder locker macht.) Ich habe alles geerbt, das Haus, den Titel und die Verpflichtung, sich hier und dort bei einer Wohltätigkeitsveranstaltung sehen zu lassen. Ohne Wohltätigkeit gäbe es keine Fürsorge für Arme, Kranke, Bedürftige. Sie wird gebraucht. Man erwartet, dass ich in seinem Namen die Wohltätigkeiten weiterführe.

Aber ich will mich nicht in diese gesellschaftlichen Zwänge begeben!

Niemals hat mich jemand gefragt, was ich will. Man gehorcht als Tochter aus gutem Hause, man gehorcht als Ehefrau und Mutter, man gehorcht als Witwe. Erst dem Vater, dann dem Gatten, nun der Gesellschaft. Eine fest gefügte Ordnung, die Halt gibt, eine Richtung weist, wie das Leben zu verlaufen hat, und garantiert, dass man geachtet und respektiert wird. Was will eine Frau mehr?

Und doch spüre ich Evas Ungehorsam in mir. Ich will den Apfel pflücken. Die Strafen habe ich schon erlitten: den monatlichen Fluch, die Schmerzen bei der Geburt der Kinder und nun die fliegende Hitze.

Meine Gedanken geraten auf Abwege. Doktor Freud, ich weiß, dass Sie mich mit einem freundlichen Räuspern dazu auffordern würden, genau an dieser Stelle weiterzusprechen, nichts zu kontrollieren, frei zu assoziieren, denn nur so kann man der Spur des Unbewussten folgen und an den Ursprung allen Wollens gelangen. Die Triebe.

In der Bibel heißt es, sie aßen den Apfel vom Baum der Erkenntnis. Sie unterschieden von da an Gut und Böse, aber sie erkannten auch einander. Man hat uns nicht gesagt, dass es der Sex war, den sie entdeckten. In meiner Jugend ist die Sexualität etwas Nicht-Existentes gewesen. Und doch hat sie uns alle überfallen. Unbenannt. Und ohne dass es uns jemand sagte, wussten wir, dass es verbotenes Terrain war. Wie muss uns das Zucken von Mundwinkeln erzogen haben!

Der sexuelle Trieb ist der Anfang von allem, die Libido. Und sie schwappt jetzt über mich. Magdales leidenschaftliches Lieben erinnert mich daran, was auch in mir angelegt ist, aber nicht zum Vorschein kam.

Adam von Dahlwig – mein Ehemann. Zwei Welten. Stürmisch – still. Der eine – der andere. Und ich war jeweils genauso, erst das eine, dann das andere.

Wie viele Eigenschaften schlummern noch in mir? Welche bricht jetzt hervor?

Im Moment will ich nur herausfinden, in welche Verstrickungen Magdale geraten ist. Ich weiß wohl, dass die Bibel nicht diese Art von Erkenntnis meint. Sie haben sich nie gescheut, Anstößiges oder Abstoßendes anzuse-

hen, haben kein Urteil, keine Bewertung darüber geäußert und so aufgedeckt, dass all das, was man sonst nur Kranken zugesprochen hat, in jedem von uns in gewissen Ausmaßen auch vorhanden ist. Alles, was wir schamhaft verbergen vor der Welt, dem ist nur indirekt auf die Schliche zu kommen. Das Unbewusste, das habe ich von Ihnen gelernt, wird vom alltäglichen Denken zensiert, deswegen muss es auf Umwegen seinen Weg suchen, sich kenntlich zu machen. Das Leibliche, höchst unordentlich, mögen wir nicht mit unseren geistigen Ansprüchen an uns selbst in Einklang bringen. Wie soll man der Leiblichkeit beikommen? Der Sexualität? Dem, was doch Sünde ist?

Sie sagen, wir müssen uns dem Primitiven in uns zuwenden, den allertiefsten Vorgängen.

Das werde ich tun. Ich werde weiterforschen, was sich in mir verbirgt. Was hervorkommen will, gekleidet in Erinnerungen an Adam von Dahlwig (mein Adam – ist das nicht ein psychoanalytischer Witz?) und Magdales Dragoner.

Ihre treue
Henriette Haag

P.S. Kriminalkommissär Schmidt ist der Einzige, der mich nicht mit dem Titel meines Mannes anspricht, und es hat mir außerordentlich gefallen.

DAS ARBEITSZIMMER

Sie hatte gerade den Füllfederhalter zugeschraubt, da klingelte es. Schnell faltete sie den Brief zusammen und schob ihn zu den anderen in die Ledermappe auf dem Esszimmertisch. Sie erwartete, Leopold zu sehen, doch es war ein Junge, der ihr einen Briefumschlag und einen Strauß roter Nelken entgegenhielt, als sie die Tür öffnete. Sie gab ihm ein Trinkgeld und brachte mit klopfendem Herzen den Strauß in die Küche, wo sie ihn in eine Vase stellte. Dann erst schlitzte sie den Umschlag auf.

Sofort erkannte sie Leopolds akkurate Handschrift. Er könne nicht wie versprochen vorbeikommen, weil es Probleme gäbe wegen des morgigen Verkaufsstarts zum Hochzeitsjubiläum des Königspaars. Er müsse sich um tausenderlei Dinge kümmern, aber sie bekäme die ersten Nelken zur Entschuldigung.

So ging das nicht weiter. Sie warf den Brief auf den Tisch und marschierte zu Richards Arbeitszimmer, kurz zögerte sie, als sie die Klinke in der Hand hielt, aber dann stieß sie die Tür auf. Hiermit musste sie sich beschäftigen und nicht an Adam von Dahlwig denken oder glauben, Kriminalkommissär Schmidt würde ihr Blumen schicken.

Magdale hatte geputzt, das fiel ihr sofort auf. Die Schreibtischplatte am Fenster glänzte leer und weit. Ein paar wenige Bücher standen im Regal: ein Stadtplan von Stuttgart, *Der vollständige Hausdoktor* von Dr. M. Lange und ein Kochbuch. Als sie den Schrank aufschloss, lag außer einem Kalenderbuch für das letzte Jahr nichts darin.

Sie zog die Schubladen des Schreibtischs auf und fand darin nur Papier, Umschläge, Stifte und Radiergummis.

Eine Weile presste sie die Handflächen auf die Holzplatte und starrte zum Fenster hinaus. Holzbalken, Steine, Tapetenreste, Bleirohre – alles, was im Obergeschoss herausgeschlagen worden war, lag in ihrem Vorgarten. Der Rhododendron blühte unerschütterlich über dem Schutt wie Blumen über einem Grabhügel. Draußen lag ein Teil des Hauses, wie sie es mit Richard gebaut hatte. Hier drin war nichts mehr Persönliches von ihm, nichts mehr vom Tee-Import-Geschäft.

Du sollst durch nichts belastet sein, hatte er zu ihr gesagt, als seine Herzbeschwerden schlimmer wurden. Hatte das Geschäft Hans überschrieben, den Prokuristen Becker instruiert und sämtliche Aufgaben, die sie übernommen gehabt hatte, an andere übergeben. Alles, was ihr Leben ausgemacht hatte, war nach und nach, aber doch stetig verschwunden. Charlotte ging zum Studieren nach Tübingen, Hans reiste mit seiner Frau nach Indien, Leopold zog zu seinen Freunden. Viel zu beschäftigt war sie mit der Krankenpflege gewesen, um zu verstehen, was ihr Mann gemeint hatte, als er sagte, sie solle durch nichts belastet werden. Wie viel Wut unter der Trauer verborgen lag, entdeckte sie erst bei Doktor Freud. Wut, weil er ging und mit ihm der Sinn in ihrem Leben.

Sie schlug mit den Händen auf die Schreibtischplatte.

Also gut, dann begann jetzt etwas Neues!

Sie kippte im Esszimmer die Wasserhähne und Toilettenzüge auf den Teppich und nahm die leere Kiste mit ins Schlafzimmer. Dort stapelte sie die Bücher hinein, die sie auf Richards Bettseite abgelegt hatte, und brachte sie in das Arbeitszimmer. Sie suchte alle Briefe und Rechnungen zusammen und ordnete sie auf dem Schreibtisch. Die Briefe an Doktor Freud legte sie in der Ledermappe in den Schrank. Zum Schluss stellte sie noch die Vase mit den roten Nelken auf das Fenstersims.

Alles beginnt mit dem Lieben, hatte Doktor Freud gesagt, danach findet sich auch das Arbeiten.

Es war Zeit, zu Magdale zu gehen.

MAGDALE

Magdale sass mit angezogenen Beinen im Bett, zupfte an den Bandagen an ihren Handgelenken und sah Henriette mit aufgerissenen Augen entgegen. Sie war immer noch blass, doch jetzt schoss ihr die Röte ins Gesicht.

»Was müssen Sie jetzt von mir denken, gnädige Frau? Ich hab doch keinen Ärger machen wollen. Es tut mir so leid. Schmeißen Sie mich jetzt raus?« Sie drehte aufgeregt an ihren blonden Zöpfen, die sich immer mehr auflösten.

»Nein. Ich mache den ganzen Aufwand doch nicht, um dich danach rauszuwerfen.«

»Aufwand? Ja, das Zimmer kostet bestimmt ein Heidengeld. Ich werd's Ihnen zurückgeben. Ich versprech's.«

»Jetzt mach mal langsam.«

»Doch! Ich arbeit für umsonst. Ich würd ja gleich mitkommen, bestimmt haben Sie nichts zu essen. Wie kommen Sie denn zurecht ohne mich? Die Schwester sagt, ich darf noch nicht gehen. Mir geht's aber gut. Ganz bestimmt.«

Henriette musste lächeln. »Dein Mundwerk funktioniert schon ganz prima. Aber ein bisschen musst du noch hierbleiben und dich ausruhen.«

»Ich muss mich nicht ausruhen. Wirklich nicht, diese Spritzen machen mich ganz dusselig, ich schlaf ja bloß noch.«

»Tja, deswegen gibt er sie dir.«

»Aber warum?«

»Magdale, wir müssen uns ein bisschen unterhalten.«

»Unterhalten?« Sie zog die Decke, die hinuntergerutscht war, bis unter die Achseln und klammerte sich daran fest.

»Ja, ich muss wissen, was an dem Abend vorgefallen ist, bevor ich gekommen bin.«

»Am Abend? Ich hab gedacht, Sie wissen es längst.« Unwillkürlich fuhren beide Hände zu ihrem Bauch.

Henriette nickte. »Ich will aber, dass du mir alles erzählst.«

Magdale wandte den Blick ab. »Die Schande, die kommt bestimmt noch über mich. Wer weiß es noch? Wird schon über mich geschwätzt? Dann kann ich nicht bei Ihnen bleiben.«

»Was meinst du denn, über was wird geredet?«

Tränen stiegen in Magdales Augen. »Ich hab nicht gewusst, was ich machen soll. Ich hab's doch nicht kriegen können. Eine Seele hat's noch nicht gehabt, gell? Ich hoff's, weil sonst ...« Sie weinte, das Gesicht in den Händen verborgen. Die Bandagen rutschten hinunter, und Henriette sah, dass ihre Handgelenke unversehrt waren.

»Erzähl mir vom Willy und dem anderen Mann.« Henriette reichte ihr ein Taschentuch.

Magdale wischte sich die Augen, aber die Tränen quollen immer wieder hervor. »Das wissen Sie alles? Woher? Wer hat es Ihnen erzählt? Oh diese Schande.«

»Frau Pfund und Therese wissen, dass du dich verlobt hast.«

Die Tränen versiegten. »Die zwei dummen Schwatzbasen! Entschuldigung, aber das sind sie!«

»Wolltest du die Verlobung mit Willy geheim halten?«

»Nein. Mir war's ja schon ernst mit ihm.«

»Jetzt nicht mehr?«

Magdale schüttelte den Kopf und begann wieder zu weinen.

»Jetzt ist alles aus und beendet. Alles aus. Alles.«

»Was hast du denn beendet?«

»Ich hab ihn nicht mehr heiraten können. Er hätt's vielleicht sogar gemacht. Ich hätte ihm das Kind unterjubeln können. Aber ich hab ihn nicht mehr lieb gehabt. Oder vielleicht hab ich ihn nie lieb gehabt, aber das hab ich damals ja noch gar nicht gewusst, dass es auch ganz anders sein kann. Ach gnädige Frau, ich weiß, ich sollt so nicht reden. Aber ich hab's erlebt.« Ihre Stimme war ganz leise geworden. Flehentlich sah sie Henriette an.

»Erzähl es mir«, sagte Henriette sanft.

Magdale wischte sich die Augen. Ihr Gesicht war ganz fleckig. »Ich kann nicht aufhören zu heulen, es tut mir so leid. Alles tut mir so leid. Ich hab lauter Fehler gemacht. Ich bin ein schlechter Mensch. Meinen Sie, dass ich ein schlechter Mensch bin?«

Henriette stand vom Stuhl auf und setzte sich zu Magdale auf den Rand der Matratze. Sie nahm die Hand der jungen Frau und drückte sie ein wenig.

»Die Liebe ist eine große Macht. Mir scheint es, du hast das erfahren.«

Magdales Augen wurden groß, und noch mehr Tränen liefen über ihre Wangen. »Ich hab ihn lieb. Ja, ich hab ihn lieb. Aber ich kann nichts tun.«

»Du kannst mir alles erzählen, von Anfang an.«

Magdale schüttelte den Kopf. Jetzt war sie es, die Henriettes Hand umklammerte. »Es ist zu schlimm, was ich gemacht hab. Zu schlimm.«

»Wenn ich eines gelernt habe bei Doktor Freud, dann,

dass Reden hilft. Fang bei dem Willy an. Wann hast du ihn kennengelernt?«

Magdale strich sich das wirr gewordene blonde Haar aus der Stirn.

»Ach, der Willy. Ich weiß gar nicht mehr. Im Herbst. Es tut mir leid, gnädige Frau. Das war eine schreckliche Zeit, Ihr Mann war gestorben gewesen, und alles war so trüb und furchtbar im Haus.« Sie sah Henriette um Entschuldigung heischend an.

»Ich verstehe schon.«

»Willy ist lustig und hat mich eingeladen. Ein bissle arg stürmisch war er auch, und da hab ich gedacht, es ist besser, ich sag ihm, dass ich nicht so eine bin, auch wenn ich mit ihm ausgeh. Ich weiß ja, dass er sich gleich was dabei gedacht hat. Aber ich bin wirklich nicht so eine.« Sie zögerte, drehte das Taschentuch in den Händen zusammen. »Eigentlich bin ich nicht so eine. Damals nicht.«

»Und dann hat er dir einen Antrag gemacht, damit du weiter mit ihm ausgehst?«

Magdale nickte. »Ich hab gedacht, dass ich ja auch nicht mehr so jung bin. Andere haben sich ja mit 29 schon verheiratet, und ich bin froh gewesen, dass er mich gewollt hat.«

»Und dann hast du den anderen kennengelernt?«

Magdale streckte sich abwehrend. »Nein, so war's nicht. Ich mein, ich hab ihn schon kennengelernt, aber ich war nicht verliebt, nicht gleich. Ich fand ihn nett. Zuerst.« Sie sah in die Ferne. »Es war der Willy, der mich zu ihm geschickt hat. Er ist eigentlich selber schuld.«

»Der Willy hat dich hingeschickt? Aber warum?«

»Er hat sich ausgedacht gehabt, dass er eine Stelle kriegen könnt. Und ich sollt … das war nicht richtig von mir. Ich hätte das nicht machen sollen. Das ist doch nicht anständig, jemanden so zu belügen.« Wieder sah sie zur gegenüberliegenden Wand, als könnte sie darauf sehen, was damals geschehen war.

»Du hast Willy belogen?«

»Nein, ja, doch, den auch. Alle hab ich angelogen. Die ganze Zeit. Ich hab so getan, als wär zwischen dem Willy und mir alles wie immer, dabei war es das nicht mehr. Ich hab immer gesagt, wart noch, ich red mit ihm, ja, bald. Es war schrecklich. Dabei wollt ich nur …«

»Also war es nicht der Willy, den du so geliebt hast, sondern ein anderer?«

»Ja. Und ich lieb ihn immer noch. Ich werd nie damit aufhören, nie, nie. Auch wenn er gesagt hat, ich soll's. Ich kann nicht.«

»Ich versteh noch nicht ganz, was Willy von dem Mann wollte. Warum hat er dich hingeschickt?«

»Eine bessere Stelle. Er hat gedacht gehabt, er könnt ihm eine Stelle verschaffen. Er hat genug von der Flickerei gehabt. Er flickt nämlich nur Zeug, er ist kein richtiger Schneider.«

»Und du solltest den anderen Mann überreden, Willy eine besser Stelle zu verschaffen?«

Magdale nickte.

»Aber du hast es nicht gemacht, weil du dich verliebt hast?«

Sie nickte. »Ich hab gar nichts gesagt. Weil ich gar nicht mehr wollen hab, dass der Willy eine bessere Stellung kriegt und mehr Geld verdient. Denn dann hätte er ja wollen, dass wir heiraten. Und ich …«

»Haben die beiden Männer miteinander gestritten?«

Magdale sah sie erstaunt an. »Nein. Doch, ja. Ein Mal.«

»Wann war das? Am Mittwochabend?«

»Nein. *Ich* hab mit Willy gestritten. Ganz schlimm. Das war eine furchtbare Schreierei. Bestimmt hat's die halbe Nachbarschaft gehört. Ich hab versucht, ihn zu beruhigen.«

Henriette nickte. »Um was ging es?«

»Er stand plötzlich vor der Tür, vor Ihrem Haus, gnädige Frau. Dabei hab ich ihm immer gesagt, er darf nicht zu mir kommen. Er ist nie bei mir gewesen. Ich schwör's. So was hab ich nie gemacht.«

»Ist ja gut. Ich glaube dir. Und was wollte der Willy?«

»Das Gleiche wie immer. Warum ich noch nichts erreicht hab, wie lange er noch warten soll, dass er bald keine Geduld mehr hat.«

»Hat er dich bedroht?«

»Bedroht?«

»Geschlagen?«

»Ach so. Nein. *Ich* hab *ihn* geschlagen. Es hat mir einfach gereicht.«

»Du hast ihn geschlagen? Mit was?«

»Na mit der Hand, mit der Faust. Ich war so wütend. Ich war ja auf dem Weg zu … zu …«

»Zur Apothekerfrau.«

»Ja. Ich hab ganz andere Sorgen gehabt als seine Stelle.«

»Und wo hast du ihn geschlagen?«

»Wo? Auf die Brust, den Arm, ins Gesicht, wo ich ihn halt getroffen hab.«

»Ich meine, wo war das? Vor meinem Haus?«

»Nein, ich bin zur Straßenbahn gerannt und aufgesprungen, als grad eine kam. Er ist mir hinterher. Als ich dann ausgestiegen bin, ging die Schreierei wieder los. In der Straßenbahn hat er sich ein bissle beherrscht, dann nicht mehr. Ich bin so runter gewesen, ich hab ja nur an das Kind gedacht und was ich gleich mach. Ich hab sogar in der Straßenbahn überlegt, ob ich den Willy nicht doch heiraten soll, aber ich hab es mir nicht mehr vorstellen können.«

»Und in welcher Straße war das nun?«

»Ich weiß nicht mehr, in der Hirschstraße oder Breite Straße. Ich bin viel zu spät dran gewesen. Und da hat es mir gereicht, ich wollt ihn nicht mehr sehen und nicht mehr hören. Ich hab ihm gesagt, dass es aus ist, dass ich ihn nicht mehr lieb hab und auch nicht weiß, ob ich ihn je lieb gehabt hab.«

»Und dann? Was hat er gemacht?«

»Er hat sich so aufgeregt, dass er wieder geblutet hat. Dabei ging es ihm gar nicht um mich, nur um seine blöde Stelle am Hoftheater.«

»Er hat geblutet?«

Magdale fasste sich an die Augenbraue. »Ja, hier. Wegen der Schlägerei mit dem Dragoner.«

Henriettes Herz begann zu galoppieren. »Wie heißt der Dragoner?«

»Das weiß ich nicht. Irgendeiner hat sich ja immer aufgeregt, weil er so liederlich gearbeitet hat.«

»Willy hat Uniformen geflickt?«

»Ja. Hab ich das nicht erzählt?«

»Nein. Und daher hast du den Knopf?«

»Welcher Knopf?«

»Ich hab in deiner Teedose einen Silberknopf von einer Dragoneruniform gefunden.«

»Den hat er mal verloren gehabt, als wir zusammen spazieren waren. Er hat ihn in der Hosentasche gehabt, und er fiel raus. Sogar seine eigenen Hosentaschen haben

Löcher. Ich hab ihn damals für ihn eingesteckt und wollt ihn ihm geben, aber dann hab ich es vergessen.«

»Du kennst den Dragoner also gar nicht?«

»Nein.«

»Kennst du irgendeinen anderen Dragoner?«

»Nein. Was haben Sie denn dauernd mit den Soldaten?«

Henriette starrte sie an.

»Gnädige Frau?«

Sie reagierte nicht.

»Ist Ihnen nicht gut? Soll ich die Schwester rufen?«

Henriette fuhr sich über das Gesicht. »Nein. Es geht schon.« Sie stand auf und ging ein paar Schritte, überlegte. »Dann ist der Mann vom Hoftheater?«

»Nein. Also er arbeitet da manchmal, aber nicht immer.«

»Wie heißt er?«

»Das möchte ich lieber nicht sagen. Bitte.«

»Es ist aber wichtig.«

»Er ist bekannt, wissen Sie. Und es ist ja jetzt aus zwischen uns.« Sie begann wieder zu weinen.

»Mit dem ist es auch aus? Warum?«

»Ich bin halt nur ein Dienstmädle und gar nichts wert.«

»So gar nichts wert kannst du ihm nicht gewesen sein, denn er hat sich ja schon mit dir eingelassen.«

»Das sag ich mir auch immer. Vielleicht besinnt er sich noch. Er hat nämlich gesagt, dass er mich heiraten will. Er hat gesagt, ich sei schön.« Beschämt senkte sie den Kopf.

Henriette wurde ungeduldig, versuchte aber, sich zu beherrschen.

»Du bist schön, Magdale«, sagte sie sanft. »Warum sollte er dich nicht mehr wollen? Er wollte das Kind nicht, ist es das?«

»Ja, und mich auch nicht mehr. Er hat gesagt, ich müsste des verstehen, es gäb keine Zukunft für uns zusammen. Ich hab's nicht verstanden.«

»Wollte er, dass du beim Willy bleibst?«

»Ich hab ihm schon gleich am Anfang gesagt, mit dem Willy sei nichts. Da hab ich auch gelogen. Ich hab halt gedacht, dann ist es einfacher.«

»Also wie ist das überhaupt gegangen mit dieser Verkuppelei?«

Magdale schluchzte auf und begann wieder zu weinen.

»Das klingt so schlimm, wenn Sie das sagen, dann bin ich wirklich ein Stück Dreck.«

Henriette hob Magdales Kinn an.

»Du liebst mit deinem ganzen Herzen, das sehe ich, und dafür muss man sich nicht schämen. Es ist ein Geschenk, so lieben zu können.«

Magdale schluckte. »Sie denken nicht, dass es was Schlechtes ist?«

»Die Liebe? Nein. Weißt du, als ich jung war, da hat man den Mädchen gesagt, sie sollen auf ihre Eltern hören, die wüssten besser, welchen Mann sie heiraten sollen. Aber die Eltern können nicht in das Herz einer Tochter sehen und schon gar nicht in das des Mannes, den sie für sie aussuchen. Und bei Doktor Freud habe ich gelernt, dass es nicht gesund ist, wenn man die Leidenschaft in sich unterdrückt. Viele Krankheiten entstehen dadurch, die niemand haben müsste. Vor allem die Frauen nicht. Deswegen brauchst du dich nicht dafür zu schämen.«

»Dass Sie mal über Leidenschaft mit mir reden, hab ich auch nie erwartet.«

»Ich auch nicht. Aber es ist an der Zeit, den Prüderien die Stirn zu bieten.«

»Was?«

»Nichts. Egal. Erzähl mir, wie das mit dem Mann war.«

Magdale ordnete ihre Bettdecke, und ein feines Leuchten stieg in ihr Gesicht.

»Ich bin mit Therese im Kino gewesen, und anschließend sind wir noch ein bissle herumspaziert. Es ist am Sonntagnachmittag gewesen. Bei der Jubiläumssäule auf dem Schlossplatz. Wir haben zuerst gedacht, er malt die Säule ab, aber er hat dauernd zu uns hergeguckt, und nach einer Weile sind wir hingegangen und haben gefragt, ob er uns etwa gezeichnet hat.«

»Er ist Maler?«

»Er kann so schön malen. So schön seh ich in echt gar nicht aus. Es hat mich ganz verlegen gemacht, das zu sehen. Später hab ich mich daran gewöhnt gehabt. Aber ich find immer noch, dass ich nicht so schön bin, wie er es malt und zeichnet.«

»Du bist also für ihn Modell gesessen?«

Magdale wurde tief rot. »Das war eigentlich dem Willy seine Idee. Zuerst hat er sich aufgeregt, als er gesehen hat, dass wir mit ihm reden, und hat sofort verlangt, dass ich mitkomm. Ich hab mich nicht mal von ihm verabschieden können, so ein Geschrei hat er gemacht. Es ist einfach immer so peinlich mit ihm.«

»Verstehe ich das richtig? Weil der Maler auch am Hoftheater zu tun hat, wollte Willy, dass du ihn bezirzt?«

»Ja, damit was aus ihm wird. Kostümschneider. Und ich hätt ja dann auch was davon.«

»Und dann hast du dich verliebt?«

»Er ist so ganz anders als andere Männer. So hat mich noch nie einer behandelt. So höflich, als ob ich eine feine Dame wär. Respektvoll. So war noch nie jemand zu mir.

Ich bin sonst nur die Dienstmagd und niemand Wichtiges. Für ihn aber schon. Für ihn bin ich schön und … zumindest war ich es.«

»Was ist passiert?«

»Ich weiß es nicht.«

»Hat er das mit Willy rausgefunden?«

»Ich glaub nicht. Als ich ihm gesagt hab, dass ich guter Hoffnung bin, hat sich alles geändert. Er hat gleich wollen, dass ich es wegmache. Er hat auch die Adresse gewusst und mir das Geld gegeben. Bis zum Schluss hab ich geglaubt, er überlegt es sich noch mal. Ich hab doch gespürt, dass er mich liebt. Ich versteh's nicht. Plötzlich war er so anders, so abweisend.«

»Könnte es sein, dass er mit dem Willy gesprochen hat?«

»Er kennt ja nicht mal seinen Namen. Die haben sich nur an der Jubiläumssäule kurz gesehen. Danach nie. Ich hab ihm gesagt, dass das nur ein eifersüchtiger Bekannter gewesen ist, niemand Wichtiges.«

»Und der Willy, ist der vielleicht zu dem Maler gegangen?«

»Dann hätt er mich ja nicht so anschreien brauchen, wenn er selber schauen kann, dass er Kostümschneider wird.«

»Dann muss es danach passiert sein.«

»Was? Was ist passiert?«

Henriette zögerte. »Willy ist tot.«

»Was? Warum?«

»Jemand hat ihn mit einer Eisenstange erschlagen.«

Magdales Augen wurden riesig, ihr Mund stand offen.

»Nein.« Dann arbeitete es heftig in ihrem Gesicht. »Bin ich schuld? Bin ich schuld dran? Hab ich das auch noch auf dem Gewissen?« Sie wurde immer lauter und schrie, wie schlecht sie sei und wie verkommen und bezichtigte sich, schuld zu sein. Sie raufte sich die Haare und wollte aus dem Bett springen.

Schwester Elisabeth kam hereingestürzt. »Nicht so laut. Sie muss still sein.«

Gemeinsam versuchten sie, Magdale zu beruhigen, doch die steigerte sich immer mehr hinein, sodass Schwester Elisabeth Henriette anwies, sie festzuhalten. Henriette legte von hinten die Arme um die sitzende und um sich schlagende Magdale, und es gelang der Schwester, ihr eine Spritze zu geben. Kurz darauf sackte Magdale zusammen, und Henriette ließ sie auf das Kissen sinken.

»Das hätte ich ihr gern erspart«, sagte sie. »Ich wollte, dass sie wach bleiben kann, jetzt wo ihre Unschuld bewiesen ist.«

»Sie wissen, wer der Mörder war?«

»Ich weiß zumindest sicher, dass sie es nicht war, und wo ich weitersuchen muss. Ich habe einen Verdacht.«

»Werden Sie mit dem Kriminalkommissär sprechen? Sie sagen aber nicht, dass ich Sie hereingelassen habe?«

»Niemand erfährt etwas.«

Schwester Elisabeth fühlte nach Magdales Puls, es schien alles in Ordnung zu sein, denn sie begann die Decke glatt zu ziehen, und Henriette verabschiedete sich.

Es war ein Uhr, als sie auf den Vorplatz der Ottilien-Anstalt trat. Sie hätte noch einmal zurückgehen und Schwester Elisabeth bitte können, ihr eine Droschke zu rufen, aber dann hätte sie riskiert, dass eine andere Schwester sie sah. Also machte sie sich auf den Weg nach Hause. Es war nur eine Viertelstunde Fußmarsch, und sie hatte viel zu überlegen.

4. TAG :
SAMSTAG, 28.5.1910

NACHTS

WERTER DOKTOR FREUD,

ich frage mich, wie es dazu kommen konnte, dass ich so lange an dem Gedanken festhielt, dass ein Dragoner mit im Spiel sein muss. Ich fand den Knopf in Magdales Sachen und gab ihm eine übermäßige Bedeutung. Ja so sehr, dass ich andere Anzeichen geringer wertete und damit fast einen fatalen Fehler beging. Meine Besessenheit hat eine Ursache, die ich in mir suchen muss, das wird mir immer klarer.

Magdales leidenschaftliches Liebesleben habe ich mir wie einen kitschigen Roman ausgemalt, und gespeist wurden meine Fantasien nicht von dem, was Magdale erlebte und was ich allmählich darüber herausfinde, sondern aus meiner eigenen Geschichte. In Ihrem Buch fand ich eine aufschlussreiche Erklärung. Ich habe niemals mit meinem Mann über Adam von Dahlwig gesprochen. Ich verbarg meine Leidenschaft, unterdrückte sie. Ich sah keine andere Möglichkeit, mit dem Schmerz fertig zu werden, dass ich niemals seine Frau werden konnte. Dass dabei meine gesamte Leidenschaft verloren ging, wird mir allmählich *verständlich. Aber warum ist mein schlechtes Gewissen* erst jetzt, *nach so vielen Jahren, aus mir hervorgebrochen und hat mein Denken überschwemmt?*

Der Grund für meine Verdrängung lebt nicht mehr!

Es muss kein Geheimnis mehr geben, weil es niemanden mehr entsetzen und verletzen kann.

Nun bin ich 45 Jahre alt, das Klimakterium hat mich im Griff, und als Witwe ist es an der Zeit, sich anderen Dingen zuzuwenden als meinen leidenschaftlichen Trieben. Es scheint mir wie ein Hohngelächter meines Unbewussten, dass ich so in die Irre gegangen bin mit meinen Vermutungen. Ich fühle mich bestraft.

Ja, ich weiß, Sie würden eine solche Erklärung nicht dulden. Das Unbewusste straft nicht, es will nur seine »Geschäfte« zu Ende bringen. Der Trieb will ausgelebt werden, kann er das nicht, wird er verschoben. Aber verschoben ist nicht aufgehoben. Und so drängt er mich nun.

Ich möchte Sie anrufen und in den Telefonhörer schreien: Was soll ich mit meiner Leidenschaft anfangen?

Wissen Sie darauf eine Antwort? Es ist dringend!

Ihre Henriette Haag

ELAN UND TATKRAFT

Um sieben Uhr klingelte der Klempner. Diesmal war sie darauf vorbereitet und korrekt angezogen. Das Hämmern und Klopfen ging wieder los, der Sohn des Meisters trug Rohre herein, die er vom Pferdeanhänger ablud, und der Meister verkündete, dass das Wasser eine Zeit lang abgestellt werden müsse.

Als alle Männer beschäftigt waren, sagte Henriette dem Buben, dass sie nebenan bei der Nachbarin sei, wo er sie jederzeit holen könne, sollte sie gebraucht werden.

Ein fremdes Mädchen öffnete ihr. Sie war höchstens 15 Jahre alt und schien ziemlich verschreckt über ihre neue Rolle, denn sie sah Henriette nur mit großen Augen an.

»Du kannst mich hereinlassen, ich bin die Nachbarin.«

Das Mädchen knickste und gab die Tür frei.

»Du musst mich auch nicht anmelden, ich bin die Freundin der Familie. Wo ist sie?«

»Die gnädige Frau?«

»Ja, in welchem Zimmer?«

Das Mädchen zeigte vage nach oben.

»Ich finde mich schon zurecht, danke.« Henriette stieg die Treppe hinauf und klopfte an Felises Schlafzimmertür.

Ein geächztes Ja antwortete ihr, und sie trat ein.

Vor dem geöffneten Fenster machte Felise in Unterrock und Strümpfen Rumpfbeugen und rief »Guten Morgen« zwischen zwei ruckartigen Bewegungen.

»Wer ist denn die Kleine?«, fragte Henriette.

»Erna. Ich habe die Therese rausgeschmissen, sie hat nur noch geheult und dauernd was fallen lassen. Meine beste Vase hat sie kaputtgemacht.« Die Hände in die Hüfte gestemmt beugte sich Felise nach rechts und links.

»Was machst du da um Gottes willen?« Henriette setzte sich auf einen Stuhl, über dessen Lehne Felises Kleid hing.

»Gegen die … Erschlaffung musst … du etwas tun«, antwortete Felise im Rhythmus ihrer Bewegungen.

»Was für eine Erschlaffung?«

»Du wirst … eben nicht … jünger.«

»Das ist der Lauf des Lebens, was willst du dagegen machen?«

Felise hielt inne und atmete schwer, sie betrachtete sich seitlich im Türspiegel des Schrankes. »Elan und Tatkraft kann man sich bewahren.«

»Felise, du bist voller Elan!«

»Und Tatkraft?«

»Die kommt doch nicht vom Turnen.«

»Also habe ich keine Tatkraft?«

»Warum machst du dich deswegen verrückt? Wer wirft dir das vor?«

Felise tunkte einen Schwamm in den Waschkrug und betupfte ihren Nacken.

»Ich will heute Abend einfach nur gut aussehen. Was ziehst du an? Ach, du kannst dich ja gar nicht fein machen. Zu schade, dass du noch in Schwarz gehen musst. Ich habe mir ein neues Kleid machen lassen. Willst du es sehen?«

Sie nahm einen Kleiderbügel aus dem Schrank und hielt den Rock des Kleides auseinander. Weiße hauchdünne Seide in zwei Lagen übereinander, der obere Rock etwas kürzer und aufwendig bestickt.

»Es ist von meiner Schneiderin. Ich kaufe keine Kleider von der Stange. Diese neue Mode, weißt du, die gefällt mir gar nicht. Es macht alle gleich. Die Standesunterschiede verschwinden noch ganz, wenn das so weitergeht. Wie will man da noch zeigen, wer man ist?«

»Sehr fein und ein sehr gewagter Ausschnitt.«

Felise machte ein betroffenes Gesicht, hängte das Kleid auf und wandte sich dem Spiegel zu. »Aber mein Dekolleté ist doch schön oder nicht?« Sie neigte sich ein bisschen vor, streckte sich dann aber sofort wieder gerade und rieb sich die Wangen. »Ich muss mir diese Grimassen abgewöhnen. Schrecklich.«

»Ich mag dein lebendiges Gesicht, das weißt du.«

»Das ist lieb von dir. Jetzt gibt es heiße Schokolade. Kommst du mit?« Felise zog ihr Hauskleid an und ordnete das Haar.

»Gerne. Ich habe noch nichts gefrühstückt.« Henriette war froh, dass Felises Ernährung wenigstens heute normal zu sein schien.

An der Esszimmertür rief Felise dem Mädchen in der Küche zu, sie solle noch ein Gedeck für Frau Kommerzienrat bringen, was diese sofort erledigte. Felise beschwerte sich über das Gehämmer der Handwerker, das sie viel zu früh geweckt hatte, und bedauerte Henriette für den Schmutz, den sie ertragen musste.

»Setz dich doch. Ah, sie hat auch Brezeln geholt, sehr gut. Die ist auf Zack, ich hoffe, das bleibt so. Lang zu. Was ist jetzt eigentlich mit deiner Magdale?«

Überrumpelt von den schnellen Themenwechseln wusste Henriette nicht, womit sie beginnen sollte, und es dauerte eine ganze Weile, bis sie Felise auf den neuesten Stand gebracht hatte, weil die Freundin sie mit vielen Ausrufen unterbrach.

»Was für ein *Verein zur Unterstützung von ledigen Müttern*, den kenne ich gar nicht.«

»Den müssten wir auch erst noch gründen«, sagte Henriette.

»Das ist eine gute Idee, da kann ich Tatkraft zeigen. Aber jetzt weiter, was kam bei Magdale heraus? Hat sie geredet?«

Danach sagte Felise nichts mehr, mit offenem Mund hörte sie zu.

»Es war also kein Dragoner, mit dem sie ein Techtelmechtel hatte, sondern ein Maler, dessen Namen sie mir nicht sagen wollte«, schloss Henriette.

»Und wie steckt Theodor Altmüller da mit drin?«

»Ich kann mir noch keinen Reim drauf machen. Er sucht den Wünsch, deswegen denke ich, dass er Magdales Maler sein könnte. Hast du nicht gestern gesagt, er sei ein armer Kulissenmaler?«

»Jaja, davon hat er mir erzählt. Er hasst es, weil es keine echte Kunst ist. Er hat es als alte Verpflichtung dargestellt. Aber anscheinend ist es sein Broterwerb.«

»Ich dachte, er sei sehr erfolgreich als Porträtist.«

»Offenbar doch nicht.« Felise legte die Stirn in Falten. »So ein Angeber, Aufschneider! Und ich bin auf ihn reingefallen. Aber Frau Dörtenbach offensichtlich auch. Unmöglich. Das Bild kann ich dann wohl vergessen. So was kann man sich ja nicht aufhängen. Aber warum will Josefine sich malen lassen?«

»Vielleicht will sie das ja gar nicht, sondern ihr Mann sucht den Wünsch aus einem anderen Grund.«

»Aber aus welchem?«

Henriette trank einen Schluck Schokolade und überlegte. »Nehmen wir an, dass der Wünsch Magdales … Liebhaber ist, dann hat er ihr Geld für die Abtreibung gegeben. Das wird ja nicht wenig gewesen sein. Und Altmüller vertuscht die Abtreibung und nimmt sogar in Kauf, dass Magdale wegen Mord oder Totschlag ins Gefängnis kommt.«

»Ach du liebe Güte. Das muss bedeuten, dass er ordentlich Dreck am Stecken hat.«

»Sieht so aus.«

»Und was jetzt?«, fragte Felise.

»Wie sagen wir es Josefine?«

Ein kleines Lächeln schlich in Felises Gesicht. »Da wird ihr der Elan vergehen.«

»Was meinst du damit?«

»Nichts. Wo ist mein Hut? Wir fahren sofort zu ihr.«

Aber es blieb keine Zeit dazu, der Meister ließ Henriette durch den Sohn holen, sie musste entscheiden, wo das neue Waschbecken, wo die Toilette angebracht werden sollte, welche Wasserhähne sie haben wollte, und dann tauchte auch noch der Fliesenleger mit mehreren Kachelmustern auf, aus denen sie eines auswählen musste. Darüber verging der ganze Tag, und dann musste Felise schon ihr Bad nehmen und mit dem Ankleiden beginnen, sodass Henriette am Ende nur noch in ihr schlichtes schwarzes Abendkleid schlüpfen konnte und mit Felise und Georg eine Droschke bestieg, die sie zum Kunstverein in der Friedrichstraße brachte.

VEREIN ZUR FÖRDERUNG DER SCHÖNEN KÜNSTE

Zwei Minuten, nachdem Henriette den Saal betreten hatte, bekam sie Kopfschmerzen. Sie wusste genau, warum. Leutseliges Händeschütteln, neugierige Fragen, begierige Gesichter.

Zuerst die Herren im Frack mit Zigarren zwischen siegelringgarnierten Fingern.

»Was macht das Teegeschäft? Wann kommt Sohn Hans aus Indien zurück?«

»Wien, ist das nicht ein bisschen dekadent dort?«

Gelächter.

»Und bei einem Juden in Behandlung? Sind das nicht alles Kuppler und Kommunisten?«

Gelächter.

»Lüstern sind sie, das weiß man doch.«

»Kein Wunder kommt er auf solche Theorien.«

»Und das hat Ihnen gut getan, sagen Sie?«

Musternde Blicke.

Und dann die Damen, in hellen Spitzenkleidern, die über den Boden schleiften, Federn in aufgetürmten Haaren.

»Wann kommt der Sohnemann? Sie werden Großmutter, wie schön!«

»Sie müssen unbedingt zu unserem Vereinsnachmittag kommen.«

»Doktor Freud soll ja Wunder bei den Damen wirken. Ich würde allerdings nicht hingehen. Man weiß ja nicht.«

Allgemeines Nicken.

Henriette antwortete mit unverfänglichen Worten oder beschränkte sich auf Lächeln. Gleich würde es vorbei sein.

Aber zunächst sprach der Vereinsvorstand begrüßende Worte, Oberbürgermeister von Gauß schloss sich mit Lob für die Vereinstätigkeit an, der Kurator beschrieb die Besonderheit des Ereignisses für Stadt und Kunstwelt, lud die Gäste zu Spenden ein und eröffnete den Weinausschank.

Allgemeines Gedränge begann, und Henriette hielt Ausschau nach Felise und Josefine. Doch es waren zu viele Leute, die sich vor die Bilder schoben, ihre Kommentare kundtaten und weiterwanderten, Weingläser in der Hand.

Frau Dörtenbach reichte Henriette ein Glas Wein und neigte sich ein bisschen näher zu ihr.

»Und es hat Ihnen gut getan, sagen Sie? Diese Redekur?«

Augenringe und ein trauriger Zug um ihre Mundwinkel verrieten Henriette genug, sie wollte die Leidensgeschichte der Bankiersgattin nicht erzählt bekommen, deswegen antwortete sie schnell: »Es ist auf jeden Fall einen Versuch wert. Doktor Freud ist ein sehr freundlicher und überaus kompetenter Arzt und gar nicht religiös. Ah, da ist ja Frau Doktor Altmüller, ich will sie kurz begrüßen.«

Ein Glas in der Hand betrachtete Josefine eines der Gemälde, eine antike Schlachtenszene mit vielen Pferden und sterbenden Kriegern. Sie war gekleidet in Hellblau, ohne Rüschen oder Schleifen, das Oberteil nur mit Biesen verziert, ein breiter Gürtel stramm um die Taille, ihr Hut auf dem dunklen Haar erinnerte vage an Napoleons Kopfbedeckung.

Als Henriette neben sie trat, lächelte sie. »Du bist umschwärmt von allen. Wie ist es, wieder zurück zu sein?«

»Man hat, wie mir scheint, den Eindruck von mir, ich sei eine bedauernswerte Witwe, die man unbedingt beschäftigen muss, weil man nicht weiß, ob sie lüsternes Gedankengut aus Wien mitgebracht hat.«

Josefine lachte auf. »Haftet dir jetzt etwas Frivoles an?«

»Ich fürchte, ja. Und ich bin mir noch nicht sicher, ob ich etwas dagegen unternehmen möchte.«

»Nein?«

»Mir gefällt die Perspektive als Witwe in Vereinstätigkeit nicht.«

»Weißt du eine Alternative?«

»Im Moment nicht. Ich bin viel zu beschäftigt. Und leider ist dein Gatte einer meiner Sorgen.«

»Theodor? Was hat er ausgefressen?« Sie lachte.

»Ich meine es ernst. Gehen wir doch in den Nebenraum, dort ist es ruhiger.«

In wenigen Sätzen berichtete sie Josefine, dass ihr Mann Magdales Abtreibung vertuschte, und irgendeine Beziehung zu Wünsch bestehen musste, denn er suchte ihn offenbar.

»Du musst dich irren. Mein Mann, das kann nicht sein. Den habe ich im Griff, ich weiß, was er tut.«

»Es tut mir leid, wenn ich ihm etwas unterstelle. Aber die Fakten sprechen ihre eigene Sprache.«

»Fakten gibt es ja gar keine. Nur Magdales medikamentenumnebeltes Gestammel und deine Beobachtungen.«

»Du willst dich aber nicht porträtieren lassen?«

»Allerdings nicht.«

»Und dein Mann?«

»Ganz sicher nicht. Was soll ich mit einem Gemälde von ihm, es reicht, dass es Fotografien gibt.«

»Wusstest du, dass die beiden sich kennen?«

»Sie kennen sich nicht! Das wüsste ich.«

»Was will er dann von ihm?«

»Das ist allerdings die Frage.« Josefine sah suchend in den angrenzenden Saal. »Der Wünsch ist übrigens auch hier.«

Henriette erkannte den Maler an seinen sehr hellen Haaren; er wippte auf den Hacken und schob den markanten Kiefer vor. Anscheinend passte ihm nicht, was sein Gesprächspartner sagte. Es war Altmüller, der auf ihn einredete.

»Er spricht mit deinem Mann.«

»Und es scheint ein … angeregtes Gespräch zu sein.« Josefine sagte es im Wegmarschieren.

Henriette beobachtete, wie ihre Freundin einen weiten Bogen zwischen den Gästen hindurch schlug und ihre Bewegungen geschmeidig wurden, fast als wollte sie sich unsichtbar an die beiden anschleichen. Sie stellte sich zu einer Gruppe Männer, die gemeinsam ein Stillleben mit Truthahn betrachteten und vermutlich kennerhafte Kommentare abgaben, was Henriette aus den gewichtigen Mienen schloss. Altmüller und Wünsch bemerkten nicht, dass Josefine praktisch hinter ihnen stand und sicher hören konnte, worüber sie sprachen.

Gebannt beobachtete Henriette das Geschehen, da trat Felise neben sie.

»Was guckst du denn so?«

»Warte, ich erkläre es dir gleich. Tu so, als würdest du mir etwas Wichtiges erzählen.«

»Wieso? Beobachtest du Josefine?«

»Ja. Sie belauscht ihren Mann. Und ich will nicht, dass jemand anderes jetzt zu uns kommt.«

Felise verstand. Sie neigte sich mit ernstem Gesichtsausdruck zu Henriette und begann zu murmeln.

»Frau Dörtenbach, die Bankiersgattin, sagt, dass Stuttgart sich immer mehr zu einem Zentrum der Arbeiterbewegung entwickelt. Die Sozialisten seien überall, und das macht ihr schreckliche Sorgen. Ich frage mich, was muss ausgerechnet sie sich für diese Dinge interessieren. Gewerkschaften und Streiks und so was. Was mir allerdings auch Sorgen macht, ist, dass der Anteil der Sozialisten im Gemeinderat 38% beträgt.«

Frau Bosch, am Arm ihres Mannes, ging vorbei, nickte ihnen zu, traute sich offenbar nicht, Felise zu unterbrechen.

»Weiter, du machst das prima. Dein Gesichtsausdruck ist perfekt.«

Henriette hörte nur halb zu, was Felise weiter über die Gefahr der Arbeiterstreiks ausführte, sie nickte ein paar Mal und behielt das Gespräch, das eindeutig ein Streit mit gezischten Worten war, im Auge.

Altmüller, dessen dicker Bauch sich aus dem geöffneten Frack hervor wölbte, bedrängte den Maler sichtlich, der wich zurück, aber der Arzt folgte ihm, nach vorne gebeugt, redend, gestikulierend. Es war dringend. Wut war dabei. Und der Maler mit Panik im Gesicht wehrte ihn ab. Beschwichtigte mit Gesten, doch das alles war wenig überzeugend für den Arzt, der immer aufgeregter wurde. Der Maler nickte, nickte wieder, sagte etwas und schlüpfte in dem Moment an Altmüller vorbei, als Josefine sich zu den beiden umdrehte.

In ihrem Gesicht tobte wütendes Entsetzen, das war

quer durch den Saal deutlich zu erkennen. Ihr Mann stand stockstarr vor ihr. Schien dann zu schrumpfen, und obwohl er größer war als sie, überragte sie ihn wie die Kriegsgöttin persönlich. Ihr Kinn ruckte ein kleines bisschen zur Seite, und er verstand. Ließ den Kopf hängen, richtete sich dann auf. Blass verließ er den Saal mit kleinen Schritten, sah niemanden mehr an.

Josefine war kurz darauf bei Henriette und Felise.

»Ich habe ihn nach Hause geschickt, wehe, wenn er nicht dort ist. Jetzt will ich alles genau wissen.«

Felise sah Josefine mit unverhohlener Neugier an.

»Was ist passiert?«

»Schulden hat er! Schulden hat er gemacht!«

»Das erzählen die Männer doch nie«, sagte Felise.

»Mir schon! So was gibt es bei uns nicht. Nicht mit mir.«

Josefine schlug die behandschuhten Hände zusammen.

»Hat er Schulden beim Wünsch?«, fragte Henriette. »Wo ist der eigentlich so schnell hin?«

»Ich verstehe das alles nicht. Mein Mann hat … Mein Gott, es ist nicht zu fassen.« Josefine hielt inne und senkte die Stimme. »Ihr dürft das niemandem erzählen, das müsst ihr mir versprechen.«

»Natürlich«, sagte Henriette.

»Das ist doch selbstverständlich. Also, was hat er gemacht?«

Josefine ballte die Hand zur Faust. »Pferdelotterie«, presste sie heraus.

»Er spielt?« Felise riss entsetzt die Augen auf.

»Und was hat der Wünsch damit zu tun? Betätigt der sich als Buchmacher?«, fragte Henriette.

»Nein. Ich habe nicht verstanden, um was es ging. Mein

Mann hat dem Wünsch vorgeworfen, dass er einen Auftrag nicht rechtzeitig fertig gestellt hat und jetzt kein Geld reinkommt. Der Wünsch hat gejammert, dass er nicht mehr malen kann, dann aber versprochen, dass er die Bilder bringt.«

»Dann hat der Maler Schulden bei deinem Mann und löst diese mit Bildern ab? Das ist aber seltsam. An wen verkauft dein Mann die Bilder?«, fragte Felise.

»Sie redeten was von einem Verleger und Berlin. Mein Gott. Was treibt der Mann? Er lügt mich an, er betrügt mich.«

»Kleine Geheimnisse sind das wirklich nicht mehr«, sagte Felise.

»Überhaupt keine Geheimnisse! So etwas gibt es zwischen uns nicht!«

»Naja, ein paar kleine Heimlichkeiten muss man den Männern schon lassen …«, begann Felise auszuführen.

»Lass«, unterbrach sie Henriette, doch Josefine hatte es gar nicht gehört. Sie starrte vor sich hin und knetete ihre Finger.

Henriette legte ihre Hand darüber und hielt sie fest. »Haben sie über Magdale geredet?«

Josefine überlegte. »Mein Mann hat ihn gefragt, wie das jetzt mit ›ihr‹ weitergehen soll. Ich nehme an, damit hat er Magdale gemeint.«

»Was hat der Wünsch geantwortet?«

»Wir lassen alles so, wie es ist, so ist es am besten. Das hat meinen Mann aufgeregt. Er sagte, die Polizei sei da gewesen. Aber dann ging es sofort wieder um das Geld und die Bilder. Der Wünsch drohte ihm, dass er ihn mit reinziehen würde.« Sie sah Henriette an. »In was reinziehen? Ich muss mit ihm reden.«

Sie verabschiedete sich nicht, drehte sich um und rannte fast aus dem Saal.

Henriette und Felise sahen ihr hinterher.

»Wir können sie jetzt nicht allein lassen«, sagte Henriette. »Sie sah sehr verstört aus.«

»Auf keinen Fall. Ich sage nur kurz meinem Mann Bescheid, dass ich schon gehe.« Felise eilte davon.

SCHMUTZIGE GESCHÄFTE

Die Wohnungstür war nicht abgeschlossen, aus Theodor Altmüllers Arbeitszimmer fiel Licht. Leise gingen Henriette und Felise näher und hörten, wie eine Flüssigkeit eingeschenkt wurde.

»Du hast genug getrunken«, sagte Josefine.

Altmüller lachte nur, man hörte ihn laut trinken.

Felise zeigte fuchtelnd an, dass sie hineingehen wollte, aber Henriette hielt sie zurück. In Josefines Eheangelegenheiten sollten sie sich nicht einmischen, erst wenn es um Magdale ging.

»Du hast mich angelogen. Du hast mich hintergangen und betrogen. Ich kann es nicht fassen, dass du so ein Lügner bist.« Josefine sprach mit schneidender Stimme.

»Mein Liebling, was regst du dich denn so auf, ich …«

»Ich habe doch genau gehört, dass du Wettschulden hast. Pferdelotterie!«

»Ja mein Gott, mach nicht so ein Theater deswegen.«

»Warum tust du das?«, fragte Josefine scharf.

»Halt den Mund! Sei still! Kusch!«, rief er in höhnischem Ton. »So redest du mit mir. Die ganze Zeit und dazu immer dieses Gesicht. Ja, dieses Gesicht. Das muss ich endlich mal vergessen! Auch wenn ich mich dafür verachte, dass ich lüge.«

»Was für eine Erklärung! Das spricht dich doch nicht frei.«

»Ja, da hast du noch etwas, weswegen du auf mich herabsehen kannst. Das willst du doch, du und deine ganze feine Familie.«

»Von meiner feinen Familie hast du das ganze Geld, das du für Automobile ausgibst und wofür außerdem? Pferdelotterie! Was treibst du noch, von dem ich nichts weiß?«

Er lachte mit einer gewissen Befriedigung.

»Antworte mir!«

Henriette hörte, wie er laut schluckend trank, das Glas klirrte auf Holz, dann ertönte seine Stimme.

»Da, das ist es. Immer musst du mich rumkommandieren. Das Oberkommando führst du. Wie ein Mann! Wer will schon eine Frau, die sich wie ein Mann verhält?«

»Was soll das denn jetzt? Du hast mich geheiratet!«

»Ja, das war der größte Fehler.«

»Aber das viele Geld meiner Familie hat es wettgemacht, gell?«

»Geld kann überhaupt nichts wettmachen von dem, was ich ertragen muss.«

»Ach, du musst also etwas ertragen? Du bist wirklich ein armer Mann.«

»Ich wäre gern ein armer Mann, wenn ich dann ein Mann sein könnte. Jemand, zu dem man aufsieht, den man bewundert. Aber du machst mich immer nur nieder. Für dich bin ich nur ein Befehlsempfänger. Auf Kommando dies, auf Kommando das. Hopp, hopp. So sind auch unsere Kinder entstanden, hopp, hopp.«

»Also wirklich, sei still.« Sie hörten, wie angewidert Josefine war.

Felise hob die Augenbrauen und zog gleichzeitig die Mundwinkel hinunter.

»Betrunkene und Kinder sagen doch die Wahrheit. Du kannst sie dir jetzt anhören, es wird Zeit. Bevor ich untergehe, muss ich dir wenigstens einmal die Wahrheit ins Gesicht sagen.«

»Ach erspar mir das. Halte einfach den Mund.«

»Doch, hör es dir an. Es geht mir gut, richtig gut, wenn ich das feine Geld deiner Familie verwette. Das Gefühl, dass ich etwas Verbotenes mache, was dich maßlos aufregen könnte, tut mir unsagbar gut. Haha, unsagbar gut. Und jetzt kann ich sogar sehen, wie es dich aufregt. So aufregt. Haha, jetzt hast du nicht mehr alles im Griff, gell? Nichts mehr im Griff!«

Er trat plötzlich in den Flur – sie hatten ihn nicht kommen hören – wischte sich unsichtbare Lachtränen aus den Augenwinkeln, doch sein Gesicht wurde hart, als er Henriette und Felise erblickte.

»Hoher Besuch, wie ich sehe.« Er schubste die beiden Freundinnen regelrecht in sein Arbeitszimmer. »Wird gelauscht oder was?« Rot im Gesicht fuchtelte er mit seinem dicken Zeigefinger vor Henriettes Gesicht herum. »Das hätte ich von Frau Kommerzienrat nicht erwartet.«

»Halt den Mund«, fuhr Josefine ihn an. »Was hast du da gerade eingesteckt?«

»Meine Autohandschuhe. Was ist das für ein Auflauf hier, hm? Geht Sie das etwas an, was wir zu besprechen haben?« Er hatte Schweiß auf der Stirn und wirkte nicht so ruhig, wie er tat, außerdem war seine Stimme gar nicht mehr klar.

»Das geht mich schon etwas an, mich haben Sie ja auch angelogen«, sagte Henriette.

Er zog seine Hose hoch und grunzte dabei. »Liebe Frau Haag, Magdale hat Unfug getrieben. Wenn die Aufregung sich gelegt hat, dann rede ich mit ihr, und sie wird vernünftig sein, schon in ihrem eigenen Interesse.«

»Sie wird des Mordes bezichtigt, und Sie wissen, dass sie unschuldig ist. Der Unfug mit dem Suizidversuch ist doch nicht wahr«, rief Henriette.

»Ich hätte es nicht gemacht, wenn der Wünsch mich nicht erpresst hätte. Es blieb mir ja nichts anderes übrig.«

»Mit was hat er dich erpresst?«, fragte Josefine.

»Mit irgend etwas, ist doch egal.«

»Ist dir klar, dass der Wünsch ein Mörder ist?«

Altmüller wand sich, sah zur Seite.

»Du hattest nicht vor, der Polizei die Wahrheit zu sagen?«

»Hör doch auf, du hast doch keine Ahnung. Du mit deiner Rechtschaffenheit.«

»Was kommt raus, wenn der Maler verhaftet wird? Was kann er über Sie ausplaudern?«, fragte Henriette.

»Nichts. Gar nichts.« Sein Blick flackerte durchs Zimmer zum Tresor in der Ecke, dann sah er Henriette mit gespielter Unschuld an. »Meine Damen. Sie können sicher sein, dass ich als Arzt für Magdale das getan habe, was notwendig war.«

Er rückte seinen Frack zurecht, ging aus dem Zimmer, sie hörten ihn den Flur entlangstolpern.

Erst als die Wohnungstür ins Schloss fiel, löste sich Henriette aus der Erstarrung. »Er wird den Wünsch warnen.«

»Ja, dann haut der ab«, rief Felise. »Was machen wir denn jetzt?«

»Die Polizei informieren. Das Telefon«, sagte Henriette und ging zur Tür.

»Nein, wartet. Zuerst will ich wissen, was mein Mann mir noch verheimlicht«, sagte Josefine. Sie riss die Schubladen des Schreibtischs auf und kramte in den Papieren.

»Es ist im Tresor«, sagte Henriette.

»Im Tresor? Wie kommst du darauf?«

»Sein Blick hat ihn verraten. Aber wir müssen jetzt zuerst die Polizei anrufen, der Wünsch darf nicht entkommen.«

»Weißt du den Code? Mach schnell.« Felise stand schon am Tresor und Josefine eilte zu ihr.

Henriette schaltete im Flur das Licht an. Auf dem Tischchen, das unter dem Wandapparat stand, lag ein Telefonbuch. Sie suchte nach der Nummer. Stadtpolizeiamt, Breite Straße 4, außerdem fand sie vier Kriminalwachen: Hauptbahnhof, Cannstatt, Gaisburg, Jakobstraße. Welche war die richtige? Wo arbeitete Kriminalkommissär Schmidt? Mit ihm hätte sie am liebsten gesprochen, er wusste Bescheid und sie müsste nicht viel erklären. Kriminalpolizei! Innere Büchsenstraße 36. Das musste es sein. Ob noch jemand dort war, um diese Uhrzeit?

Sie nahm den Hörer ab und drehte an der Kurbel, im gleichen Moment ertönte ein verzweifelter Schrei von Felise, und Josefine rief: »Auf keinen Fall die Polizei! Henriette!«

Sie hängte den Hörer auf.

Die beiden Freundinnen starrten nicht auf die Kontobücher, die auf dem Schreibtisch lagen wie hingeworfen und als hätten sie hastig darin geblättert, sondern auf einen Skizzenblock. Felise war auf den Stuhl gesunken, die Ellenbogen auf die Tischplatte gestützt, zerrte sie mit beiden Händen in ihren Haaren. Ihr Hut lag auf dem Boden.

»Ich schwöre euch, ich habe mich nie, niemals ausgezogen! Das würde ich doch nie tun.« Ihre Frisur löste sich auf und fiel in braunen Strähnen auf ihre Schultern. »Ich verstehe das nicht. Wie kommt er zu solchen Bildern?«

»Deine Magdale ist auch dabei«, sagte Josefine mit belegter Stimme zu Henriette. »Und Therese. Die anderen Frauen kenne ich nicht.«

Sie alle posierten halb entkleidet oder nackt auf Sofas und Betten, manchmal zu zweit in zarten Umarmungen. Henriette erkannte Felises verhangenen Blick und den feuchten, halb geöffneten Mund wieder. So war sie im Sessel drapiert gewesen, damals, als der Wünsch sie malte. Und offenbar hatte der Maler das alles genau registriert, vielleicht sogar auf der Staffelei Skizzen davon gemacht, nicht einsehbar für Felise, auf diesem Zeichenblock.

Wie gebannt blätterte sie durch die Seiten. Wie gelang es, mit wenigen Rötelstrichen weiches Fleisch sichtbar zu machen? Glieder, die trunken von sinnlichem Genuss auf Kissen ausruhten, bereit, weitere Zärtlichkeiten zu empfangen? Vor ihrem inneren Auge sah sie Berührungen, die davor stattgefunden hatten, Berührungen, die folgen würden, Wäsche die noch weiter verrutschen würde und doch war nichts davon auf den Bildern zu sehen, nur zu spüren.

»Warum macht er das?«, fragte Felise leise.

»Offensichtlich lässt sich damit gut Geld verdienen. Du hast die Überweisungen gesehen, von diesem Verlag. Da, das sind hübsche Summen«, antwortete Josefine mit rauer Stimme.

»Das ist schon klar, aber das meine ich nicht. Warum setzt er mich … zusammen? Warum malt er nicht das Gesicht der Frau, die … die …«

»Entweder kann er mühelos nackte Körper zeichnen oder er bezahlt Modelle, die sich nicht genieren«, sagte Josefine.

»Nicht genieren! Als ob das eine Frage wäre. Natürlich geniere ich mich. Nicht einmal mein Mann hat mich je so gesehen. So was macht doch niemand.« Sie sah Josefine und Henriette an, dann begann sie nach ihren Haarnadeln zu tasten und steckte ihre Frisur wieder auf.

»Es ist dein Gesicht. Du hast einfach ein faszinierendes Gesicht. Da wird er lange nach einem Modell suchen müssen.«

Felise hielt inne, und eine Strähne fiel zurück auf ihre Schulter.

»So schau ich aus der Wäsche?«, stieß sie empört hervor. Ihr Gesicht eine Mischung aus geschmeicheltem Erstaunen und Empörung.

Henriette begann zu lachen.

»Nicht die *ganze* Zeit«, rief Josefine und lachte auch.

»Also wirklich, ihr seid unmöglich.« Felise steckte energisch die letzte Strähne fest, aber sie lächelte dabei.

»Mit schmutzigen Heften lässt sich eine Menge Geld verdienen, nun wissen wir das auch.« Josefine schlug die Kontobücher zu und räumte sie in den Tresor.

Henriette hielt ihr den Skizzenblock hin. »Nicht, dass deine Kinder oder das Personal das finden.«

Mit Schwung pfefferte Josefine den Block in die schwarzen Tiefen und knallte die dicke Tür zu, drehte am Messingriegel und verstellte das Zahlenschloss.

»Keine Polizei.« Felise war aufgestanden, hatte den Hut aufgesetzt und trat auf die Freundinnen zu. »Gebt mir eure Hand darauf. Niemals darf jemand etwas davon erfahren.«

»Natürlich nicht«, sagte Josefine grimmig. »Wir sind erledigt, wenn das bekannt wird.«

Sie hielten sich an den Händen, jede umklammerte die Finger der anderen beiden, die in Handschuhen steckten;

Henriettes in schwarzen, die anderen beiden in weißen. Ihre Leiber steckten in Korsetts, ihre Leben in Konventionen, und doch spürte Henriette in diesem Moment die Kraft, die sie mit ihren Freundinnen verband. Sie konnten handeln und ihr Leben in die Hand nehmen. Trotz allem.

Josefine löste die verschwörende Geste auf. »Jetzt knöpfe ich mir meinen Mann vor, diese Geschäfte und Wetten müssen aufhören.«

»Er ist sicher zum Wünsch gefahren«, sagte Henriette.

»Das denke ich auch.«

»Aber da kannst du nicht allein hin«, rief Felise. »Du brauchst unsere Tatkraft.«

Josefine sah sie mit Belustigung an. »Dann mal los mit eurer Tatkraft. Ich habe in den Kontobüchern eine Notiz mit seiner Adresse gesehen. Senefelderstraße. Ich rufe eine Droschke.«

NACH MITTERNACHT

Es war keine besonders feine Gegend, aber eine ehrbare. Im Stuttgarter Westen lebten vor allem Handwerker. Eine Unzahl kleiner Betriebe versammelte sich hier, Hinterhofwerkstätten, Arbeiterwohnungen und kleine Läden an der Ecke. Hier wurde tagsüber emsig gearbeitet, getüftelt und auch erfunden. Henriette wusste, dass Robert Bosch auch so angefangen hatte, in einem Hinterhof.

Kurz vor Mitternacht erreichten sie ihr Ziel. Der Kutscher wollte unbedingt warten und die Damen nicht allein in dieser Gegend lassen, wo sie offensichtlich mit ihren Abendroben nicht hingehörten. Er wagte sogar vorzuschlagen, sie zu begleiten.

»Das ist überaus freundlich von Ihnen, aber sehen Sie den Wagen meines Mannes, er parkt da drüben. Mit ihm werden wir nach Hause fahren.«

Sichtlich beeindruckt von dem roten Mercedes, tippte er sich an die Mütze und konnte es sich doch nicht verkneifen, zum Abschied zu bemerken, dass man aber so nicht parken sollte. »Auch wenn es ein Automobil ist«, sagte er und schnalzte mit der Zunge. Das Pferd zockelte davon.

Henriette war auch aufgefallen, dass das Automobil halb in einer Einfahrt stand und das hintere Ende zu weit auf die Straße hinausragte. Altmüller hatte es eilig gehabt und war betrunken gewesen. Sie sah an der Fassade hinauf und fand nur ganz oben in einem Mansardenfenster Licht. Die Arbeiter und Handwerker schliefen um diese Zeit.

Die Haustür war zum Glück nicht abgeschlossen, eine Nachlässigkeit, die es sonst nicht in schwäbischen Mietshäusern gab. An den ordentlich beschrifteten Klingelschildern konnten sie feststellen, dass der Wünsch im sechsten Stock wohnte.

Felise raffte ihre Röcke und stieg mühelos die Treppen hinauf ohne innezuhalten. Mit einem triumphierenden Lächeln wartete sie auf dem letzten Absatz.

»Die Tür wurde aufgebrochen«, flüsterte sie.

Tatsächlich hing das Schließblech nur noch an ein paar Holzsplittern in der Zarge. Josefine schob die angelehnte Tür auf, und sie traten vorsichtig ein.

»Theodor? Eduard Wünsch?«, rief sie.

Kein Geräusch war zu hören. Die Decke des winzigen Mansardenzimmers war niedrig, die Wände nur grob verputzt. Der Raum war vollgestopft mit alten Möbeln.

Altmüller lag auf einem Sofa. Nein, er hing in einer unnatürlichen Haltung über der Seitenlehne, die Frackschöße zerknittert unter seinem massigen Rücken, sein Kopf war nach hinten gekippt, der Mund stand offen. Die Krawatte hatte er gelockert, den obersten Hemdknopf geöffnet.

»Ist er tot?«, flüsterte Felise mit der Hand vor dem Mund.

Henriette ging näher. Da grunzte der dicke Mann, rutschte ein wenig tiefer, wachte aber nicht auf, sondern begann nach ein paar unschönen Tönen zu schnarchen. Neben seiner herabhängenden Hand, die fast den Boden erreichte, lag eine leere Flasche Schnaps.

Henriette hob sie auf. »Ganz billiger Fusel, das hat ihm wohl den Rest gegeben.«

»Er ist total besoffen«, stieß Felise erleichtert und gleichzeitig entsetzt aus.

Steif und bleich stand Josefine unter der Tür. Sie blinzelte, dann liefen Tränen über ihre Wangen, und als Felise die Hand auf ihren Arm legte, wandte sie den Kopf ab.

Henriette stellte die Flasche auf einem kleinen Tisch ab. Gläser, angebrochene Weinflaschen, ein Aschenbecher mit einem glimmenden Zigarrenrest verrieten, dass er weiter gesoffen hatte. Sie öffnete die einzige weitere Tür in dieser schäbigen Wohnung und fand das Schlafzimmer. Wünsch war nicht da. Das Bett ungemacht, der Schrank stand offen. Nur ein Anzug hing auf einem Bügel, auf den Fächern lagen zwei, drei Hemden.

»Wir brauchen nicht auf den Wünsch zu warten, er wird nicht kommen«, sagte sie.

»Woher willst du das wissen? Josefines Mann …« Felise zeigte mit einer hilflosen Geste auf ihn.

»Er war wohl schon zu betrunken, als er hier ankam, und konnte nicht mehr ordentlich nachdenken. Es gibt fast keine Kleidung mehr im Schrank, er muss sie mitgenommen haben. Auch gibt es keinerlei Malutensilien. Und ich denke doch, ein Maler ist dort, wo sich seine Pinsel und Farben befinden, oder nicht?«

Felise ging ein paar Schritte durch das kleine Zimmer und besah alles genau. Sie riss die Türen der Kommode auf, knallte sie wieder zu, zog die Schubladen heraus und durchwühlte den Inhalt.

»Geputzt hat hier schon lange keiner mehr, wenn überhaupt jemals. Meine Güte, Männer verkommen, wenn sie keine Frau haben.« Sie kramte mit spitzen Fingern zwischen den Papieren auf dem Tisch, der unter dem Mansardenfenster stand. »Nicht, dass er hier Zeichnungen von mir rumliegen hat. Nein, nichts. Nur Rechnungen.« Sie ließ ein Blatt fallen, es segelte zu Boden. Dann stieß sie einen Schrei aus und stürzte zum Sofa, wo sie einen Rahmen mit Leinwand herauszerrte, der zwischen Lehne und Wand steckte. Henriette sah ihr über die Schulter. Im aufgespannten Stoff klaffte ein Riss, er teilte ein Gesicht in zwei Hälften, das sie sofort als Magdales erkannte.

»Warum hat er es zerstört? Das war ein sehr schönes Bild. So fein gemalt, schaut nur.« Felise drehte es zu Josefine, aber die sah nicht auf, lehnte am Türrahmen und wirkte klein und schwach.

Henriette ging zu ihr und legte den Arm um sie. »Willst du dich nicht hinsetzen.«

Josefine wehrte sie ab.

»Er wird sich erholen und nur einen fürchterlichen Brummschädel haben. Aber das geschieht ihm recht«, sagte Henriette. »Lass ihn liegen. Du kannst jetzt nichts tun.«

Endlich hob Josefine den Kopf, und während sie stockend sprach, verlor ihr Gesicht immer mehr an Gefasstheit.

»Er hat es mir versprochen. Dass er es nie wieder tut. Mein Gott, er hat mich betrogen und hintergangen, wie es nicht mehr schlimmer geht.« Ihre Augen wurden groß und standen voller Entsetzen offen.

»Er ist ein Trinker?« Felise kam mit dem Bild in der Hand näher.

Ein winzig kleines Nicken, kaum sichtbar.

»Wie lange schon?«, fragte Henriette.

»Schon immer.«

Henriette verstand. »Da hast du viel ertragen, all die Jahre.«

Felise sah sie betroffen an. »Und kein Wort hast du gesagt.«

»Jetzt hört schon auf mit dem Mitleid. Das geschieht mir ganz recht. Ich war viel zu gutgläubig und habe es mitgemacht. Ich habe ihn so oft verwarnt, ihm so oft eine Chance gegeben, aber jetzt ist Schluss damit. Habe ihn kontrolliert und ihm hinterher spioniert wie ein eifersüchtiges Weib. Es hat nichts genützt. Er witscht mir aus den Fingern wie ein Stück Seife, wie eine fiese Ratte, wie ein … Schwein.« Immer wütender zischte sie die Worte hervor, ballte die Fäuste, und allmählich trat die Stärke hervor, die sie an ihr kannten.

»Der kann sehen, wo er bleibt. Gehen wir.« Sie drehte sich abrupt um und stakste zur Wohnungstür.

Henriette sah noch einmal durchs Zimmer, Altmüller schnarchte leise vor sich hin, dann folgte sie Felise, die das Bild unter den Arm geklemmt hatte.

»Nimmst du das mit?«

»Du willst ja wohl nicht, dass bekannt wird, dass deine Magdale hier war.«

5. TAG:
SONNTAG, 29.5.1910

LEOPOLD HILFT

»Fahr zu Leopold«, verlangte Henriette, nachdem Josefine den Wagen gestartet hatte. »Cannstatt. Wilhelmsplatz.«

»Ich soll nach Cannstatt fahren? Das ist weit, bestimmt zehn Kilometer.«

»Er kann uns helfen, herauszufinden, wo der Wünsch stecken könnte.«

»Der wird längst über alle Berge sein«, sagte Felise und gähnte. Sie saß hinten und beugte sich weit vor, um mitreden zu können, das zerstörte Gemälde lehnte an der Rückbank.

Henriette saß auf dem Beifahrersitz, sie wandte sich halb um und sagte: »Er scheint mir ein Feigling zu sein, dauernd rennt er davon. Aber genau das, das Feigesein, lässt nicht zu, dass er ganz verschwindet.«

»Ich verstehe nicht, wie du darauf kommst«, sagte Josefine, die Hände auf dem Lenkrad.

»Jetzt fahr schon los, die Leute gucken sonst noch aus den Fenstern, warum da mitten in der Nacht ein Automobil rattert.«

Also fuhr Josefine rückwärts aus der Einfahrt, und als sie von der Senefelderstraße in die Schlossstraße einbog, hob Henriette die Stimme, damit sie den ratternden Motor übertönte, und begann zu erklären.

»Er fing ein Verhältnis mit Magdale an, aber als sie schwanger wurde, wollte er nichts mehr von ihr wissen. Dennoch hat er sich darum gekümmert, dass sie nicht zu irgendwem zur Abtreibung geht, sondern zu der Apothekerin. Und anscheinend hat er es auch bezahlt. Er ist also wechselhaft.«

»Oder er hat doch ein Herz«, rief Felise.

»Irgendwas hält ihn hier, sonst wäre er heute Abend nicht auf die Feier gekommen«, sagte Henriette.

»Wahrscheinlich kriegt er noch Geld von meinem Mann«, sagte Josefine bitter.

»Ich denke, es geht um Schuldgefühle«, sagte Henriette, »die halten ihn hier.«

»Ha! Männer und Schuldgefühle. Dass ich nicht lache.« Josefine gab ein wenig mehr Gas.

»Er hat das Bild zerschnitten, das sagt alles.«

»Jetzt werde bitte etwas deutlicher.«

»Ihr habt ja gesehen, dass das Bild sehr liebevoll und aufwendig gemalt ist, mit vielen Details. Und er zerstört dieses Gemälde, das für ihn in zweierlei Hinsicht wertvoll sein muss. Weil er viel Mühe hineingesteckt hat, und weil es seine Geliebte zeigt.«

»Er hätte es verkaufen können, hätte sicher eine Menge eingebracht«, rief Felise.

»Genau. Aber er hat es zerstört, weil er sich selber bestrafen will.«

»Das ist doch Quatsch«, sagte Josefine.

»Nein, das ist Aberglaube. Er bestraft sich, damit ihm eine Strafe in der realen Welt erspart bleibt. Und er zerstört etwas ihm Wertvolles, damit etwas anderes Wertvolles weiterlebt.«

»Magdale?«

»Ja, er hat vermutlich Angst um sie.«

»Das ist wirklich verdreht. Wenn sie ihm noch so viel bedeutet, warum setzt er sie dann dem Ganzen aus?«

»Das ist die Frage«, sagte Henriette nachdenklich.

»Ist der Mensch wirklich so verdreht?«, fragte Felise.

Henriette nickte nachdrücklich. »Nicht nur dieser Mensch, sondern der Mensch im Allgemeinen. Das Unbewusste ist eine große Kraft.«

Schweigend fuhren sie den Rest des Weges durch die Nacht.

»Mama! Was ist passiert?« Leopolds Ohren leuchteten im Gegenlicht des Flurs. Er stand im Morgenrock in der Haustür, hielt sich den Kragen am Hals zusammen und sah erschrocken von seiner Mutter zu den zwei Frauen, die im Automobil sitzen geblieben waren.

Henriette drückte den Zeigefinger auf die Lippen. »Hole bitte den Schlüssel zu deinem Büro und dann komm mit.«

»Mama, ich habe keinen Schlüssel zum Büro.«

»Du hast keinen Schlüssel? Wie kommen wir dann hinein?«

»Was willst du dort? Es ist fast zwei Uhr.«

»Steig ein. Los.« Henriette drängte ihn neben Josefine und stieg zu Felise in den Fond. Sie strich ihrem Sohn über die Haare, die vom Schlaf zerzaust waren.

»Wir müssen wissen, wo der Wünsch steckt.«

»Wo er wohnt?«

»Dort waren wir schon. Er ist abgehauen.«

Leopold kratzte sich am Nacken, rieb sich die Augen und sagte dann: »Diese Maler haben doch alle ihre Ateliers.«

»Siehst du, und das kannst du für uns ausfindig machen.«

»Ich glaube nicht, Mama. Denn es wird ja nirgends registriert, ob einer einen Schuppen mietet oder ein Hinterzimmer.«

Felise schlug auf den Sitz. »Dass ich da nicht gleich daran gedacht habe! Er hat von einem Gartenhäusle erzählt, das seinen Eltern gehört hat. Auf einem Stückle. Man könne sich dort wunderbar ausruhen. Ich glaube, er wollte, dass ich dort einmal hinkomme, zum Modellsitzen. Aber das wollte ich nicht. So mitten zwischen Ameisen und Bienen.« Sie wollte offensichtlich noch etwas sagen, presste aber die Lippen zusammen und warf Henriette einen bedeutungsvollen Blick zu.

»Weißt du, wo das liegt?«, fragte Henriette.

»Nein. Das hat mich nie interessiert.«

»Leopold!«, rief Henriette, und ihr Sohn zuckte zusammen.

»Ich weiß ja nicht einmal, worum es geht«, sagte er.

»Das ist auch nicht wichtig. Du musst herausfinden, auf welcher Gemarkung die Wünschs ein Stückle haben.«

»Am Montag …«

»Nein!«, riefen alle drei Frauen gleichzeitig.

»Dann ist es zu spät«, fügte Henriette hinzu.

Leopold stieg aus, beugte sich zum Wagenfenster hinunter und sagte: »Ich zieh mir schnell etwas an. So kann ich unmöglich mit dem Nachtwächter reden, der hält mich sonst für komplett verrückt.«

Henriette tätschelte seine Hand, die auf der Tür lag. »Beeile dich!«

»Was hast du ihm erzählt?«, fragte Henriette, nachdem Leopold aus dem Rathaus gekommen und wieder in den Wagen gestiegen war.

»Ich habe auch meine Geheimnisse«, sagte Leopold.

»Na gut, das ist dein Recht.«

Er lachte. »Ich habe ihm gesagt, ich hätte einen Verlobungsring gekauft, den ich morgen nach der Kirche brauche, sonst kann ich ihr ja keinen Antrag machen.«

»Wem?«, fragte Felise.

»Es gibt keine Verlobte«, sagte Henriette. »Gut gemacht, mein Junge. Also wo liegt das Stückle?«

»Ungefähr auf der halben Strecke von Obertürkheim nach Rotenberg geht rechts ein Weg ab in die Weinberge hinein.«

»Fahren wir jetzt dort hin?«, fragte Josefine.

»Nein. Bringe uns bitte nach Hause. Ich gehe morgen allein zu ihm«, sagte Henriette.

Josefine und Felise protestierten natürlich heftig, aber weil Leopold immer noch bei ihnen im Wagen saß, konnten sie das wichtigste Argument erst hervorbringen, als sie ihn in Cannstatt abgesetzt hatten und er sich mit den Worten verabschiedete: »Lass ein schönes Bild von dir malen, Mama.«

»Er ist vielleicht ein Mörder!«, sagte Josefine.

»Auf keinen Fall gehst du allein hin«, befahl Felise.

»Und was glaubt ihr, passiert, wenn wir zu dritt dort aufkreuzen? Er läuft wieder weg. Nein, nein. Lasst mich mal nur machen. Ich werde schon mit ihm fertig.«

Sie stritten noch die ganze Fahrt bis zur Wagenburgstraße, wo Henriette das zerstörte Bild an sich nahm.

»Du hast weder einen Plan noch ein Ziel und weißt nicht, was bei deinem Besuch herauskommen soll«, stellte Josefine fest.

»Du weißt nicht, wie er auf dich reagieren wird«, fügte Felise hinzu. »Du weißt es einfach nicht.«

»Aber ich weiß, dass auch er vom Unbewussten gesteuert wird.«

DAS UNBEWUSSTE

Sie wollten sie natürlich trotzdem nicht allein gehen lassen und so verabredeten sie, dass Josefine am frühen Nachmittag Felise und Henriette abholen würde.

Vier Uhr zehn zeigte der Wecker auf ihrem Nachttisch, als sie das Nachthemd angezogen hatte. Sie legte sich, die Arme hinter dem Kopf verschränkt, auf das Bett. Die Decke ließ sie am Fußende liegen, ihr war unglaublich warm, doch die Yamswurzel-Tinktur schien zu wirken, die Schweißausbrüche blieben aus. Sie hatte das Fenster geöffnet, doch keine Geräusche waren zu hören, nur ihr eigener Atem. In Gedanken führte sie ein langes Gespräch mit Doktor Freud und am Ende beschloss sie, ohne Felise und Josefine zu dem Wünsch zu fahren. Sie stellte die Weckzeit auf sieben Uhr, denn es war besser so früh wie möglich loszufahren, damit Felise es nicht bemerkte.

Im Mondlicht sah sie keine Farben in ihrem Schlafzimmer, aber als sie die Augen schloss, kam ihr das Sofa, auf dem die Frauen gelegen hatten, in den Sinn, rot, samtig, weich. Wünsch hatte es nur mit ein paar Strichen angedeutet, die Lehne wie eine Schnecke aufgerollt, das Bein eine Löwenpranke, darüber Stoffe in Falten, Kissen wie Wolken. Wie musste man darauf liegen? Henriette rutschte herum. Das rosige Fleisch der Arme und Schultern, ganz Haut, ganz Sinne, ganz Spüren. Umarmungen, Berührungen. Runde Wangen, ein langer Hals, Gesichter entspannt im Halbprofil, Münder weich mit feuchten Lippen. Ein

Stöhnen? Ein Tuch ließ den Busen darunter nur erahnen, die Erhebung der Brustwarze, eine Hand dicht daneben. Strich vor Kurzem darüber, hielt inne, umkreiste, drückte, hielt. Seidenwäsche rutschte über Hüften und Schenkel, gab Geheimnisse preis, fast. Eine kribbelnde Hitze stieg in Henriette hoch. Sie rollte auf die Seite, schlang die Arme um sich. Ihr war heiß. Aber das war nicht die fliegende Hitze. Sie strich über ihre Brüste, bedeckte ihren Bauch mit den Händen. Sie spürte den Stoff des Nachthemds auf ihren Schenkeln.

Das tut man nicht. Das tut doch niemand. Und sie tat es.

Am nächsten Morgen stärkte sie sich mit zwei Löffeln Yamswurzel-Tinktur, etwas Marmelade aus dem Glas und dem letzten Rest Schinken, schlich sich um acht Uhr aus dem Haus, zum ersten Mal nicht mehr in Trauer, sondern in einem beigefarbenen Sonntagskleid, mit Perlen in den Ohren und einem Strohhut mit weißem Gesichtsschleier. Sie fuhr mit der Straßenbahn bis zum Bahnhof, wo sie in eine Droschke umstieg.

Der Kutscher meinte, die Stückle von den Klecksern seien bekannt, und warf ihr einen anzüglichen Blick zu. Henriette prüfte, ob der Schleier dicht saß, und lehnte sich zurück, als das Pferd sich ins Geschirr legte. Er würde sie später nicht beschreiben können.

Der Wagen hielt mit einem Ruck, Henriette schrak auf. War sie etwa eingeschlafen? Sie taumelte beim Aussteigen. Verwirrt drückte sie dem Kutscher eine Münze in die Hand, und er verzog hämisch den Mund. Vermutlich war es zu viel gewesen, aber sie konnte durch den

Schleier die Prägung nicht gut erkennen, oder war es der Schatten unter den Bäumen, der alles so undeutlich werden ließ? Irgendetwas stimmte nicht mit ihr.

Sie hielt sich am Gartentor fest, hatte das Bedürfnis, die Augen zu schließen. Nur einen Moment. Ihre Knie gaben nach, sie schreckte hoch. Das rostige Metall des Tores bohrte sich durch ihren Handschuh, sie hatte eine der lanzenartigen Zacken zu fest gepackt.

Hinter dem Tor war der Garten bis zum Haus dicht bewachsen, sie konnte zwischen dem hellen Grün der Blätter und den gelben Blüten eines Goldregenstrauchs nur eine rot gestrichene Holztür erkennen. Der Vorhang im Glaseinsatz bewegte sich, ein Gesicht tauchte auf, verschwand wieder. Sie schloss die Augen, und als sie sie aufschlug, stand der Wünsch vor ihr.

»Geht es Ihnen nicht gut, gnädiges Fräulein?« Er öffnete das Tor und geleitete Henriette den Weg entlang. Ihr Beine fühlten sich butterweich an, und als sie sprach, merkte sie, wie verwaschen ihre Stimme klang.

»Es geht schon, es ist nur …«

Sie hatte die falsche Medizin genommen. Altmüllers Beruhigungstropfen! Erneut gaben ihre Beine nach, aber Wünsch fing sie auf und trug sie, ein Arm unter ihren Kniekehlen, den anderen hinter ihrem Rücken, mit erstaunlicher Leichtigkeit hinein und legte sie sanft auf einem Sofa ab. Er bewegte einen Fächer sachte vor ihrem Gesicht und murmelte beruhigende Worte.

»Gleich geht es Ihnen besser, mein liebes Fräulein. Entspannen Sie sich.«

Zu gerne hätte sie seinen Worten nachgegeben. Als er versuchte, ihren Schleier wegzuziehen, mit der Begründung, sie bräuchte mehr Luft, wehrte sie ihn ab.

Er lächelte liebenswürdig. »Ich verstehe. Aber trinken Sie doch einen Madeirawein, das stärkt das Blut.«

Er hielt ihr ein kleines Glas mit einer dunkelroten Flüssigkeit entgegen.

»Wasser bitte«, sagte sie leise, als er sich außerhalb ihrer Sichtweite zu schaffen machte. Sie hörte Gläserkirren und wie Wasser eingegossen wurde und rappelte sich auf. Sie musste sich bewegen.

»Aber bleiben Sie doch liegen, liebes Fräulein.«

»Ich will mich ein wenig in Ihrem Atelier umsehen«, sagte sie leise, damit er ihre Stimme nicht erkannte.

»Dann sind Sie zum ersten Mal hier?«

»Aber was denken Sie?«

Er hielt ihr ein Glas Wasser hin. »Welche Freundin hat die Empfehlung … weitergegeben?«

Henriette winkte ab. »Das tut nichts zur Sache. Sie arbeiten schon so früh am Morgen?«

Vorsichtig ging sie umher und tastete ab und zu nach einem Möbelstück, wenn der Schwindel zu stark wurde. Den Kopf abgewandt trank sie das Wasser in einem Zug leer. Vielleicht sollte sie auch noch etwas essen?

Das weiche Gefühl im Körper blieb bestehen und auch das Gefühl, zu taumeln, wenn sie sich zu schnell bewegte, aber sie merkte, dass ihre Gedanken immer noch klar waren.

Es war ein recht großes Gartenhaus, das nur aus einem Raum zu bestehen schien, die Balken stiegen steil nach oben, und sie konnte die Ziegel sehen, mit denen das Dach gedeckt war, und die Spinnweben, die in Fetzen von dort herabhingen. Im Morgenlicht, das durch breite Fenster in langen Streifen quer durchs Zimmer fiel, tanzte Staub, es erhellte einen Tisch voller Farbtuben und Flaschen, Pinsel in Gläsern und beschmierte Paletten. Es leuchtete hellgrün, knallgelb, feuerrot und tiefblau, wohin sie auch sah, schwangen die Farben in Linien mit ihrem Blick auf das nächste, was sie betrachtete, als zögen ihre trägen Augen die Buntheit hinter sich her.

Neben dem Tisch, auf einem Holzklotz, stand eine Büste aus Gips. Cäsar mit edel geschwungener Nase und winzigen Locken. Die farblosen Augen wölbten sich hervor, glotzten sie an, und als sie den Kopf bewegte, flossen weiße Strahlen durch den Raum.

Henriette blinzelte, und die Sicht wurde frei auf das Sofa, auf dem sie gelegen hatte. Schneckenförmige Lehne, Löwenprankenfüße, halb in den Raum hineingerückt, bestickte Decken wie achtlos darübergeworfen, doch sicher genauso bewusst drapiert wie die weichen Kissen mit Troddeln und Fransen. Auf einem orientalisch anmutenden Tischchen aus rotbraunem Holz schlängelte sich eine Perlenkette zwischen geschliffenen Gläsern und Karaffen, ein türkischer Teppich mit schwarz-roter Bordüre lag darunter. Der Fächer, mit dem er ihr Luft zugewedelt hatte, gemacht aus Pfauenfedern, lag darauf, daneben ein weißes Seidenhemd mit goldener Stickerei. Sie glaubte, es an einer der halb Nackten gesehen zu haben. Herabgerutscht von der Schulter, die Brust entblößt.

Wünsch schien sie beobachtet zu haben, denn er bückte sich nach dem Hemd und ließ es durch seine Hände gleiten, während er sie ansah. Lange, biegsame Finger, die so zartes Fleisch malen konnten. Roch es nach einem süßen Parfüm oder schwach nach Terpentin?

Abrupt drehte sie sich um und stieß gegen die Staffelei. Etwas fiel ihr vor die Füße und sie stieß einen kleinen Schrei aus.

»Das ist nur ein Malblock.« Wünsch hob ihn auf und stellte ihn zurück. Weißes Papier, lediglich zwei Striche waren darauf gezeichnet.

»Halte ich Sie von der Arbeit ab?«

Er umfasste sein rechtes Handgelenk und rieb es. »Nein, ganz und gar nicht.«

»Was ist mit Ihrer Hand?«

Er versteckte unwillkürlich beide Hände hinter dem Rücken und trat einen Schritt zurück.

»Es ist nichts. Nur falls Sie gekommen sind, um sich porträtieren zu lassen, fürchte ich, dass es heute nicht geht.«

»Das ist aber schade. Sind Sie verletzt?«

Er schüttelte den Kopf und ließ die Arme sinken. Wie zwei nutzlose Stücke hingen sie an ihm herab. Da erst bemerkte Henriette, wie müde er aussah. Um Augen und Mund hatten sich Falten gegraben, die sie nicht an ihm gesehen hatte, als er bei Felise gewesen war. Auch war er nicht gekämmt, das helle Haar stand wirr. Ein Bartschatten lag auf den Wangen und dem markanten Kinn. An dem russischen Bauernkittel mit Stehkragen, der an der Schulter zugeknöpft wurde, fehlten die Knöpfe, nur leere Fädchen standen in die Höhe. Die ausgebeulte Cordhose schlotterte um seine Knie, als er jetzt durch den Raum ging. Unruhig sah er immer wieder zu ihr.

»Ich werde es aber versuchen. Ein schönes Modell hat mich schon immer inspiriert.«

Henriettes Hand fuhr zum Gesichtsschleier, er verstand die Geste falsch, dachte, sie wolle ihn ablegen.

»Nein, lassen Sie ihn unten. Er ist sehr apart, und es könnte ein interessantes Bild werden. Außergewöhnlich. Stellen Sie sich ein Stück weiter hier hinüber. Da, halten

Sie sich an der Stuhllehne fest. Ja, so ist es schön. Den Kopf ein wenig seitlich drehen, die Schulter runter. Gut so. Ja, so bleiben.«

Er dirigierte sie sanft ins Morgenlicht und griff nach einem Stück Rötel, doch als er die Hand Richtung Papier führte, begann sie zu zittern. Er senkte den Arm, strich mit der anderen Hand über das Papier, als gäbe es etwas zu glätten. Dann hob er wieder die Hand, die sich mit jedem Zentimeter näher am Papier zu einer Faust ballte. Die Kreide brach entzwei und ein Stück fiel auf den Holzboden.

Wünsch senkte mit einem Keuchen den Kopf, hielt seine Hand umfasst. »Es tut mir leid, heute geht es nicht.«

Er sah zu ihr, stockte, und plötzlich trat ein anderer Ausdruck in sein Gesicht.

»Sie … sind … Frau Kommerzienrat?«

Henriette löste den Schleier und schlug ihn zurück.

»Haben Sie mich jetzt erkannt.«

»Das Licht … es machte Ihren Schleier durchsichtig. Was tun Sie hier?«

»Genau das, was Sie gerade versucht haben. Ich will mich malen lassen.«

Er starrte sie an. »Woher wussten Sie, dass ich hier bin?«

»Man spricht über Sie«, sagte Henriette, und er zuckte zusammen. »Die Eigenheiten einer Berühmtheit sind doch immer interessant.«

»Ach ja? Berühmt bin ich aber nicht.«

»Da täuschen Sie sich. Ich habe viel von Ihren Porträts gehört. Frau Dörtenbach, meine Nachbarin Felise Eberle …«

Mit hängenden Schultern stand er vor ihr, das Gesicht

so kläglich. Sie sah ihn schweigend an. Er drehte den Kopf weg, schaute zur Seite, auf den Boden, dann in ihr Gesicht. Sie fing seinen Blick ein, doch er hielt nicht lange stand. Seine Augen wanderten unruhig umher. Sie wartete. Schweigen, das wusste sie von den Sitzungen bei Doktor Freud, stellte mehr Fragen als alle Worte und drängte den anderen zum Sprechen.

»Seit ein paar Tagen geht es nicht mehr. Ich bringe keinen kontrollierten Strich zustande. Mein ganzer Arm bebt und schmerzt. Ein Krampf schüttelt mich.« Er setzte sich in einen Sessel neben dem Sofa und rieb das Handgelenk.

»Ich bin Maler.«

»Ein paar Tage ausruhen. Sie haben sicher zu viel gearbeitet.« Henriette tat oberflächlich und setzte sich auf die wollüstigen Decken, schlug die Beine übereinander und legte die behandschuhten Hände aufs Knie.

»Ich bin am Ende. Es ist aus mit mir.«

»Sie sind zu dramatisch. All die Erfahrung und Übung wird Ihnen nicht verloren gegangen sein. Das gibt es doch nicht.«

Er sprang auf, nahm das Glas, das er ihr zuvor hatte geben wollen und stürzte den Madeirawein hinunter. Mit dem Handrücken wischte er den Mund ab.

»Es ist mehr als das. Eine Schwermut lähmt mich. Es ist aussichtslos.«

»Nana, Sie sind ein junger Mann mit einer viel versprechenden Zukunft. Stuttgart erwartet Ihre Bilder.«

Er lachte bitter auf. »Stuttgart? Wer in Stuttgart?«

»Die ganze feine Gesellschaft, alle, die sich ein Bild leisten können. Von Ihnen.«

»Die feine Gesellschaft, ha! Ja, die feine Gesellschaft. Die höheren Stände, meinen Sie diese?«

»Ja.«

»Die wollen doch gar nichts mit mir zu tun haben. Ich gehöre nicht zu ihnen, ich bin keiner von ihnen. Sie wissen, dass niemand eine Chance bekommt.«

»Sicher ist es schwer, man muss sich das Ansehen verdienen. Aber die Stuttgarter öffnen sich für einen begabten Mann.«

»Ich hoffe, es wird irgendwann eine Generation geben, die nicht an Standesdünkeln leidet.«

»Die nächste Generation? Die, die nach Ihnen kommt?«

»Nach mir kommt nichts.« Alarm in seinen Augen. Er wippte auf den Hacken und sah zur Tür.

»Wollen Sie Ihr Zittern loswerden?«

»Ja!«

»Dann kann ich Ihnen helfen.«

»Sie sind keine Ärztin.«

»Waren Sie bei einem Arzt?«

»Ja. Er sagte, mit meinem Arm sei alles in Ordnung. Vielleicht die Nerven. Er wollte mir eine Kur empfehlen.«

»Das hilft manchmal. Aber meistens dauert es sehr lange. Und viel Zeit haben Sie sicher nicht.«

»Ich lebe von meiner Malerei und verhungere, wenn ich keine Bilder male. So viel Zeit habe ich«, sagte er trotzig.

»Wollen Sie es versuchen?«

»Was?«

»Meine Heilungsmethode.«

»Hokuspokus? Sie sehen gar nicht aus wie ein Scharlatan.«

»Also was ist, wollen Sie es versuchen?«

Er ging im Zimmer umher. »Sind Sie deshalb gekommen? Warum tun Sie das?«

»Sagen wir, ich habe ganz eigennützige Motive.«

»Sie wollen tatsächlich ein Bild?«

Sie lächelte.

Er rieb sich den Nacken. »Versuchen Sie es. Ich kann ja nichts verlieren.«

»Genau«, rief Henriette und stand auf. Ihr schwindelte wieder, aber sie fing sich bald. »Legen Sie sich auf das Sofa.«

»Hinlegen?«

»Ja, hier auf die Kissen.«

Sie schob einen Sessel an das Kopfende und ließ sich drauf nieder. Wünsch streckte sich aus, überkreuzte die Füße, die in Pantoffeln steckten, die voller Farbkleckse waren.

»Sie können die Augen schließen oder offenlassen, konzentrieren Sie sich auf nichts Bestimmtes, lassen Sie einfach die Gedanken kommen und sprechen Sie sie laut aus. Zensieren Sie nichts. Es muss keiner Logik folgen, sprechen Sie einfach alles aus, was Ihnen in den Sinn kommt.«

»Das ist doch aber keine Hypnose, oder?«

»Nein. Bei einer Hypnose würde ich sprechen. Fangen Sie an.«

Er räusperte sich und schwieg. Henriette wartete, starrte auf den schmutzigen Dielenboden voller Wollmäuse und Farbflecken. Nichts. Sie drehte den Kopf und konnte nur Wünschs üppigen Blondschopf sehen. Sie hörte ihn atmen. Es klang nicht, als sei er eingeschlafen, eher aufgeregt.

»Mein Vater hat sich immer abgerackert, er wollte uns eine bessere Zukunft ermöglichen, wir durften zur Schule gehen und eine Ausbildung machen, mussten nicht arbeiten wie viele andere Kinder in unserer Straße.«

»Er hat Ihnen also etwas zugetraut«, sagte Henriette. »Erzählen Sie von Ihrem Vater.«

Wünsch rutschte unruhig herum, nach einer Weile hatte er eine neue Liegeposition gefunden.

»Das Glück hat ihn verlassen. Das hat er immer gesagt. Am Tag, als unsere Mutter starb. Das Glück hat ihn verlassen. Das war die Entschuldigung für alles, was schief ging in seinem Leben. Wenn er zum zehnten Mal eine Stellung verlor, wenn er das Geld gleich am Zahltag auf den Kopf gehauen hatte für Schnaps und Wein. Wenn er zu betrunken war, um arbeiten zu gehen. Das Glück hat ihn verlassen. Mich jetzt auch. Das Glück hat mich verlassen.«

»Wann starb Ihre Mutter?«

Wieder rutschte er herum, rieb sich die Stirn. Als er weitersprach, klang seine Stimme höher, wie die eines viel Jüngeren, eines Kindes.

»Ich war zwölf.«

Ein lähmendes Schweigen breitete sich aus. Henriette spürte ohne seine Worte, wie furchtbar das für ihn gewesen sein musste.

»Erzählen Sie von Ihrer Mutter.«

Er schluckte hörbar. »Du bist mein Prinz, das sagte sie. Wenn sie mich zudeckte und mir einen Kuss gab. Sie musste morgens sehr früh los, weil sie in einem vornehmen Haus arbeitete, und war schon längst fort, wenn ich aufstand. Die Herrschaft hatte sie behalten, weil sie bereit war, sehr früh zu kommen und sich um den alten Herrn zu kümmern. Ein grantiger Mann, der nur wirres Zeug redete, manchmal wild wurde und dann im Hemd herumrannte. Man hätte ihn in eine Anstalt stecken müssen, aber weil meine Mutter mit ihm umzugehen wusste, konnte er im Haus bleiben, und sie behielt ihre Stellung, obwohl sie heiratete und ich auf die Welt kam.«

»Und Ihre Geschwister?«

Seine Stimme wurde wieder tiefer. »Ich habe nur einen Bruder.«

»Erzählen Sie von ihm.«

»Er heißt Gottfried. Er hat eine gute Stellung als Schildermaler, ist solide und arbeitet fleißig. Bald kann er heiraten.« Er sagte es in einem sachlichen, nüchternen Tonfall, der sich deutlich von dem unterschied, wie er von der Mutter und auch vom Vater gesprochen hatte.

»Sie mögen ihn nicht?«

»Er ist der Engel der Familie.«

»Aber Sie mögen ihn nicht.«

Er rutschte herum, und Henriette bekam den Eindruck, er sei zusammengeschrumpft. Tatsächlich klang seine Stimme wieder klein und kläglich, als er zu sprechen begann.

»Er war so winzig, so hilflos und wütend. Ich musste ihn herumtragen, weil er so viel schrie und sich nur beruhigte, wenn man ihn schaukelte. Ich habe ihn immer herumgetragen, manchmal die halbe Nacht. Gottfried, das Engelchen auf Erden. Mama im Himmel. Das ist doch ein göttlicher Scherz.«

»Der kleine Engel Gottfried hat sie umgebracht?«

»Ich hätte ihn am liebsten aus dem Fenster geworfen, wenn er mich mit seinem Geschrei vom Schlafen abhielt.«

»Das ist Ihr Tötungswunsch.«

»Ich war ein kleiner Junge«, sagte er abwehrend.

Henriette stand auf und ging ein paar Schritte im Zimmer umher, das Schwindelgefühl war nicht weniger geworden, aber im Gehen schlief sie wenigstens nicht ein. Freud hätte das nie getan, aber sie musste jetzt klar denken können.

»Sie waren der Liebling Ihrer Mutter, ihr Prinz und haben folglich ein positives Selbstbild aufgebaut. Sie hielten sich für einen guten Menschen und mussten Ihren Tötungswunsch verdrängen. Das ist Ihnen sogar gelungen. Sie haben über Ihre Ausbildung als Graveur hinaus viel erreicht, sogar den Wunsch Ihres Vaters erfüllt und sind etwas geworden.«

Wünsch folgte ihr aufmerksam. »Er war stolz auf mich. In den letzten Jahren hat er sogar weniger getrunken, wurde friedlicher. Leider lebt er nicht mehr.«

»Ah, das könnte ein weiterer Schlüssel sein.«

»Was meinen Sie?«

»Als Ihr Vater starb, war das Gebot, ein guter Junge zu sein, aufgehoben.«

Wünschs Augenlider flatterten, er verschränkte die Arme.

»Unbewusst haben Sie ihm aber trotzdem nachgeeifert.«

»Das stimmt nicht. Ich trinke nicht und bin auch sonst ganz anders als er.«

»Sie haben sich in Magdale verliebt.«

Mit einem Ruck setzte er sich auf. »Haben Sie mit ihr gesprochen? Wie geht es ihr? Sie wissen Bescheid, gell? Sind Sie deswegen hier? Ich dachte es mir schon. Ich versichere Ihnen, ich werde alles tun …«

Henriette hob die Hand. »Sie werden gar nichts mehr tun. Sie haben schon genug angerichtet.«

»Aber ich liebe sie. Ich liebe sie wirklich. Das müssen Sie mir glauben.«

»Ich glaube es Ihnen. Magdale ist ein armes Dienstmädchen, hilfsbereit und liebenswürdig und vielleicht mit dem gleichen fröhlichen Wesen ausgestattet, wie Ihre Mutter es hatte.«

Er überlegte, seine Gesichtszüge wurden weich. »Jetzt, da Sie es sagen …« Dann sah er zur Tür und wollte aufstehen.

»Wir sind noch nicht am Ende mit der Behandlung. Legen Sie sich noch einmal zurück und erzählen Sie mir von Magdale.«

Er grinste. Das Lausbubenhafte an ihm kehrte zurück. »Sie wollen mich gar nicht anzeigen, gell? Eine kluge Entscheidung, denn es würde letztlich Magdale mehr schaden, als helfen. Sie hält Sie im Übrigen für die beste Herrin, die man sich vorstellen kann. Gerecht und freundlich, keine Sklaventreiberin, eher eine Sozialistin. Sind Sie eine Sozialistin? Das würde erklären, warum Sie Magdale nicht einfach hinauswerfen. Können Sie tatsächlich über die Klassenschranken hinwegsehen?«

»Reden Sie nicht über mich. Wie war das mit Magdale? Wie haben Sie sie kennengelernt?«

Wünsch strahlte sie noch einen Moment an, bevor er sich in die Kissen lehnte. Er war sichtlich erleichtert, spielte mit der rot-weißen Borte, die die Manschette seines Russenkittels bildete, und begann zu sprechen, während Henriette stehen blieb und ihn beobachtete.

»Es war an einem Sonntagnachmittag. Das Licht stand schon recht tief, dann sind die Farben am schönsten, wissen Sie, und ich machte Skizzen auf dem Schlossplatz, ließ mich einfach zwischen den Leuten treiben, die um diese Zeit dort flanieren. Magdale war auch da, mit Therese. Ich beobachtete sie eine Weile. Ihre Anmut, ihr helles Haar unter dem Hut, ihre feine Haut. Sie hat mich sofort bezaubert. Ich zeichnete wie ein Verrückter, wollte so viel wie möglich von ihr einfangen. Sie bemerkten es und kamen näher, ich zeigte den beiden die Zeichnungen, und so kamen wir ins Gespräch.«

»Und da haben Sie sie gefragt, ob sie Ihnen Modell sitzt?«

»Nein. Ich wollte es wohl, aber irgendeine Scheu hielt mich zurück. Sie ist nicht wie die anderen, ich meine, es gibt Modelle und … und …«

»Ich verstehe schon. Wie ging es mit Magdale weiter?«

»Sie kam ein paar Tage später zu mir, von ganz allein. Etwas scheu und verschämt. Aber es war sofort eine Vertrautheit zwischen uns, das Gefühl, sich schon ewig zu kennen. Ihr ging es genauso. Wir trafen uns, so oft wir konnten, und es war eine wundervolle Zeit.«

Hier in diesem Gartenhäusle? Henriette fragte nicht, ihre Fantasie erzeugte Bilder, die ihr Antwort genug waren. Das Sofa, die Decken, Kissen, der Ofen in der Ecke, das helle Frühlingsgrün des Gartens wie ein Vorhang. Luftig, frei und leicht. Und das Seidenhemd, der Fächer, die Perlenkette. Verspielt, sinnlich und … Sie hatte es auf den Bildern gesehen, und in ihrer Brust brannte es.

Wünsch schien sie vergessen zu haben, er sprach mit trauriger Stimme.

»Magdale wurde immer schöner, immer lebendiger, immer mehr Meine. Und ich wollte sie heiraten. Ich wollte es wirklich. Sie sagte, ich würde sie glücklich machen. Sie würde sich wie eine Dame fühlen. Und ich glaube, da war ich wieder der Prinz. Das wird mir jetzt erst klar, während ich mit Ihnen spreche. Ich war wieder

der Prinz und sie meine Dame. Es war nichts Schmutziges zwischen uns, wir waren erhöht. Es war gut.«

Er schluckte. »Ich habe ihr nicht alles gesagt. Ich ließ sie im Glauben, dass ich Geld hätte, von der Malerei leben könnte und die Aufträge am Hoftheater nur aus Gefälligkeit ausführen würde. Ich wollte in ihren Augen etwas gelten. Und ich galt etwas.«

»Bis das Kind unterwegs war. Dann wollten Sie sie nicht mehr heiraten.«

»So war es nicht. Ich bekam ein Angebot in Moskau, am gleichen Tag, an dem sie mir sagte, sie sei schwanger. Eine einmalige Chance, an einem viel größeren Theater zu arbeiten. Aber ich kann sie nicht mitnehmen, sie aus allem Vertrauten herausreißen. Das hätte sie kaputtgemacht.«

»Nein!«, sagte Henriette heftig. »Das ist nur eine Täuschung. Der eigentliche Punkt ist, dass Magdale kein Kind gebären soll. Es wäre ein Engelchen wie ihr Bruder damals. Ein Engelchen, das die Mutter töten könnte und damit auch den Prinzen.«

Er sah sie mit großen Augen an. »Sie meinen, ich habe aus Angst um Magdale so gehandelt?« Hoffnung in seiner Stimme.

»Sie hatten und haben vor allem Angst um sich. Die Abtreibung hat Magdale noch viel mehr gefährdet als eine Geburt, denn sie steht unter Strafe. Sie wollen der Prinz bleiben.«

Er sprang auf. »Ich wollte das Beste für Magdale. Ich habe mich erkundigt und das Geld aufgetrieben und die Apothekerfrau ausfindig gemacht, damit ihr nichts passiert. Ich wollte nicht, dass sie stirbt.«

»Sie haben Ihren Tötungswunsch in Fürsorge gehüllt, damit Sie sich selbst vormachen können, Sie hätten eine gute Tat vollbracht. Aber mit dem Guten war es schon vorbei, als Sie Magdale verführt haben. Diese Weisheit ist doch so alt wie die Welt!«

In seinem Gesicht arbeitete es heftig. Er sah zur Tür, und Henriette sagte: »Es bringt nichts, wegzulaufen. Sie müssen sich Ihrem Unbewussten stellen.«

Er kniff den Mund zusammen und ging im Zimmer umher, rang mit sich, das konnte sie sehen.

»Ja mein Gott«, rief er aus. »Was ist falsch daran, sich gut fühlen zu wollen?«

»Sie wollen der Prinz sein.«

»Ja!«, schrie er. »Ja, das will ich.« Seine Lippe bebte, die Augen standen voller Schmerz, die Schultern hingen herab.

Henriette sah den kleinen blonden Jungen, der um seine Mutter getrauert hatte. Der sie vermisste und vor allem darunter gelitten hatte, dass er plötzlich unsichtbar geworden war. Keiner hatte mehr bemerkt, dass er großartig war, etwas Besonderes. Er wurde nicht mehr geliebt, ohne etwas dafür getan zu haben. Sein Vater liebte ihn, wenn er tüchtig war. Aber das war nicht das Gleiche.

Ein Zittern ging durch seinen Körper, er wischte wütend ein paar Tränen ab. Nach einer Weile wurde er ruhiger, sein Blick wieder klar.

»Und jetzt?«, fragte er und sah zur Staffelei.

»Versuchen Sie es.«

»Das bewirkt die Heilung? Wenn man zugibt, was man für jämmerliche kleine Sehnsüchte hat?«

»Es kostet viel Mut, das haben Sie gemerkt.«

Er ging langsam zur Staffelei, nahm ein Stück Rötel und setzte sie auf dem Papier auf. Ein paar Striche. Henriette sah, dass sie ungelenk ausfielen. Dann setzte wieder

der Krampf ein. Seine Hand zitterte, er packte sie mit der anderen, als hätte er sich verbrannt, und ließ die Kreide fallen. Schluchzte auf und sah Henriette anklagend an.

»Es geht nicht. Ihre Methode bringt gar nichts.«

»Sie wollen immer noch etwas verbergen«, sagte Henriette ruhig.

»Was denn noch? Ich gebe zu, dass ich kein Kind haben will. Und was hat Ihre Behandlung gebracht? Ich zittere immer noch. Ich kann nicht mehr malen, weil ich mein geliebtes Mädchen verletzt habe. Ich habe mich unehrenhaft verhalten. Mir ist mein künstlerisches Fortkommen wichtiger als die Liebe. Das ist jämmerlich, und das Zittern die Strafe.«

»Vielleicht bestrafen Sie sich selbst. Aber das glaube ich nicht. Erzählen Sie mir von dem Tag, an dem die Abtreibung stattfand. Was haben Sie da gemacht?«

»Ich wollte sie begleiten, aber ich verpasste sie. Ich war so traurig, dass das alles passieren musste und … ich betrank mich. Am nächsten Tag hatte ich ein fürchterlich schlechtes Gewissen und ging zu Ihrem Haus. Aber da kam ich auch zu spät. Magdale wurde herausgetragen. Ich erschrak ganz fürchterlich, weil sie blutete, und machte mir Sorgen.«

Er senkte den Kopf. »Und dann sah sie mich auch noch und schrie. Das war schrecklich. Ich hörte, dass sie ins Karl-Olga-Krankenhaus gebracht werden sollte, und hatte Glück, da stand gerade eine Droschke.«

»Das war meine«, sagte Henriette.

»Wie bitte?«

»Nichts. Erzählen Sie weiter. Sie sind in die Klinik und haben Altmüller dazu gebracht, die Abtreibung zu vertuschen.«

»Ja, ich brauchte Zeit zum Überlegen.«

»Und dazu haben Sie Altmüller erpresst?«

»Er war mir einen Gefallen schuldig. Ich habe ihm ein paar Mal aus der Patsche geholfen.«

Henriette nickte. »Es fehlt noch etwas in Ihrem Bericht.«

»Nein. Was denn?«

»Über was haben Sie am Samstagabend mit Altmüller gestritten? Beim *Verein zur Förderung der Schönen Künste*?«

»Er schuldet mir noch Geld für … für ein paar Bilder, die er weiterleitet an einen Verlag. Für eine … Zeitschrift.«

»Das war alles?«

»Er machte Theater, dass man mit Magdale eine Entscheidung treffen müsse. Aber ich will, dass er abwartet, bis ich abgereist bin. Dann soll er mit ihr reden und zusehen, dass sie die richtigen Dinge sagt. Zu ihrem eigenen Besten.«

»Was haben Sie über Willy Zemp gesprochen?«

»Ich kenne keinen, der so heißt.«

»Erzählen Sie mir von dem Abend der Abtreibung.«

»Das habe ich doch schon.«

»Sie gingen ins Wirtshaus. Wo?«

»Ich weiß nicht mehr. Ich war in mehreren.«

»Hinter dem Rathaus?«

»Vermutlich.«

»In der Querstraße?«

»Was soll das?«

»Sie haben eine unangenehme Tat verdrängt, die mit einem intensiven Wunsch verbunden war.«

»Was meinen Sie mit *verdrängt*?«

»Das ist eine Form des Vergessens, von allzu bedrängenden Motiven.«

»Sie reden ziemlich wirr, gnädige Frau.«

»An was Sie partout nicht denken wollen, ist der Moment, in dem Sie Willy auf den Kopf geschlagen haben.«

»Nichts dergleichen ist geschehen.«

»Macht Sie das wütend?«

»Ihre Unterstellungen machen mich wütend! Ich wollte bei ihr sein und kam zu spät, ich habe mich betrunken und am nächsten Tag Reue empfunden. Dazwischen ist nichts geschehen.«

Henriette trat an den Tisch und schob die Farbtuben und Flaschen darauf herum. Der Maler konnte nicht sehen, was sie tat. Sie öffnete eine Tube roter Farbe und schmierte sie auf den Malstock.

»Hier, nehmen Sie noch einmal Ihren Pinsel und Malstock in die Hand und sprechen Sie einfach weiter, sagen Sie alles, was Ihnen einfällt.«

Er riss ihr beides aus der Hand.

»Mir fällt eine Menge ein. Ihre Überheblichkeit, Ihre Anmaßung, die Sie sich herausnehmen, weil Sie von Stand sind. Weil Sie einen reichen Vater hatten, einen reichen Kaufmann geheiratet haben und dadurch, durch nichts anderes als eine glückliche Geburt, ein besseres Leben haben. Sie sehen auf mich herab, lassen mich Bilder malen. Ich bin Ihr Lakai. Was haben Sie jemals dafür getan, um all das zu verdienen?« Er fuchtelte wild mit dem Malstock herum.

»Altmüller müssen Sie nicht fürchten. Er will selbst nicht, dass seine Geschäfte ans Licht kommen. Magdale wird nichts sagen. Ihr Herz ist zwar gebrochen, aber nicht ihr Stolz. Was also fürchten Sie so sehr, dass es Ihren Arm lähmt?«

»Keiner kann mich vernichten, keiner kann mich aufhalten. Ich werde nach Russland gehen und meine Karriere fortsetzen. Keiner hält mich auf!« Er fuchtelte weiter mit dem Malstock. Holte aus mit Schwung, traf den Kopf der Büste. Ein dumpfer Ton. Ein roter Fleck, dann lief die Farbe zäh Cäsars Stirn hinunter. Er stockte.

»Wessen Kopf ist das?«

Der Maler ließ den Pinsel fallen und rieb sich mit dem Unterarm über das Gesicht. Er schwitzte und war doch ganz bleich. Das Grau seiner Augen blass, sodass seine weißen Augäpfel dumpf schimmerten wie bei den Blinden, die Henriette in Indien gesehen hatte. Tatsächlich schien er mehr nach innen zu sehen als den Raum um sich herum. Er sah, was er vergessen wollte und was ihm fast gelungen war.

»Der eines armseligen Wichts, der mir in die Quere kommt. Was will er von mir? Ich habe nichts mit ihm zu schaffen. Ich kenne ihn nicht.« Der Maler heulte auf. »Was willst du von mir? Ich habe dich nie gesehen, und dann redest du von Magdale, meiner Magdale. Sagst, es sei deine Verlobte. Sie gehört mir, mir allein. Und wenn ich sie nicht haben kann, dann du auch nicht.«

Er ließ den Malstock fallen. »Auch nicht der Schneider!«

»Jetzt wissen Sie es wieder.«

Er ließ den Kopf hängen.

»Er hörte nicht auf, mich anzuklagen. Er war betrunken, schrie herum, er hätte keine Lust mehr, zu warten. Ob ich ihn an der Nase herumführen wollte, was mit der Stelle am Hoftheater sei. Kostümschneider wollte er werden. Jeder muss sich selber anstrengen. Das muss ich auch. Was soll ich so einem Habenichts helfen? Warum?«

Er berührte den Gipskopf oberhalb der Augenbraue. Seine Finger hinterließen einen roten Strich.

»Dieser Kerl war so widerlich. Er hatte eine Platzwunde, genau hier. Hat sich schon vorher rumgeprügelt. Was denkt der? Keiner kriegt etwas geschenkt. Als er nicht aufhörte, schubste ich ihn weg, aber er begann zu raufen, und ich wehrte mich. Er stolperte und fiel gegen einen Stapel Fässer, die rutschten, eines knallte auf den Boden. Keiner kümmerte sich um das Poltern, niemand kam angelaufen. Es war noch nicht so spät, dass die Leute misstrauisch wurden. Ich nahm die Stange, sie lag da vor meinen Füßen. Ich dachte nicht nach, ich dachte nur, dass der mir nicht zu sagen hat, dass ich ein Pfuscher bin. Ich bin kein Pfuscher.«

Er sah auf, das Gesicht nass von Tränen.

»Ich bin niemand. Hier in Stuttgart bin ich niemand.«

Henriette ließ sich erschöpft auf das Sofa sinken und spürte erst jetzt, mit welcher Anspannung sie sich die ganze Zeit aufrecht gehalten hatte.

»Dieser Schneider hieß Willy Zemp, und Sie haben ihn erschlagen.«

»Erschlagen? Er hat noch gelebt, als ich … gegangen bin. Ganz sicher, er hat gestöhnt.«

»Er ist tot.«

»Tot?« Wünsch starrte sie an.

»Sie haben ihn umgebracht. Und weil man Magdale mit Willy vor dem Haus der Hebamme streiten gesehen hat, wird sie des Mordes verdächtigt.«

»Magdale?«

»Hat Altmüller nichts davon gesagt?«

Wünsch rieb sich das Gesicht mit beiden Händen. »Er ist tot. Mein Gott! Und sie verdächtigen Magdale?«

»Sie wissen nichts davon?«

»Altmüller sagte, sie würde ins Vollzugskrankenhaus gebracht werden, der Untersuchungsrichter hätte das angeordnet. Morgen, am Montag. Aber ich dachte wegen der Abreibung und wollte, dass Altmüller den Suizidversuch zwar bescheinigt, aber dann erklärt, dass keine ernsthafte Selbstgefährdung mehr besteht.«

»Jetzt verstehe ich auch, warum Sie nicht schon längst über alle Berge sind. Sie warten nur auf das Geld.« Henriette schloss kurz die Augen. Es war so schwer, sie zu öffnen, aber es gelang. »Altmüller kennt dieses Stückle nicht?«

»Ich will doch keine Männer hier haben.«

Wünsch rieb seine Hände und sah sehr verstört aus. Er wippte auf den Hacken, bewegte sich sehr langsam, kam näher, er wurde durchsichtig und erschien wieder, dann verblasste er ganz.

FREUNDINNEN

Ein scharfer Geruch fuhr in Henriettes Nase, sie drehte den Kopf weg und riss die Augen auf.

»Sie ist zu sich gekommen.« Felise, mit einem Riechfläschchen in der Hand, sah sie besorgt an.

»Kannst du dich aufsetzen? Trink das.« Josefine brachte eine Tasse Kaffee.

Verwundert bemerkte Henriette, dass sie auf dem Sofa lag, zugedeckt mit einer der bestickten Decken, ein Kissen unter dem Kopf.

»Was ist passiert?«, fragte sie.

»Das musst du uns sagen! Gehst ohne uns hierher und schläfst auf diesem … Sofa«, rief Felise.

»Wo steckt der Kerl? War er hier?«, fragte Josefine.

Den Kopf von links nach rechts drehend, stellte Henriette erleichtert fest, dass der Schwindel weg war. »Ich dachte mir schon, dass er wieder davonläuft. Er wippte auf den Hacken.«

Die beiden schauten sie ratlos an.

»Das hat er dauernd gemacht.«

»Was ist denn nun passiert?«, frage Josefine.

»Er hat den Willy erschlagen. Allerdings hat er geglaubt, er hätte ihn nur verletzt. Als ihm klar wurde, dass er ihn getötet hat, ist er abgehauen.«

»Das hat er dir einfach so erzählt?« Felise rutschte ans Fußende des Sofas, und ihr Gesicht war voller gespannter Neugier.

»Wie hast du das geschafft?« Josefine zog einen Stuhl heran und setzte sich, die Kaffeetasse auf den Knien.

»Ich musste gar nicht viel tun. Hauptsächlich schweigen. Erstaunlich, wie gut das wirkt, dabei habe ich es ja am eigenen Leib erlebt.«

»Was?«

»Bei Doktor Freud. Die Analyse.«

»Du hast eine Analyse mit ihm gemacht?«

»Das kann ich ja nicht. Aber vielleicht war es so ähnlich wie eine Analyse.« Henriette schlug die Decke zurück und setzte sich auf. Sie nahm von Josefine den Kaffee entgegen und trank. »Wo hast du den her?«

»Du warst ja nicht wachzukriegen, da hatte ich Zeit, mich hier ein bisschen umzusehen. Ein interessantes … Gartenhäusle.«

»Jetzt erzähl endlich«, rief Felise ungeduldig.

»Wisst ihr, ich bin ein bisschen stolz, ich weiß, das soll man nicht sein, aber ich denke, ich habe seinen verdrängten Tötungswunsch aufgedeckt und das unbewusste Motiv zu Tage befördert. Wobei ich nicht weiß, ob man das so sagen kann, ›zu Tage befördert‹, wenn etwas Unbewusstes bewusst gemacht wird. Ich werde Doktor Freud fragen. Also jedenfalls hat sich sein unbewusstes Motiv, nämlich das gute Selbstbild zu erhalten, unbedingt der Prinz zu sein, durch ein Symptom geäußert. Er konnte nicht mehr malen.«

»Henriette!« Josefine sah sie ärgerlich an.

»Ich verstehe kein Wort.« Felise runzelte die Brauen.

»Eigentlich ist es ganz einfach. Seine Hand hat gezittert, seine Hand, die sowohl malt als auch tötet. Das war sein Unbewusstes. Es hat durch das Zittern seinen inneren Konflikt sichtbar gemacht: den Tötungswunsch.«

»Kannst du bitte ganz von vorne anfangen?«, verlangte Josefine streng.

Henriette nickte und begann zu berichten. Am Ende fasste sie zusammen: »Man muss also das Ursprungserlebnis finden, das den Tötungswunsch ausgelöst hat. Bei ihm war es der Tod der Mutter bei der Geburt des Bruders. Das Symptom verschwindet, wenn das Erlebnis dem Verstand zur Beurteilung vorgelegt wird.«

»Ein Feigling und ein Mörder ist er und bleibt er«, sagte Felise. »Und ein Betrüger und Verführer.«

»Und wir müssen ihn auch noch laufen lassen«, sagte Josefine.

»Das ist reiner Selbstschutz vor dem Geschwätz der Stuttgarter, das unsere Familien ruinieren würde. Es käme alles heraus, die Bilder von Felise, die illegalen Geschäfte deines Mannes mit Pornografie, Magdales Abtreibung. Er würde uns und unsere Kinder hineinziehen, und der Preis ist einfach zu hoch.« Henriette musste es noch einmal zusammenfassen, um es vor sich selbst zu rechtfertigen.

»Wir wissen sicher, dass Magdale unschuldig ist, aber wir können es nicht beweisen«, fügte Josefine hinzu.

»Es ist wie verflixt. Wenn sie ins Vollzugskrankenhaus kommt, wird die Wirkung der Medikamente nachlassen, die dein Mann ihr verabreicht, sie wird reden, und dann kommt doch alles heraus«, sagte Felise.

»Wie retten wir Magdale, ohne dass wir dran glauben müssen?« Henriette rieb sich die Stirn.

Sie schwiegen lange.

Inzwischen fiel kein Licht mehr in den Raum, die Sonne war weitergewandert, brachte im Garten die Blütentrauben eines Goldregenstrauchs zum Leuchten.

»Sie muss nach Indien! Sie kann meiner Schwiegertochter den Haushalt führen. Und wenn Hans zurückkommt, bleibt Magdale beim Verwalter der Teeplantage.«

Das Erstaunen wechselte in Felises Gesicht blitzschnell zu Freude. »Wir entführen sie aus der Ottilien-Anstalt.«

Beide sahen Josefine an, deren Augenbrauen noch gerunzelt waren.

»Dazu brauchen wir Schwester Elisabeths Mithilfe. Wird sie dichthalten?«, fragte sie.

»Sie ist keine Gefahr. Als mir klar wurde, dass sie deinem Mann hilft, wusste ich, dass sie eine besondere Beziehung zu ihm hat.«

»Du meinst eine Affäre?«, fragte Felise.

»Das hatte ich ausgeschlossen«, antwortete Henriette, und Josefine gab einen verächtlichen Ton von sich.

»Warum?«, fragte Felise.

»Er würde sich dadurch von ihr abhängig machen, weil sie dann Macht über ihn gewinnen könnte. Aber so wirkte sie nicht. Sie war zu unterwürfig, daher wusste ich, dass sie ihm diente. Außerdem hat sie Angst.«

»Vor ihm?«, fragte Felise, Josefine lachte nur.

»Nein, sie hat Angst, ihre Stelle zu verlieren.«

Felise schnalzte mit der Zunge.

Henriette schüttelte den Kopf. »Siehst du, so denken wir. In unserer Gesellschaftsschicht arbeiten die Frauen, um sich ein bisschen nützlich zu machen, bevor sie sich verheiraten. Sie aber will arbeiten, das merkt man. Weil sie muss. Sie wirkt sehr ernst für ein so junges Ding.«

Josefine nickte. »Du denkst, mein Mann weiß von dem unehelichen Kind und hat das ausgenutzt?«

»Das bezweifle ich. Er hat wohl vor allem gemerkt,

dass sie tüchtig und verschwiegen ist, und hat ihr mehr Lohn versprochen.«

»Gut, dann wagen wir es!« Felise sprang auf und klatschte in die Hände.

Josefine erhob sich ebenfalls. »Wir nehmen das Automobil, dann gibt es keinen Kutscher, der etwas ausplaudern könnte.«

Henriette sah sich nach ihrem Hut um. »Die beste Lösung ist es nicht, aber die einzige, die mir einfällt. Ich hätte Magdale lieber bei mir. Jetzt muss ich mir eine neue Haushälterin suchen. Ich hoffe nur, ich finde schnell eine, die gut kochen kann. Mein Korsett sitzt schon ganz locker, so wenig habe ich die letzten Tage zu essen bekommen.«

»Wir werden dich in allem tatkräftig unterstützen, gell, Josefine? Wir sind voller Elan«, sagte Felise.

»Natürlich, was sonst.« Josefine lachte und trat schon vor die Tür.

»Hast du dich mit ihr vertragen?«, fragte Henriette leise.

Felise zog ein bekümmertes Gesicht. »Ach, sie kann nichts dafür. Mein Mann hat ihr an der Weihnachtsfeier hinterher geschaut und gesagt: ›Bewundernswert, ihre Tatkraft und dieser Elan, das hält sie jung.‹ Und ich dumme Kuh wurde eifersüchtig. Dabei hat sie es so schwer. Hättest du das gedacht?«

»Was besprecht ihr da?«, rief Josefine. »Ich will alles wissen.«

»Wenn alles geschafft ist, dann müssen wir mal über deinen Mann reden«, sagte Felise.

»Macht euch keine Sorgen. Den habe ich im Griff. Er ist schon auf dem Weg in eine Trinkerheilanstalt in der

Schweiz. Und sobald er trocken ist, sucht er sich eine Stelle weit, weit weg von Stuttgart.«

Während Felise mit aufgeregten Worten diese Nachricht kommentierte, suchte Henriette noch einmal im Durcheinander des Gartenhäusles nach ihrem Hut.

»Ob er das Zittern verloren hat, werde ich leider nie erfahren.«

Da sah sie ihren Hut neben der Staffelei liegen, halb verborgen unter einem Malkittel. Sie zog ihn heraus, und als sie sich aufrichtete, konnte sie nicht fassen, was sie erblickte.

»Seht euch das an.« Sie nahm eine Leinwand von der Staffelei, drehte sie um.

»Das bist ja du!« Felise kam angelaufen. »Es ist sehr hastig gemalt, aber das bist eindeutig du.«

Da saß sie auf dem Sofa in ihrem hellen Kleid. Keine Anzüglichkeit, keine Nacktheit. Die Hände im Schoß, mit einem freundlichen Blick, den Kopf leicht zur Seite geneigt.

»So guckst du immer«, bestätigte Josefine. »Als wüsstest du schon alles.«

»Dabei höre ich nur zu«, sagte Henriette.

KRIMINALKOMMISSÄR SCHMIDT

Die Tür zur Privatabteilung war nicht verschlossen. Ein Polizist in Uniform saß auf einem Hocker vor Magdales Zimmer. Er erhob sich, als Henriette näher kam. Es war der gleiche junge lange Kerl aus der Querstraße, der Wachtmeister, der alle und jeden in seinem Revier kannte.

»Haben Sie eine Besuchserlaubnis, gnädige Frau?«, fragt er.

»Ich bin ihre Herrin.«

»Ohne Besuchserlaubnis können Sie nicht hinein.«

»Ich habe sie schon mehrere Male besucht, und außerdem ist Doktor Altmüller ein Freund meiner Familie.«

»Besuchserlaubnisse erteilt der Untersuchungsrichter. Sie können am Montag bei ihm vorsprechen. Dann ist sie allerdings schon im Vollzugskrankenhaus.«

»Wachtmeister, wie heißen Sie?«

»Noll, gnädige Frau.«

»Wachtmeister Noll, ich werde mit Kriminalkommissär Schmidt sprechen und mir eine Erlaubnis einholen. Er ist doch der Zuständige in diesem Fall?«

»Ja schon, nur hat der Untersuchungsrichter angeordnet, dass niemand hinein darf.«

Henriette nickte. Im Schwesternzimmer fand sie Schwester Elisabeth, die eine Karteikarte beschrieb.

»Seit wann ist der Wachtmeister da?«

»Seit Samstagmorgen.«

»So ein Mist.«

Schwester Elisabeth machte große Augen und legte ihren Bleistift weg.

»Sie müssen mir noch einmal helfen. Erstens muss ich hinein, und zweitens muss der Wachtmeister weg, damit ich sie rausholen kann.«

»Was haben Sie vor?«

»Können Sie ihn ablenken? Von der Tür weglocken? Und Sie müssen die Spritze heute Abend weglassen. Sie haben ihr doch noch keine gegeben, oder?«

»Nein, gnädige Frau. Aber das kann ich nicht noch einmal tun. Sie wird morgen abgeholt.«

»Das weiß ich. Deswegen bin ich ja da.« Henriette ließ sich auf einen Stuhl fallen und sah ratlos durch das Zimmer.

»War Doktor Altmüller bei ihr? Hat er irgendetwas angeordnet? War jemand anderes hier?« Sie dachte an den Wünsch, obwohl ihr das unwahrscheinlich vorkam.

Tatsächlich gab Schwester Elisabeth nur die Auskunft, dass der Arzt seit Freitag nicht mehr in der Anstalt gewesen sei und sie auch keine anderen Anweisungen erhalten habe.

»Das ist auch nicht ungewöhnlich. Am Wochenende kommt er nie. Erst am Montagmorgen.«

»Sie müssen mir helfen. Ich bitte Sie, sonst war alles umsonst.« Henriette hielt eine Tasche mit Magdales Kleidern auf dem Schoß umklammert.

»Geben Sie ihm etwas Harntreibendes oder Abführendes zu trinken. Oder machen Sie Lärm, damit er nachschaut, was passiert ist.«

Schwester Elisabeth sah sie skeptisch an. »Es wird mir doch keine Schwierigkeiten einbringen?«

»Nein, denken Sie nur an Ihre kleine Elisabeth. Es wird alles gut werden.«

Sie glaubte Henriette nicht, mehr als Skepsis lag Angst im Blick der jungen Schwester.

Es konnte natürlich sein, dass sie ihre Stelle verlor, da Altmüller nicht mehr zurückkommen würde. Aber das wollte sie der Schwester nicht sagen, nicht jetzt, sie würde sich später noch um sie kümmern.

Schwester Elisabeth räumte die Karteikarte in einen Kasten und stellte diesen in einen Schrank.

»Der alte Huber fällt regelmäßig aus dem Bett. Das hat der Wachtmeister mitbekommen. Ich könnte ihn um Hilfe rufen, wenn es passiert.«

»Wann passiert das? Normalerweise?« Henriette beugte sich ein wenig vor.

Schwester Elisabeth überlegte. »Nachher?«

»Gut.«

»Ist das Zimmer immer noch abgeschlossen?«

»Ja.« Schwester Elisabeth holte einen Schlüssel aus ihrer Schürzentasche und reichte ihn Henriette.

»Dann gehe ich jetzt wieder und warte vor der Zwischentür.« Henriette marschierte hinaus, nickte dem Wachtmeister zu, und als sie hörte, dass Schwester Elisabeth mit ihm sprach, zog sie die Tür bis auf einen Spalt zu und horchte.

Sie redeten über das warme Wetter, und die Schwester bot ihm ein Glas Wasser an, das er dankend nahm. Dann hörte sie die Sohlen der Schwester über den Linoleumboden quietschen, eine Tür ging. Stille. Henriette presste die Kiefer so fest zusammen, dass ihre Zähne schmerzten. Dann ein dumpfer Schlag. Eine Tür ging auf.

»Wachtmeister Noll«, rief Schwester Elisabeth halblaut, »könnten Sie bitte kommen und mir helfen? Der Huber ist wieder aus dem Bett gefallen und ich kann ihn alleine nicht aufheben. Oje, wenn das die Oberschwester merkt, bekomme ich Ärger.«

Der junge Mann kam ihr wohl sofort zu Hilfe, sie hörte eilige Schritte. Henriette rannte zu Magdales Zimmer, nestelte den Schlüssel ins Schloss und stürzte hinein.

Magdale saß im Bett. Ihr Haar war zerzaust, und sie sah verwirrt aus. »Gnädige Frau!« Sie streckte die Hand nach Henriette aus. »Wie lang muss ich noch hier rumliegen? Ich hab lauter komische Träume, und was ist denn eigentlich los? Ich will nach Hause.«

»Ich erkläre dir alles, versprochen, aber zuerst musst du dich zusammennehmen und mir vertrauen. Kannst du aufstehen? Komm, ich helfe dir.«

Jetzt war keine Zeit, die Kleider anzuziehen. Henriette stützte die junge Frau und führte sie zur Tür. »Wir müssen uns beeilen. Sei ganz still. Schnell jetzt.«

Magdale konnte nicht schnell gehen, sie wankte und klammerte sich an Henriettes Arm und wurde gezogen und den Flur entlang geschleppt.

Stimmen erklangen hinter ihnen. Der Wachtmeister sagte: »So, das hätten wir. Man sollte ein Gitter anbringen, wenn der Alte so herumhüpfen muss.«

Schwester Elisabeth lachte und begann eine umständliche Erklärung, warum das noch nicht geschehen war, und Henriette hoffte, dass sie den Mann lange genug aufhalten konnte. Gerade hatten sie die Zwischentür erreicht, da wurden die Stimmen in ihrem Rücken lauter. Henriette riss Magdale hinaus auf den Treppenabsatz, zog hinter sich die Zwischentür ins Schloss. Mit einem Aufatmen drehte sie sich um.

Vor ihr stand Kriminalkommissär Schmidt.

»Guten Abend, gnädige Frau.«

Er lächelte, und erst dann schien er Magdale zu bemerken, die schwer an ihrem Arm hing und »Grüß Gott« murmelte.

»Sie sind schon auf, also geht es Ihnen endlich besser. Wie schön.« Er strahlte auch sie an.

Sie strich sich das Haar aus dem Gesicht und fragte: »Wer ist das?«

»Das ist Kriminalkommissär Schmidt.« Henriette konnte vor Schreck nicht atmen, und die Antwort kam nur stockend hervor.

»Ich dachte mir schon, dass ich Sie hier finde, als Sie nicht zu Hause waren.«

»Ich war nicht zu Hause? Ich meine, wieso sind Sie … hier?«

Sein Lächeln verschwand, stattdessen musterte er Henriette, dann Magdale, die barfuß im Nachthemd vor ihm stand.

»Hinaus«, sagte Henriette und wurde rot. »Wir wollten hinaus, ein bisschen.«

»Ohne Schuhe, ohne Kleid?« Er schien sehr amüsiert, aber nicht unfreundlich, und er bemerkte die Tasche an Henriettes Arm.

»Nur ein paar Schritte … dachte ich.«

»Man hat Sie nicht informiert, gell?«

»Nein, doch, ja …«, sagte Henriette.

Er sah ihr in die Augen, und sie senkte schnell den Blick, denn das Blut schoss ihr in die Wangen.

»Schön, dann ist ja gut. Kommen Sie, ich begleite Sie.«

Er nahm Magdale an der anderen Seite am Arm, und gemeinsam gingen sie die Treppe hinunter zum Ausgang.

Verstohlen sah Henriette sich um. Da vorne, ein Stück

die Auffahrt hinunter, gleich hinter der Haselnusshecke, parkte Josefines Wagen, sie konnte das Rot der Karosserie schimmern sehen. Schmidt war vermutlich an dem Automobil vorbeigekommen, als er ankam, denn er hob Magdale hoch und trug sie zum Wagen.

Josefine und Felise sahen ihnen erstaunt entgegen. Felise mit offenem Mund. Schmidt hielt Henriette die Wagentür auf, nachdem er Magdale auf den Rücksitz gesetzt und ihr die Autodecke um die Beine gelegt hatte. Doch Henriette warf die Tür zu und entfernte sich ein Stück, er folgte ihr.

»Sie wissen es nicht«, stellte er fest.

Henriette konnte nichts mehr sagen, sie starrte ihn nur an.

»Daktyloskopie«, sagte er. »Das ist ein Fingerabdruck-Identifizierungssystem. Wir haben Fingerabdrücke auf der Eisenstange gefunden und sie mit Magdales verglichen. Sie war es nicht. Die Abdrücke stammen von einem anderen Menschen.«

»Fingerabdrücke? Sie wissen, dass sie es nicht war?«

Er nahm sachte ihre Hand, zog ihr den Handschuh aus und strich über ihre Daumenspitze, dann über ihre anderen Fingerkuppen.

»Jeder Mensch hat seine ganz eigenen Linienmuster, sie gleichen keinem anderen. So kann man eine Person eindeutig identifizieren.«

»Wer war es?« Henriette fühlte sich immer noch atemlos. Sie standen so dicht beieinander.

»Wir suchen den Täter noch, aber Magdale ist eindeutig entlastet. Ich habe heute Morgen ihre Fingerabdrücke abgenommen und sie mit denen auf der Eisenstange verglichen.«

»Warum erst heute? Die ganze Tortur hätte ihr erspart bleiben können.«

»Welche Tortur? Sie war doch in guten Händen.«

»Ja natürlich, ich meinte auch *meine* Nerven.«

Seine Augenbrauen rutschten ein kleines Stück höher, und in seine Mundwinkel schlich sich ein Lächeln.

»In unserem Labor hätte die Untersuchung längst stattfinden sollen, da gebe ich Ihnen recht. Ich kann zur Entschuldigung nur die Umstrukturierung der Kriminalpolizei vorbringen. Künftig werden solche Versäumnisse nicht mehr vorkommen. Wir arbeiten jetzt sehr modern.« Er begleitete sie zum Wagen und hielt ihr erneut die Tür auf. »Sie können gerne einmal vorbeikommen, dann führe ich Sie herum.«

»Das ist sehr freundlich von Ihnen. Sobald bei mir alles in geordneten Bahnen verläuft, komme ich auf Sie zurück.«

Er tippte an den Hut und fragte Josefine, ob er die Kurbel betätigen sollte. Sie nickte.

Als sie auf die Straße einbogen, drehte sich Felise, die vorn saß, um. »Wie hast du ihn rumgekriegt? Sag schon!«

»Was du wieder denkst. Er hat den Fall gelöst, zumindest weiß er, dass es jemand anders war.«

»Und was willst du dann bei der Polizei? Hast du nicht genug von denen?«

»Ich war ja nur höflich.«

Josefine und Felise lachten laut heraus.

Magdale sagte: »Sie sind rot geworden und haben herumgezappelt wie ein Backfisch.«

»Magdale! Du hast wirklich eine freche Klappe. Es geht dir wieder gut.«

»Ja, mir geht es gut, und ich wette, im Haus ist der Saustall ausgebrochen. Wie sind Sie denn zurechtgekommen, ohne mich?«

»Gar nicht, Magdale, gar nicht.«

6. TAG:
MONTAG, 30.5.1910

ALLES WIEDER ZURECHTGERÜCKT

Schwäbische Chronik vom Montag, 30. Mai 1910

Seite 2:

**Fahrlässigkeit auf dem Bau –
der Ruf nach strengeren Vorschriften**

Nachdem die Angestellte von Kommerzienrat Haag wegen herumliegendem scharfkantigem Werkzeug so schwer verletzt wurde, dass sie einige Tage im Krankenhaus versorgt werden musste, ist die Handwerkskammer aufgefordert, ihre Sicherheitsbestimmungen ernster zu nehmen und Baustellen zu kontrollieren, zum Wohle der Bürger und ihrer Arbeiter. (Georg Eberle, Redakteur)

Seite 5:

Todesnachrichten:

Willy Zemp, 25 Jahre alt, Schweizer Bürger, der am letzten Donnerstag in der Querstraße mit einer Kopfverletzung tot aufgefunden wurde, wird in einem kostenlosen Gemeinschaftsgrab auf dem Pragfriedhof bestattet, da sich keine Anverwandten aus der Schweiz gemeldet haben.

Letzte Seite:

Vermischtes:

Eduard Wünsch, engagierter Kulissenmaler des Hoftheaters und beliebter Porträtmaler, hat überraschend kurzfristig die Stadt verlassen, um eine Anstellung am Moskauer Opernhaus anzutreten. Stuttgarts Bürger wünschen ihm alles Gute!

SUBLIMIERUNG

Lieber Doktor Freud,

Ich muss Ihnen heute ein Geständnis machen. (Als wäre nicht die gesamte Psychoanalyse eine unaufhörliche Beichte!)

Ich hatte es mir zur Aufgabe gemacht, mich meinen sexuellen Trieben zu stellen, um sie angemessen auszuleben. Wie Sie wissen, plante ich eine Kompensation durch den Einbau eines luxuriösen Bades, aber es tauchen nun ganz andere Gefühle und, wie ich vermute, Triebe auf, und ich bin außerordentlich verwirrt darüber.

Seit gestern fühle ich mich kraftvoll, energiegeladen und munter wie schon lange nicht mehr. Ich kann mich nur erinnern, dass ich in meiner Jugend, bevor ich mich verheiratete, so lebenslustig war. Das Aufstehen fällt mir leicht, ich erledige geschwind die Morgentoilette und verschwende keine Gedanken auf mein Aussehen, meine Kleidung oder mein Alter. Meine Gedanken sind sofort wach und klar, und ich lechze geradezu danach, mich aus dem Haus zu stürzen.

Dass ich Magdale retten konnte, erfüllt mich mit außerordentlicher Zufriedenheit!

Es ist nicht die soziale Frage, die mich motivierte, wie Josefine es vermutet. Es ist auch kein Samaritertum, wie mir Felise es andichtet. Keine der üblichen Mildtätigkeiten, die von Frauen und Witwen erwartet werden. Ich muss mir eingestehen, dass ich das alles für mich selbst tat. Ich habe Freude daran, meinen Verstand zu benut-

zen. Ich wollte es für Magdale, aber ich merke nun, ich will es auch für mich. Ich will es, einfach, weil ich es kann. Und das ist das Ungeheuerliche daran.

Sind nun alle meine Triebe fehlgeleitet? Oder habe ich eine Betätigung gefunden, die mich genauso befriedigt wie die Sexualität (wobei ich nicht behaupten kann, dass ich darin jemals so etwas wie eine Befriedigung erlebt hätte).

Ich höre Sie lachen, leise lachen, wie Sie es immer getan haben, wenn der Schlüssel zum Unbewussten gefunden wurde.

Ja, ich habe sublimiert!

Glückliche, zufriedene Grüße von

Ihrer Henriette Haag

P.S. Ist einer Frau die Sublimierung durch Arbeit gestattet?

ELKE WEIGEL
Der Traum der Dichterin

978-3-8392-1733-7 (Paperback)
978-3-8392-4729-7 (pdf)
978-3-8392-4728-0 (epub)

»Annette von Droste-Hülshoff wird lebendig! Elke Weigel zeichnet ein eindrückliches Bild von der jungen, rebellischen Dichterin.«

Annette schreibt Verse, die gar nicht so bescheiden sind, wie von ihr erwartet wird. Im Sommer 1820 trifft sie auf Straube, den ersten Mann, der ihr literarisches Schaffen ernst nimmt. Aber auch der Schöne von Arnswaldt ist zu Besuch, dessen strenge Religiosität ihre schwelenden Schuldgefühle weckt, weil sie ihr dichterisches Leben nicht nach Gott ausrichtet. Sie lässt sich auf Vertraulichkeiten ein, die die Männer gründlich missverstehen. Und als ihre Freundin Male noch dazukommt, bahnt sich eine Katastrophe an.

GMEINER SPANNUNG

MAREN BOHM
Die Rückkehr der Pilgerin

978-3-8392-1909-6 (Paperback)
978-3-8392-5075-4 (pdf)
978-3-8392-5074-7 (epub)

WEGGEFÄHRTEN Passau, Weihnachtsabend 1099. Die verarmte Kaufmannstochter Alice erreicht nach der Eroberung Jerusalems verwundet und verarmt Passau. Gleichzeitig muss ihr verborgener Geliebter Graf Bernhard von Baerheim, der nach ihrem angeblichen Tod inzwischen eine andere geheiratet hat, im Streit zwischen Kaiser und Papst Partei ergreifen. Doch dann wird Graf Bernhard auf der Höhe seines Einflusses grausam ermordet. Wer hatte einen Grund, ihn aus dem Weg zu räumen und warum hat der Tote ein Lächeln im Gesicht?

Das Neueste aus der Gmeiner-Bibliothek

Unser Lesermagazin

Bestellen Sie das kostenlose Krimi-Journal in Ihrer Buchhandlung oder unter www.gmeiner-verlag.de

Informieren Sie sich …

www … auf unserer Homepage:
www.gmeiner-verlag.de

@ … über unseren Newsletter:
Melden Sie sich für unseren Newsletter an unter www.gmeiner-verlag.de/newsletter

f … werden Sie Fan auf Facebook:
www.facebook.com/gmeiner.verlag

Mitmachen und gewinnen!

Schicken Sie uns Ihre Meinung zu unseren Büchern per Mail an gewinnspiel@gmeiner-verlag.de und nehmen Sie automatisch an unserem Jahresgewinnspiel mit »mörderisch guten« Preisen teil!

GMEINER SPANNUNG

WWW.GMEINER-VERLAG
Wir machen's spann